地 大地 大地 大地 大地 大地 大地 大地 大地 大地

大 地 大 地 大 地 大 地 大 地 大 地 大 地 大 地 大 地 大

歷史小說 07

上官婉兒（下）

趙　玫◎著

大地出版社 出版

上官婉兒 002

他愛婉兒。

他不僅愛這個女人而且崇拜她。

他緊抱著婉兒。

他幾乎是跪在了婉兒的腳下。

他幾乎是匍匐著仰視著婉兒。

從此武三思和婉兒的關係在莫名其妙中發生了某種變化。一種超越了情人之間那種恩愛的母子關係，儘管，武三思是一個高高大大、堂堂正正的男人。他眞心誠意迷戀和擁有著那個母親一樣的婉兒。因爲他覺得婉兒所給予他的那種疼愛那種指點迷津讓他所獲得的那種身體的滿足，都像是一個最慈愛的母親。武三思或許也將武皇帝當作了他的再生母親，但是婉兒與他的那一重身體的關係，使婉兒比他的姑母更像母親，也更無私更慈愛更柔情似水。於是在婉兒這樣的母親一樣的女人懷中，他喜歡自己就躺在她的懷抱中，被她撫愛，從此什麼也不想。特別是當武三思被聖上冷落拋棄的時候，武三思就更是覺出了婉兒對他那種時時刻刻母親一樣的關照與愛護有多重要。

他想他幸好有婉兒。

他幸好有婉兒是因爲婉兒確實是他失落時的支撐，委屈時可以哭泣的懷抱。他知道無論是現在還是未來他都將需要婉兒。他還知道只要他的身邊有婉兒，只要婉兒能眞心幫助他永遠與他心心相印他就一定是安全的。

於是慢慢地武三思開始很依賴婉兒。他也肯於接受婉兒的建議了，因爲事實證明，婉兒確實總是對的，並且確實比他技高一籌，比他高瞻遠矚。

就這樣，婉兒儘管沒有告訴武三思十天之後廬陵王李顯就將返朝，而李顯的返朝就意味著武周帝國將一去不返。婉兒儘管沒有對武三思說這些，但十天裡，婉兒還是讓這個總是躍躍欲試總是不甘心的武三思平和了下來，端正了態度，甚至把他的心態調整到了隨時可以接受廬陵王返朝的位置上。他已有足夠的心理準備來面對現實，他甚至已經認清了他下一步要做的，已經不是爭奪皇位，而是怎樣與新太子相處了。不單單是要和平相處，武三思甚至可以再度屈尊爲這個未來可能爲成爲帝王的新太子牽馬。武三思當然不會在乎喪失人格，他早就沒有了人格，他的人格就是巴結那些能給他好處的當權者。

武三思是在毫不知情的狀態，被婉兒調教成一個可以承受一切的堅強的人。結果，在他一直被蒙在鼓裡的漫漫十天之後，當他和滿朝文武一起突然看到了那個面容憔悴的廬陵王李顯，那一份吃驚是難以言說的。他覺得他簡直不敢相信自己的眼睛。他覺得他一點準備都沒有。他知道李顯的回來意味了什麼。他知道他全完了，他被擊垮了，他已經沒有退路了，但是驟然之間，他的晦暗的心彷彿被撕開了一條縫，有明亮的光透射進來，那種豁然開朗的感覺，那是因爲他在絕望中想到了婉兒。於是，他便也突然變得很明朗，幾乎是同時，他覺得他對未來已經胸有成竹，甚至勝劵在握。

武三思不記得在這樣的事變之後，他是什麼時候又見到婉兒的。他只知道婉兒那時候很忙，在忙著迎立新太子的事。但是他還是抓住了一個匆匆的機會對正準備與他擦肩而過的婉兒說，其實你什麼都知道，爲什麼你不願告訴我？

奴婢是不想讓大人徒生煩惱。

但煩惱依然是有的。你在耍我？

奴婢不敢。奴婢以爲大人早就能接受這一切了哩！

聖上徹底拋棄了我。

她一開始就沒有想起用你。

我就是這個可以被她隨便利用的棋子嗎？

她是覺得你有用才利用你的，今後你仍然是有用的。

就是說我將繼續被她利用。我對她還有什麼用？

有你在，廬陵王就不敢太放肆，看不出嗎，這就是大人的作用。

她這個女人太惡毒了。那麼接下來呢？

不是說過了嗎，就是你和新太子之間的事了。

你也要拋棄我？

奴婢與大人已是天下共知的秘密，奴婢怎麼跑得掉呢？何況聖上的國史還沒完成，奴婢還要和大人一道共修國史……

難爲你還能記得這些。你已經很多天不曾過來了，你也還記得嗎？

是嗎？奴婢眞的不記得了，但只要大人需要……

李顯的返回對婉兒來說不知道是不是一個新的時代的開始。但婉兒相信，有了李顯的朝廷肯定和沒有李顯的朝廷不一樣。她不知李顯在十四年後究竟變成了什麼樣子。她更不知道在未來，以她和武三思的智慧，能否駕馭這個未來的皇帝。

如此婉兒在李顯到來之前想著她走過來的路。想她是怎樣一天天地走近了武三思，看清了他並再也不能離開他。她想她就是因爲這武三思使她深陷武姓的囹圄的。她恨他，卻又深深地牽念著他。連她自己都無法解釋她對武三思這種男人所懷的是一種怎樣的感情。大概是她預感到她就要離開武三思了，她才覺得她該想想三思到底是一個什麼樣的男人。

她想如果遠遠地看著武三思，遠遠地看著他的趨炎附勢，那麼婉兒是恨不能將他如糞土般永遠踩在腳下，永遠唾棄和鄙夷的。但是婉兒走近了他。婉兒是在和這個男人貼得很近的時候才發現，他內心深處的那一份自卑是多麼純潔，純潔得讓人不得不同情不得不可憐。婉兒可能就是因爲可憐他才努力接近他的，而當她走近，她又發現了武三思對那些對他好的人又是怎樣地滴水之恩，湧泉相報。婉兒想那可能是因爲他遇到的眞正對他好的人實在是太少了，所以他才會不停地對婉兒說，我不知道什麼是好人，在我看來，唯有對我好的人，才是好人，就像你，婉兒。於是武三思就這樣俘獲了婉兒。讓她深深地陷在了他強壯的身體中。

但是婉兒覺得在李顯回來以前，她如此地糾纏於武三思也是無可厚非的。因爲女皇是武姓。是女皇在寵愛他們，也是女皇把他們這些武姓的後代們一個個提到了不適當的高位上，讓他們顯赫，讓他們尊貴；但同時也是女皇秘密地拋棄了他們，在她生命將盡的時刻，背著他們，悄悄地接納了她的兒子李顯。

李顯的到來必定是一個新時代的到來。這是婉兒自從女皇決定接回李顯的那一刻就意識到的。於是她便也立刻想到，無論她已怎樣深陷於三思，她也必得在繾綣柔情中抽身。她儘管還沒有讓武三思感覺到什麼，她的心卻早已經朝秦暮楚了。從此，哪怕是睡在武三思的臂膀中，她也在心裡緊鑼密鼓地計劃著，該怎樣才能打進東宮新太子李顯的圈子，並能讓李顯誠心誠意地接受她。

這就是那個即將到來的李顯的時代。婉兒身處這個時代就必須有應付這個時代的章法。於是婉兒首先想到的就是她在選擇她的行動時絕不能顧此失彼。因爲朝中的事情從來就是風雲變幻，不可預測，此刻河東，轉瞬即是河西，所以誰也說不清未來的天下究竟是屬於誰的。所以婉兒所採取的策略，只能是面面俱到。她必須取悅於所有的人，而她在這樣做著的時候還要不露聲色。

當然婉兒首先要取悅的，依然是女皇。女皇是各派勢力之本，是任何人都難以逾越的。此時的女皇已經命若弦絲，朝不保夕。她與張氏兄弟之間的那種畸形的肉體關係，其實也早已形同虛設，甚至是一種垂死的掙扎了。但是儘管如此，婉兒知道女皇的思維是清醒的。她儘管形容枯槁，步履蹣跚，但是她絕不糊塗。她依然能把王朝的權杖牢牢地掌握在她枯瘦的手中；她依然能僅僅是打個噴嚏就令滿朝文武驚悸數日。她的權杖是誰也搶不走的，除非有誰，首先把她從她的皇位上趕走或是殺了她。婉兒當然不能把武曌的衰老虛弱就當成了她的無能爲力。不。那不是她，那不是女皇。女皇是至死也不會喪失她的威嚴的。她是永遠的君王，她將永遠至高無上。

而女皇不死，婉兒堅信，武三思們就將不會被拋棄。因爲婉兒了解聖上對她的姓氏的那一份近乎神聖的迷戀。她是在乎她的武姓的，所以她在乎她的武姓的子嗣們。而三思不倒，婉兒自然也就不能貿然地離開他。她爲什麼要離開一個她與之已經心心相印又狼狽爲奸的男人呢？婉兒對武三思的感情確實很複雜，她不僅在心理上需要這個男人，而且在生理上更需要他。武三思是什麼？在某種意義上，那就是婉兒爲自己預留在那裡的一條路。

而另一條路，或者說是另一條康莊大道，就是李氏家族的兄弟姐妹了。很多年來，婉兒儘管沉溺於武三思的情懷，但是她也確實沒有得罪過李家。不說她和太平公主是那種無話不說的閨中秘友，就是在東宮中被冷落的太子李旦，她也曾冒著風險去探望過他。她還不僅去看望太子，還每每去後宮探望被聖上幽禁的李旦的那五個小兒子，看著他們一天天長大。而太子的那五個兒子們對婉兒的偶爾前來，也是深懷感謝，畢生銘記。婉兒關照被女皇無情迫害的李旦的一家，是出於對這一家人的深切的同情，但也未必不是她在李旦和太平公主那裡爲自己留下的一條路。

而接下來她唯一要做的，就是要竭盡全力打通未來的太子李顯這條路了。婉兒知道，只要她想，天下就沒有她做不成的事。何況李顯對於她的未來又是如此地至關重要。在某種意義上，未來就是李顯的，就是要圍繞李顯展開的，就是一個李顯的時代，也是婉兒必得嚴肅對待並全力投入的時代。

所以婉兒必得從武三思的身邊悄悄抽身，必得聚集起足夠的注意力和足夠的智慧來對付李顯。婉兒儘管抽身，但是她並不是眞的捨棄武三思。婉兒想她此生可能只能和武三思綁在一起了，甚至她在構思同李顯的關係時，也是把她和武三思作爲一個整體來考慮的。

便是這樣。婉兒期待著，那個即將到來的新時代。就彷彿是即將打響的那場大戰的前夜。婉兒的心理懷了一種很深刻的緊張和恐懼，但同時也懷了某種激情和嚮往。她渴望這一戰。她覺得她被朝中沉悶的空氣壓抑得太久了。她渴望能撕破那一切。她已經做好了全部的準備，心理上的以及身體上的。她等待著並且伸開雙臂迎接著。她是必勝的。她堅信她是必勝的她將無往而不勝。她永遠不會放棄在生死場中的奮鬥與拼殺。她覺得她倘若不去戰鬥她就不是婉兒了也枉對她的祖父。儘管她是在用她的心智去搏擊去廝殺，她看不見血，但是她確乎是戰鬥了，她是勇敢的鬥士，她在她所期盼的這場戰鬥中所傾注的，是心，是心血，心的血。

如此，婉兒用心掐算著一天天臨近的那個廬陵王返回的時日。

雨過天晴。

中原大地上燦爛的陽光。

而廬陵王李顯不相信那中原大地上的燦爛陽光是爲了他和他的全家而照耀。他心懷惴惴地坐在徐彥伯秘密部隊的馬車裡。馬車搖搖晃晃，山道曲曲彎彎。李顯根本不敢相信這就是回家，回京都洛陽，回母皇身邊。

在漫漫十四年幽禁房陵的生活中，李顯早已銷鈍了他的銳氣。從一個三十歲的瀟灑天子，到一個老氣橫秋、萎頓消極的中年男人，當徐彥伯帶著女皇的聖旨星夜兼程地趕到李顯房陵的居所時，李顯被嚇壞了。他是在睡夢中被驚醒的。他被那不斷被撞擊的木門聲嚇得周身大汗。他的心劇烈地跳動著，彷彿震動著他的身體。他在那一刻甚至不能從床上坐起來，他想他完了，這是不祥之兆，他清楚地記得當年被流放到巴州的二哥李賢就是被母親派去的特使丘神勣在流放地逼迫而死的。李顯想不到十四年後他會遭到和二哥一樣的厄運。他本來以爲過了那麼久，母親也已經登基做了皇帝，他就逃過了這一劫了呢。而門外馬蹄噠噠，刀光劍影。李顯終於知道那時的二哥是怎樣的心情了，那是一種死期臨近的絕望。

李顯終於周身顫抖地打開大門，率領他一家大小跪在地上等待著徐大人宣讀聖旨。當李顯得知他將被押解京都的時候，他幾乎癱倒在地。他想他連這十四年偏安的生活都將不復存在。他又想十四年來他從未輕舉妄動過，他究竟又怎樣惹惱了母親，以至於她要把他全家人都押赴京城問罪呢？

一家之長的怯懦軟弱，自然是帶給了一家老小恐懼和絕望。幸好有與李顯共患難同生死的王妃韋氏在這關鍵時刻硬撐住了她這個已如喪家之犬的男人。那時的韋妃大概是已懷了必死的信念。她想既然死都死定了，還怕什麼呢？而她要撐住丈夫，其實也是爲了在徐彥伯面前向那個置他們一家於死地的女皇示威。她想如果在她面前的不是徐彥伯而是女皇，她會不顧一切地咬破舌頭把滿口的血吐到那個武曌的臉上的。她還要衝過去抓破那個女的臉撕爛她的衣衫，反正是一個死，她也不能讓那個凶惡的女人安生。

然而李顯一家不能違旨。他們只能在簡單地打點行裝之後，就一家人隨著徐彥伯戰戰兢兢地上路了。他們不知道此一去是禍是福。李顯偷偷地問韋妃，母親爲什麼要我們到洛陽去死？也許不是死呢？韋妃說她不知道爲什麼會覺得他們一家從此有希望了。於是，在漫漫的返京途中，李顯和韋氏一直在此問題上爭論不已。對未來已不抱任何希望的李顯堅持認爲他們是全家人回京都赴死，他說難道有誰比我更了解我的母親嗎？如若她是個心慈手軟的母親，就不會讓兩個兒子那麼匆匆死去了，如今又輪到了我，輪到了我們。而韋妃卻拿出武三思和婉兒舉例，說他們的父親也都是死在武曌的刀下，而武曌爲什麼不殺他們，反而把他們接到宮中並委以高官呢？李顯說是因爲他們並不能眞正對母親構成威脅。她眞正怕的是我們這些能繼承大唐王業的兒子。她恨我們李家。恨祖父，恨父親，恨我們這些兒子們。否則我有什麼過錯？無非是給你父親一個小小的侍中，就要被貶至偏遠的房陵。你不要對母親那種人抱任何希望了。她可以殺了大哥二哥，就可以殺了你我。好在我們是一家人死在一道。我們能同生共死我就知足了。與其這樣終日擔驚受怕地活著，還眞不如快點死了呢。

在被死亡籠罩的漫漫旅程之後，李顯一家竟安然無恙地返回了京都洛陽，並按照原先的安排，由北門悄悄進入後宮，暫住在女皇事先爲他們一家準備好的庭院中。因爲進城時是傍晚時分，李顯已經看不清洛陽的景象，更看不清那宮城是不是別來無恙。其實李顯已經無心去看這些。他滿腦子裡轉的只有一個念頭，那就是死亡。他不知他所走進的這個豪華舒適的庭院，是不是就是他將被賜死的別所。

徐彥伯將李顯一家安頓下來以後，就通知李顯趕緊梳洗，聖上馬上要召見他。

想不到一個聖上召見的指令竟也會把李顯嚇得半死。他幾乎癱倒在韋妃的懷中，他說不，不要只殺我一個人，讓我們一道去死吧。

李顯倒在韋妃的懷中哆嗦著。那永遠也抹不去的死亡的陰影幾乎讓李顯崩潰。直到徐彥伯反覆保證是聖上要見他而不是要殺他，李顯才勉強站了起來。然後他便開始在木箱中慌亂地翻找他的朝服。他一邊翻找還在一邊自言自語地說，是的是的，要穿朝服，要穿朝服，既然是死在洛陽，死在皇宮，就要死得體面。

李顯身爲皇子，又做過太子、天子，他當然是有朝服的。而在房陵的十四年中，他卻從不曾穿過一次朝服，那些朝服便被越來越深地壓在了箱底。直到此刻，他要拜見聖上，那些十四年不曾見過天日的朝服們才被翻找了出來，結果不是破舊不堪，滿是皺褶，就是黯淡無光，不再合適。李顯在慌亂中在急迫中在無奈中試了一件又一件，結果他的朝服被扔了一地，竟沒有一件是合適的。最後李顯沮喪地坐在了椅子上，竟然落下淚來。他說連朝服也來欺侮我，讓我死也死得不痛快。

倒是韋妃眞心地疼愛他。她輕輕地拍著李顯的後背要他能放鬆下來。她說又不是去見別的什麼人而是見你的母親。就穿你現在的衣服好了，讓聖上也看看你這十四年是怎麼過的。

而同時爲找不到合適的衣服陷入慌亂和沮喪中的，竟然是使李顯陷入深度恐懼之中的那個武曌。畢竟是母親，也畢竟要見的她已闊別了十四年的兒子。十四年中，她是想念她這個兒子的。她只是爲了她的威嚴，才不能把她遠方的這個兒子接回來，而任憑著思念李顯的夢夜夜來折磨她。女皇雖然是女皇，但是她那母親的心情還是有的。她讓侍女拿過來一套一套的衣服來選擇，她又讓她們把她的髮型變了好幾種。但是她不滿意。她全都不滿意。她呵斥那些侍女，她說你們把朕弄得越來越難看了，我怎麼能這樣，我怎麼能這樣去見兒子？後來女皇摔掉了銅鏡。因爲她在銅鏡中看到了一張又老又憔悴的臉。她想她怎麼就沒在意過她怎麼會這麼又老又醜了？她問著身邊的侍女，你還記得十四年前朕是什麼樣的嗎？陛下現在比當年還美麗。武皇帝抬起手臂就打了那恭維她美貌的侍女。她說你們全都下去吧，朕怎麼會相信你們的這些謊言。她在她寢殿中往來徘徊著。她甚至遣開了張氏兄弟，整個的傍晚，整個的聽說李顯已住進後宮的傍晚，整個的知道了她的兒子已近在咫尺的傍晚，武皇帝獨自一人待在她的寢殿裡。她要在這樣的時刻自己面對自己，自己面對一個母親的心情。任憑徐彥伯們在門外焦急地守候著。

後來女皇叫來了婉兒。

那是因爲後來焦慮緊張中的女皇終於做出了決定。那是她反覆思忖考慮再三之後才做出的決定，她決定，在這個傍晚，她不見她這個遠道而來的兒子了。她覺得此時此刻她並沒有做好面見李顯的準備。她覺得就是匆促間見了李顯她也不知道該對她的這個兒子說什麼。所以她要再想想。所以她要叫來婉兒。她知道在這樣的時刻，唯有婉兒能幫助她。

她問婉兒，你看朕的衣服合適嗎？

就是說廬陵王回來了？

你怎麼知道？

奴婢看見陛下的衣服就知道陛下要召見廬陵王了。

這身衣服有什麼特殊的嗎？

一眼便知它來自陛下精心的選擇，親切而又威嚴。奴婢不知道這身服飾是不是能讓廬陵王感覺到，陛下是母親，但更是大周的女皇帝。

但是，朕取消今晚的會見了。

奴婢不懂？

朕以爲這樣的會見太匆忙也太隨意了。而且這種會見被安排在朕的後宮也不合適，畢竟朕是天子，而他是朝臣。

可陛下也是母親呀？

朕的皇位才是高於一切的。所以，朕只能以大周天子的身分召見李顯。明天早朝之前，帶他來政務殿。去通知他吧。

陛下要奴婢去？

是的，朕要你去。朕要知道十四年後李顯究竟變成什麼樣子。朕要知道。朕要知道他的全部。

只有你能看透他的心。去吧。別怕。你是朕的使者。朕會在這裡等你……

於是婉兒秉燭。走過後宮深深的長夜。就這樣她又一次負著女皇的使命，開始了又一

次走向李顯的歷程。

在長長的通向李顯的甬道上。婉兒走著。獨自一人。很複雜的心情。女皇委她以重任。她當然不能辜負女皇。只是她眞的不知道該怎樣面對李顯。她不知道李顯是不是還在怨恨她還以爲是她向女皇告發了他。她想至少韋氏會記得，因爲最終是韋氏的父親沒有得到侍中那個肥缺，而那恰恰是韋氏覬覦已久的。如此在婉兒看來她與李顯和韋氏之間是深隔著一重嫉恨的，她正是想到這些往事，才越發地不知該以怎樣的姿態出現在李顯的面前。

婉兒秉燭。

很緩慢地走著。

夜晚很深。有如水的風。

婉兒終於來到了李顯一家臨時下榻的庭院。庭院裡是冷漠的淒涼，毫無聲息。婉兒很低調。但是，傳婉兒前來拜見廬陵王的時候，她又明明是代表著那個尊貴的女皇。

婉兒走進正堂。看見了滿屋散落的朝服。那是婉兒不期然看見的一地景象，那斑駁的被歲月所鏽蝕的舊日輝煌。單單是那一片殘敗的景象，就足以證明了李顯在十四年中是怎樣的艱辛。然後婉兒就看見了垂立於牆角的那個灰頭土臉的男人。婉兒簡直不敢相信。如果不是明確說她見到的這個男人就是李顯。婉兒根本就認不出她眼前的這個憔悴蒼老而且唯唯諾諾猥猥瑣瑣的男人就是當年那個風流倜儻、年輕氣盛、驕矜無比的天子。

婉兒看著李顯。她心裡很難過。

而李顯竟不能夠抬起頭來看婉兒。

就這樣他們緘默著。在那一份殘敗的心情中。

最後，還是婉兒首先說，大人這些年來可好？奴婢是婉兒。

李顯依然低著頭。李顯說我知道是你。你是代表聖上來的。你是要接我去見聖上嗎？

是聖上要奴婢通知大人，今晚的覲見取消了。

取消了？為什麼？直到此刻依然如驚弓之鳥的李顯才抬起頭，他驚異於母親突然取消的會見，他不知道在這取消的背後，又會包藏著怎樣的禍心。李顯很怕。他是因為怕才抬起頭的。他抬起頭就看見了婉兒。而婉兒所帶給他的驚異比女皇不再見他了還要令他震驚。他久久地盯著婉兒。他不敢相信自己的眼睛。他不能想像站在他面前的這個女人，就是他曾經那麼熟悉那麼喜歡的婉兒。

大人不認識我啦？

是李顯的驚異的目光才使婉兒突然意識到了她臉上的那片晦暗的銘刻著她的罪惡的印跡。婉兒下意識地用手去捂她的臉。很多年來，她甚至已經忘了她臉上的墨跡了。她在後宮裡朝廷上出出進進，她與那些熟悉的陌生的人們打頭碰臉，似乎已經沒有人再在意她臉上的這疤痕了。人們似乎以為婉兒就該是這樣的，唯有這樣帶著那個忤旨標記的女人才是婉兒。但是李顯不一樣。整整十四年李顯從沒有見到過她。在李顯的印象中，婉兒的臉應該依然是十四年前的那個天真明媚的女孩子，婉兒的臉也不該是如此晦暗而醜陋的。只有李顯的眼睛才能真正反映出那墨跡使婉兒的變化有多麼大，她是怎樣的面目全非，讓人恐懼，甚至是令人厭惡的。婉兒怕李顯那眞實的目光。她拼命地捂住她被黥的臉頰。她退著。她問著李顯，奴婢就那麼可怕？

不。不不。婉兒。千萬別。眞的。不是。李顯請求著婉兒。

是婉兒臉頰上所經歷的刑罰，使同樣遭受了十四年磨難的李顯頓時勇敢堅強了起來。他彷彿驟然找到了那個他當年曾那麼深深喜愛的小姑娘，他想保護她，他不想讓她再受那麼大的苦。李顯幾乎是跑著追上了那個向外走的婉兒。他拉住了婉兒，那時候他眞想把那個無助的備受摧殘的女人緊抱在懷中。他拿掉婉兒在臉頰上的手，把那張印著墨跡而且已滿是淚水的臉扭向了他。他就那樣目不轉睛地看著婉兒。他甚至伸出手去輕輕摸著婉兒的臉。他在心裡說，這墨跡無足輕重，你依然是最美的。他甚至覺得在婉兒這張印滿羞辱和苦難的臉上，他的生死都無足輕重了。

李顯就那樣堅定地看著婉兒。婉兒的近在眼前使他覺得他彷彿又回到很多年前，那一天他和他的兩個兄弟李賢和李旦，就那樣不期地面對了那個美麗清純的小姑娘。那就是婉兒。那時候婉兒剛剛來到母親的身邊。

婉兒這是爲什麼？

不，不，這無關緊要。

怎麼會無關緊要呢？究竟是爲什麼？又是她？她到底要怎樣？

不，大人你放開我。是奴婢忤逆了聖上。是奴婢罪有應得。

李顯放開了婉兒。他扭轉頭。不知道爲什麼那熱淚便奪眶而出。李顯不知道他堂堂七尺男兒爲什麼會落淚。但是有一點是異常重要的，那就是婉兒的苦難讓他不再害怕。李顯變得堅強了。在婉兒的身上，他彷彿突然就找回了那京城朝野宮內的感覺。漫漫十四年遠離宮城，他原以爲他對這朝中的一切全都陌生了疏遠了，但是，當婉兒一出現。僅僅是因爲婉兒一出現，婉兒臉上的那墨跡一刺進他的雙眼，他就知道他回來了。洛陽不再陌生，這宮中的一切也變得如此熟悉。

婉兒看到了李顯的眼淚。

但是她不再哭。難道這墨刑就值得哭嗎？那婉兒值得哭的事情就太多了。婉兒已變得成熟。成熟而圓融而冷漠而狡猾。婉兒太了解這宮中的一切了，所以她面對李顯的眼淚，只能說，聖上是體恤大人旅途勞苦，會見改在明早上朝之前。望大人早早安歇，明早婉兒來接大人。

婉兒說過之後，便轉身離去。她心中儘管有很多的苦澀，但是她依然很欣喜。因爲她畢竟獲知了在她未來走向李顯的路上已不再有障礙。而僅僅是她臉上的那個墨痕，便使她和李顯之間的那可能會存在的嫌隙轉瞬之間化爲烏有。不再有隔膜。彷彿一切都被跳躍了過去。時間被直接切割到了那個最歡樂也是最兩小無猜的時代。他們是好朋友。他們彼此相親相愛。

婉兒，請留步。

大人還有什麼事？

我是說母親。聖上她身體可好？

是的聖上很好。依然很美，精力充沛。
是聖上要我回來的嗎？我一家眞沒有抄斬之憂嗎？
大人，您誤解聖上了。
就是說，我眞的可以高枕無憂了？
聖上是秘密接你回來的。十幾年間她一直牽念著你。
聖上是偉大的。
奴婢告辭了。
婉兒……
什麼？
婉兒，日後還望你能幫助我。畢竟我離開得太久了。這宮中朝上，怕是滿眼都是陌生的面孔了。如此物是人非，我怕沒有婉兒的幫助，會寸步難行。
婉兒將盡力而爲。
婉兒離開了李顯；她又匆匆趕回了女皇的寢殿。婉兒想不到，女皇竟依然站在寢殿門口的石階上，在很冷的夜風中，在等著婉兒。遠遠地看到婉兒，她竟然不顧一切地走下石階去迎婉兒。她抓住婉兒的手。問她，怎樣？李顯看上去怎樣？他還那麼高大偉岸英姿勃勃嗎？他問到我了嗎？他都說了些什麼……
婉兒這才落下了眼淚。

婉兒是在離開女皇之後，才回了文史館。她努力在爲自己找著理由，她想國史中確實有一些部分在等著她去修改。她想她如果今晚不去做，明天就沒有時間了。她已經非常喜歡修撰國史這一項事業，特別是在她整理女皇的那一段段大事記時，簡直是一種痛快淋漓的寫作。就彷彿她自己就是女皇。就彷彿是她自己在治理著國家。就彷彿是她自己正在一步一步地登上了女皇的王位。

婉兒確乎是回到了文史館。

婉兒也確乎是決定挑燈夜戰，在爲聖上修書中體驗聖上。

但是，那也許並不是婉兒眞正的所思所想。那不過是一個藉口。不過是一個婉兒用以欺騙自己的謊言。婉兒還不至於在記錄女皇那驚心動魄的經歷中去體驗女皇的霸業。不，婉兒對權力沒有興趣，她弄權絕不是因爲她喜歡權，而是她要活著就必得學會弄權。是的，癡迷於整理女皇的歷史不過是個幌子，她是要讓住在庭院深處的那個可能依然在等她的男人看到她案台的上燈光，知道她來了。

果然，當婉兒剛剛研好墨，那殿堂的門就被推開了。那種婉兒那麼熟悉的門的響聲和來人的腳步聲。婉兒當然知道那是誰。她也許就正期等著他渴望著他切盼著他。婉兒永遠也無法解釋她爲什麼不能離開那個男人。她曾經一千次想離開他，但又一千次回到了他的身邊。她就那樣等待著期盼著。任那個男人走近她，拉起了她的手，並且吹滅了那盞溫暖而明亮的燈。然後一切就陷入了那個被黑暗充滿的窒息中。在那裡，慾望是主宰一切的眞正的帝王。婉兒被那個男人牽著，穿過那個她熟悉的甬道，來到了那張床上。那是她和他的床。沒有任何別的男人和女人睡過的床。就在他們的事業的邊上，在他們智慧的謀略的同舟共濟的願望的邊上。他們做愛。在無言中。直到午夜。當那個男人睡去。當完結。婉兒便起身離去。她必須在早朝之前趕到後宮李顯暫居的庭院。她必得將李顯帶到他的闊別十四年的母親的面前。她必得目睹他們母子之間的那悲欣交集。她必得離去。她這就要穿上她的衣裙，梳好她的頭髮，離開那個筋疲力竭的男人。她留戀那個給她以溫情的男人的身體，她知道那身體對她來說有多麼重要，但是她必須離開他。她離開他是爲了去親近另一個男人。取悅他，讓他也給予她那滿身心的熱望和感情。她必得這樣，從一個男人走向另一個男人。她要利用他們。她要利用他們對她的那濃濃的愛意和他們對她的那由衷的崇拜。她相信她會從他們那裡得到她所需要的一切。她相信他們，不如說她更相信她自己。相信她對他們的那種深刻的誘惑力，相信她才會是他們的那個唯一。她要讓他們的彼此需要成爲一種生命的狀態。她要讓他們需要她就像是她需要他們一樣。婉兒這樣做著，在猶豫間在憂傷間從一個男人走向了另一個男人。她沒有對他們說她從哪裡來，又要到哪裡去。她讓他們蒙在了鼓裡，而唯有她，清醒著。

就這樣。婉兒等候在李顯的庭院中。李顯匆匆走出。他意味深長地看著婉兒。經過了那個短暫而又漫長的孤單的長夜，他知道此時此刻婉兒對他來說有多重要。他覺得婉兒是他重新回到這陌生的而且是險惡的世界中唯一的親人和朋友了。他視婉兒為親人朋友。他知道他的選擇不會錯。他堅信婉兒從此將支撐著他。他覺得他已經從婉兒的眼睛中看出了她的在所不辭。他這樣想著這樣堅定著他對婉兒的信念，他便在走向婉兒的時候在那個無人能看到的暗處抓住了婉兒的手，他甚至躲過了那個出門送他的韋王妃犀利的目光。

李顯抓住婉兒的手並低聲對她說，婉兒，幫助我，給我勇氣。

婉兒看著李顯，她並沒有從李顯的手中抽出她的手。她顯然給了李顯她的默許，其實那就是她做給李顯看的她的姿態。她就那樣讓李顯握著她的手。然後她就被李顯牽著一道坐上了那輛趕往政務殿的馬車。

婉兒坐在李顯的身邊。在那個天色依然昏暗的清晨，婉兒有點冷，李顯也有點冷。他們的身體都是冰涼的，而唯有他們一直緊握的那兩隻手在彼此傳遞著他們最後的溫暖。他們就那樣沉默著。彷彿不敢再多說一句話或是不敢有更多的舉動。他們就那樣保持著他們所默契的那樣一種姿態，只有馬車的晃動偶爾會使他們的身體相互撞碰在一起。他們就那樣默默無語。不知道此時此刻他們企望的究竟是什麼。

隨著長夜將盡，李顯突然說，我很怕見到她。

婉兒便輕輕按了按李顯不停抖動的腿，輕聲對他說，爲什麼要怕見聖上呢？她一直在思念你。

李顯說我一夜沒睡。

婉兒說，奴婢也是一夜沒睡。

那你爲什麼不來陪我？夜太長了，令人膽寒。

奴婢也是身不由己。這朝廷很大。

眞的。我很害怕。

大人眞的不必怕。如今天下思李，滿朝文武都會擁戴大人的。

我是怕母親。

聖上也是站在大人一邊的，否則她怎麼會力排眾議，堅持要把大人全家秘密接回來？

那麼你呢婉兒？你會站在我這一邊嗎？

奴婢自然也會。

婉兒告訴我，這些年來你究竟受了多少苦？

奴婢在聖上身邊，怎麼會受苦呢？

可是，看看你這張臉……

那是隨風而去的往事，大人不必在意。

我怎麼能不在意？如果受這懲罰的不是你……

大人，還是想想在見到聖上時，你究意該說些什麼吧。

然後又是沉默。馬蹄聲踏碎了心情。

突然的，一粒石子。僅僅是一粒石子，便使得馬車劇烈地搖晃，在那搖晃之間，那麼不期地，將婉兒的身體狠狠地撞在了馬車的木桿上又狠狠地撞回到李顯的身上。那也是天意。讓那粒石子就橫亙於前往政務殿的石板路上，讓李顯就緊緊地把被馬車的木桿撞疼的婉兒摟在了懷中。那是怎樣的一種激情。李顯緊緊地抱著婉兒，並撫摸著她的臉。他問婉兒是不是撞疼了，來，讓我看看。

婉兒搖頭。婉兒說馬車上太黑，大人看不見。

不，讓我看看。我就是要看看你。回來以後，讓我最最傷心的就是看見你這樣。你怎麼能這樣呢？她怎麼能忍心讓你受到這樣的傷害呢？這就等於是在用刀剜我的心。婉兒，知道嗎？我喜歡你。我一直都喜歡你，從你很小的時候，我甚至是在愛著你。不，你不要阻止我，讓我說，這是十四年來我一直久積心底的感情。眞的，我愛你，想念你，在房陵我曾多少次夢見你。但我知道那可能永遠只是夢了，我想我今生今世是再也見不到你了。可是，上天要我再度見到了你，可是，你怎麼會是這樣的？這樣帶著恥辱的疤痕。他們怎麼能這樣對待你？怎麼能這樣對待我最最心愛的女人？當年就是我最最想得到你的時候，我也不曾敢碰過你，我覺得哪怕絲毫的輕慢都會傷害你的心，而我是不願傷害你的心的，可是，他們卻在我不在的時候如此殘酷地傷害了你，這是我永遠不能原諒他們的，無論是誰，我遲早要爲你的傷痛去報仇。現在好了，婉兒我終於回來了。我回來就是爲了保護你的，今後誰也再不能欺侮你，你是我的，你將永遠是我的……

李顯在搖晃的馬車中緊抱著婉兒。他甚至親吻著婉兒臉上的墨跡親吻著婉兒冰涼的嘴唇。

李顯不知道他這樣說這樣做也許僅僅是爲了能在婉兒的身體上獲得勇氣和堅強。因爲他實在是太怕見他的女皇母親了，他要在一個女人的身上找到那原本屬於他的膽量。

沒有海誓山盟，也沒有忠誠。婉兒在接受著李顯的濃濃愛意時，身體中存留的卻是武三思的精液。這就是婉兒。她知道她已經左右逢源，四通八達了。她逢迎所有喜歡她需要她的男人。她把她自己給予他們。那所有能給予的。她將傾其所有。她已經麻木。她已經不知道何爲感情，何爲廉恥了。

隨著那輛馬車在政務殿的門外停下。婉兒和廬陵王李顯一前一後走出了馬車。他們似乎都有了很大的變化。李顯變得鎮定自若，沉著堅定；而婉兒則是胸有成竹，彷彿勝券已經在握。他們就這樣一前一後地跳下了馬車。那是他們自見面以後就迅速形成的那種默契。從此他們一個手勢一個眼神便將能決定他們共同的立場和行爲。這便是他們不用訂立就已經存在了的那個聯盟，那個聯盟的條約便是，李顯對婉兒的喜愛，和婉兒對李顯的利用。

就這樣婉兒帶著李顯走進了政務殿的大門。就這樣因爲有婉兒，即或是置身於政務殿壁壘森嚴的壓抑中，李顯都不再懼怕。他們滿懷信心地垂立於屏風之後，在那裡等待著那個至尊至聖的女皇，等待著那個突生惻隱的母親。

就這樣新的時代眞的開始了。

與李顯同時徹夜不眠的，是武曌。

在這個令武曌心慌意亂的夜晚，女皇特意召來了張氏兄弟陪伴。她要他們爲她撫琴。在那裊裊的樂曲聲中，她躺在那裡，思前想後。女皇的寢殿在那個晚上徹夜響著古琴淒切悠遠的樂曲聲。

女皇在長夜將盡的時候便開始在燭光下梳妝。她要她的侍女們格外精心地打扮她，要她在往日的威嚴中再添上幾縷柔情。拂曉，天色依然灰暗，而女皇的心情早已亮如白晝。她滿懷激情和感動等待著那一刻，那個她爲自己精心安排的時刻。然後，她便在後宮浩蕩的前呼後擁中離開了她的寢殿。

女皇走在通往政務殿的長廊上。她甚至不要別人來攙扶她。早春的清晨依然冷，而女皇枯瘦的雙手更冷。她竟不知到了這把年紀，經歷了無數驚心動魄，又身爲至高無上的皇帝，她還會有如此緊張的時刻。她甚至不知道自己是不是能應付那個就要到來的母子相見的場面。

李顯是什麼？

李顯又不是洪水猛獸他無非是他闊別多年的兒子。

女皇緩緩地走著。步履有點蹣跚有點零亂但是她堅持著。

這時的女皇已經七十二歲了。七十二歲的女皇懷著她從未經歷過的心情。直到她終於坐到了她政務殿的皇椅上。她氣喘吁吁地坐在那裡的時候，心依然在怦怦地跳。她閉上眼睛想像著那個很短的會面。她有意把這次無法逃避而又令她無比尷尬的會面安排在她上朝之前的那個短暫的瞬間。她還不想讓這次親人的會面帶上親人之間的感情的色彩。不是母親與兒子闊別多年的那種會見，而是君臣之間的那種禮節上的召見，就彷彿是地方的刺史被左遷到了京都。女皇就是女皇。權力永遠高於一切。而這一次召回廬陵王也的確不是為了修補母子之間情感的裂痕，而是為了天下。

女皇這樣想著。她睜開眼睛竟然就看見了那個站在屏風前的婉兒。她看見婉兒就知道她的兒子已經到了，就在婉兒身後在那屏風的背後。然後，她就讓政務殿中的所有人全都退下，一個不留的。她不想讓任何人看到他們母子相見的這最初的時刻。這個時刻是只屬於她和她的兒子的。那將成為一個永遠的秘密，只存留於她和李顯的記憶中。當然除了婉兒。婉兒是一個唯一。是一個能夠被她和她的兒子接受的唯一的見證人。

然後，她一直在默默等待著那個時候到來。

終於，那個留著鬍鬚的看上去依然顯得蒼老的男人從婉兒身後走出。那是朕的兒子嗎？那個高大而疲憊的男人幾乎沒敢抬頭看一眼眼前的女皇，就屈膝跪在地上，他嗚咽著，他說，聖上……

武曌不敢相信她的眼睛。她的眼睛已經被她縱橫的老淚所迷濛。她不願相信這個眼睛裡充滿的恐懼的可憐男人就是四十多年前她把他帶到人間的那個可愛的男孩子。她還記得她膝下的那天眞歡樂的笑聲，記得他騎著馬在禁苑中狩獵的那英姿勃勃。還有什麼？女皇還記得李顯的什麼？他身爲天子的狂傲輕浮？他要把整個江山拱手送給他的岳父？還有，他是怎樣在被廢黜時高聲詛罵他的母親？他垂死地抗爭著，憤怒地吼叫著，他說殺了我吧。你殺吧。把你所有的兒子全都殺掉吧……

不！

不——

女皇帝竟然能將那就要湧出眼眶的酸楚淚水收回。她臉上的那殷切慈愛的神情也驟然恢復了往日的平靜甚至冷酷。天色依然灰暗。鳥雀在伸展著的房簷上跳著。武曌不是母親。母親不是她生命的角色。她的生命中唯有一種她可以扮演的角色，那就是，她只是那個至尊至上的女皇帝。

於是，女皇帝對跪在那裡連頭也不敢抬的李顯只說了一句話。

你回來了就好。

這就是鬱積了十四年的千言萬語。

這就是思念就是企盼，也就是和解和修正。

所有人間的情感就被擠壓在了這麼幾個堅硬而冰冷的詞彙中。可能這其中也包含了女人的柔情，母親的慈愛，或是別的什麼難以言說的心情。

然後女皇就離開兒子臨朝去了。留下李顯。讓李顯在無限的感慨和震驚中，看著那個頭戴皇冠的女人緩緩離去。李顯不敢相信他剛剛看到的就是他已年逾七十的年邁母親。他不能想像一個如此高齡的女人能依然如此雍容華貴、充滿自信，並繼續擁有著那美麗非凡的永恆氣勢。李顯在回到京都洛陽之後的短短幾個時辰，就看到了他曾經那麼熟悉那麼親近而又是那麼多年不曾看到的兩個女人，母親和婉兒。兩個女人都使他無比震驚，都使他感慨萬端。如此見到了這兩個女人，才使李顯對他所見到的一切有了感覺有了思維。他想這就是朝廷。這就是家。儘管他依然夢中一般，但是他知道他回來了，一切也都將重新開始了。

女皇與百官的覲見匆匆結束。當朝官們退去，女皇把狄仁傑帶來了政務殿。女皇再度提到了皇嗣問題，並說起她對廬陵王是否返朝舉棋不定。於是對此一直耿耿於懷的狄仁傑即刻慷慨陳詞。如入無人之境一般地也不管女皇是不是愛聽，就大談天下怎樣思李唐久矣，萬民百官又是怎樣籲請聖上盡早召回廬陵王以遂天下之望。狄仁傑說到動情之處，不禁又是潸然淚下……

好了，女皇突然截斷了狄仁傑，說，還你太子。然後便呼出了已在屏風後等待良久且長泣不止的廬陵王。

還你太子！

老淚縱橫的狄仁傑被女皇的這幾個字震驚了。他猛然抬起淚眼，竟然就眞的看見了眞眞切切站在他面前的李顯。狄仁傑驚愕地看著女皇。他想不到這個一向自負的女人竟能如此勇敢地一筆勾銷了她和兒子之間十幾年的恩怨，更想不到女皇已經派人將廬陵王秘密接回，讓他所一直期盼的那個王位繼承人此時此刻就站在了他的面前，站在朝廷之上。於是激動萬分的狄仁傑以他的年邁之軀再度跪到女皇的腳下，並連連頓首，說不出話來，那是狄仁傑對女皇由衷的欽佩和心悅誠服。

如此戲劇性的相見場面激動人心，青史留存，成爲千古的一段佳話。

婉兒將這一切看在眼中。婉兒當然看得出這是一幕女皇親自導演精心排練的戲劇，當然婉兒也知道女皇爲什麼要這樣做，她是要讓幕後的李顯聽到狄仁傑對他的赤膽忠心，而狄仁傑又是女皇所最信任和依賴的朝臣。

接下來便是狄仁傑奏諫女皇。他說廬陵王如此秘密返回似乎不合禮儀，莫不如陛下親自向天下宣布召回李顯……

既然李顯已經返回，武皇帝自然也願意告知天下，以示她的大慈大悲。於是她立刻交由婉兒親自安排，結果當天李顯一家就被秘密送出北門，在洛陽城外的龍門客居一夜，等待第二天清晨朝廷的儀仗和文武百官將他隆重迎回國都。

婉兒按照女皇的旨意所安排的一切都在秘密中。不僅滿朝文武不知，就連女皇的愛女太平公主與女皇接近的武姓子弟們也全然不知。甚至那些被通知第二清晨趕往龍門的朝官們，都不知道他們爲什麼要去龍門。直到他們列隊歡迎，在浩浩蕩蕩聲勢龐大的儀仗隊伍的吹吹打打中，才驟然看到，原來那個流放在外多年的廬陵王李顯已經從天而降般地，來到了他們面前。在前往龍門迎接李顯的隊列中，當然也有武三思。要三思作爲朝中重臣去迎接李顯，是女皇的主意。女皇不知道爲什麼要讓武三思去接李顯，她也不知道這樣做是想傷害武三思還是想說明她對她的這個姪子很重視。畢竟李顯的返回是朝廷中的一件大事。大事情就必得要舉足輕重的大人物去主持。

其實李顯的返回是讓女皇覺得她有點對不住武三思的。很多年來，王位繼承人的人選遲遲定不下來，其實也是女皇在李顯和武三思之間左右搖擺，舉棋不定。她總是不想顧此失彼，但又總是找不到一個萬全之策，所以她很苦惱，皇嗣的事也就這樣拖了下來。她總是捨不得這個，又放不下那個。直到她最後下決心接回李顯，她才意識到事實上她已經拋棄三思了。所以女皇才更加困惑，這種最後的抉擇總讓她有一種斷臂的疼痛。

所以女皇遲遲不肯親自對她所同樣器重的武三思說出她的決定，甚至也不想讓婉兒告訴他。這樣直到李顯已經返回，已經住進了後宮，武曌才突然想到她該怎樣面對她這個姪子。

後來女後皇就斷然鐵了心。她想就乾脆把武三思直接派往龍門，讓他自己去看，自己去了悟，自己疼痛，自己調整。她想接下來的生死存亡，就要武三思自己來判斷，自己來選擇了。或者他要和李顯一決雌雄；或者他會從此抑鬱消沉；再或者，他能夠成爲李顯的最好的幕僚，就像是當年長孫無忌是太宗李世民最好的朋友和最信任的宰相。當然這最後的一種景象，是女皇最想看到的。她希望她李、武兩姓的後代們世世代代友好下去，無論朝廷和天下姓什麼，他們都永遠是親人。但是女皇當然也知道，百年之後她不能再指望她的子孫們，一切只能任由時光帶走，她已長眠地下。

便是如此，武三思被他的姑母推向了那個他生命中最壯懷激烈的舞台。當他看到倏然站在他眼前的那廬陵王李顯時，他眞不知是怎樣的百感交集，痛徹心肺。在拱手迎接李顯的時候，他恨不能一刀宰了他。在看到那隆重的儀仗隊伍時，他在心裡痛罵的，也是李顯最感慨的那同樣的兩個女人。

但是，武三思卻以驚人的忍性，把他所面對的所必得接受的這一切全都忍了下來。他是將打碎的牙嚥進了肚子裡，是在百般逢迎中口蜜腹劍。他還眞的憤怨眞的仇恨。他覺得他才是那個被裝在混蛋姑母滿是謊言的袋子裡的傻子。他年深日久地被捂在那甜密的謊言中。紮緊。如此還不夠，那個狠毒的撒謊的女人竟還要拎起那袋子狠狠地往龍門石窟上撞，撞得他頭破血流，而又有口難言，他該怎麼辦？

武三思已經好久不曾單獨見到婉兒了。婉兒不再來文史館，就彷彿她已經退出了修撰國史的工作。她也不管武三思是不是每個夜晚都在文史館的庭院裡心急如焚地等待著她，並且簡直是在期盼著，他有千言萬語要對這個他無比信賴親愛的女人說，難道，聖上也要奪走他向婉兒傾訴的權力嗎？

自李顯返京以後，武三思也曾見到過婉兒幾次。或是在政務殿上，或是在聖上爲她的這個久別的兒子舉辦的那些盛大的歡迎宴會上。只是武三思始終沒有能單獨和婉兒接觸的機會，他甚至不能單獨和她說上幾句話。她好像故意在躲著他。她好像不願給三思那個他們能夠單獨對話的機會。

武三思如熱鍋上的螞蟻。他並不是非要婉兒的身體。他有家。他的家中也是妻妾成群，美女如雲。只是近來李顯的返朝使他的心裡太難過了。倒不是因爲李顯奪走了他可能會得到的王位，而是，他不能忍受他一向信任的那兩個在朝廷中舉足輕重的女人爲什麼突然一起拋棄了他。他不能理解，以他同聖上的親近，迎回盧陵王李顯這個如此重大的事情，聖上竟不曾向他吐露過半點消息，而讓他在毫無準備的情況下，像所有被蒙在鼓裡的朝官一樣，被盧陵王的驟然返回弄得措手不及。他想這不是聖上在耍他嗎？幸好多年的官場經驗，讓他做到了隨機應變，波瀾不驚。他並且及時調整了他的態度，才讓他不至於在那個歡迎的儀式上鋒芒畢露、破釜沉舟。如是依著他的心性，他不接受那兩個女人強加給他的這個現實，說不定他的腦袋此刻早已懸掛在城門樓子上了。接著是歡迎盧陵王的左一個右一個盛大的宴會。依然是沒有人告訴他爲什麼要如此隆重地歡迎李顯，更不要說和他商量了。就等於是他以爲自己是朝中的重臣，其實他在任何當權者的眼中都微不足道。那是種怎樣的屈辱。武三思幾乎無法忍受了。

再加上他近日來滿眼所見，都是聖上和李家的兄弟姐妹們，甚至那些本來被武曌所不恥的李唐舊臣們笑逐顏開、春風得意的樣子，他就更是心存忿恨，火冒三丈。尤其是他看到婉兒夾在其間，如魚得水地前後應酬著，女皇又在酒意闌珊之中，對婉兒如此精心的安排大加讚賞，他就更是怒不可遏，恨不能把這個勢利的女人殺死。既然是如女皇所說，是婉兒從頭到尾策劃了這一切，那麼這個和他上床的婊子怎麼就一點也不告知他呢？甚至，在盧陵王返回的那個晚上，這個婊子還特意跑過來找他了，並且說她愛他，竟然依舊對那個重大的秘密守口如瓶，那麼，她又把他武三思當作什麼人了呢？難道他僅僅是她慾望的工具嗎？

這個婊子！

武三思恨恨地罵著。在那一刻，他眞的想殺了那個拋棄了他的婊子一樣的女人。

武三思恨透了婉兒，或者說婉兒傷透了武三思的心。特別是從此婉兒不再來文史館，也不願和他單獨講話，簡直是把武三思逼到了絕路上。武三思知道，李顯的歸來，就意味著他夢想的破碎，他並不對他姑母的這種選擇耿耿於懷，因爲他太了解那個凶殘的女皇了。她連殺死她的親兒子們都不會眨眼，更何況拋棄個把子姪。所以武三思不在意。比起武皇帝殺死的那些親人們，同樣作爲親人的武三思顯然要幸運得多。但是武三思在乎婉兒，他不能忍受婉兒對他如此明目張膽的背叛。她怎麼也變得如此下賤無恥，變得如此冷酷無情了？是不是有了新主子，她就只能去做婊子？婊子在這宮廷裡有的是，而婉兒只有她一個。假如婉兒眞的也去做了婊子，那麼武三思爲什麼不能殺了她？殺個把婉兒又算什麼呢？武皇帝不會因爲他殺了個婊子就給他定罪吧？

於是，在萬般無奈在痛苦不堪在被疏遠被冷落被擠兌，在女人的背叛中，武三思決定要殺了婉兒，他想他已經忍無可忍。

武三思在做出了這個痛苦的但又令他痛快的決定之後，有一天，在他和婉兒擦肩而過的時候，他曾經非常認眞負責地並且是仁至義盡地警告過她。就在女皇爲她兒子舉行的那個歡歌笑語的宴會中，就在武三思強裝笑臉，勉強逢迎的時候，他和婉兒擦肩而過。於是他收起了僞裝的那一切，他等待著，就在婉兒走過他的時候，他在她的耳邊低聲說，我要殺了你。婊子。而正在穿過他的婉兒竟然無動於衷。她既沒有停住腳步，也沒有看一眼這個威脅著她的武三思。她只是按照她既定的路線繼續向前走去，她好像並沒有聽到有人要殺她，也並不害怕她的生命已岌岌可危，她只是不停地向前走著，決意和武三思失之交臂。而她在離開武三思的時候，臉上竟是如此的平靜。這無疑更加激怒了武三思。他覺得他在此世間還從未見到過如此冷漠薄情的與他有肌膚之親的女人。他於是更堅定了要報復婉兒的決心。他當然不會當眾殺她，但是他至少要當眾羞辱她。

於是武三思在眾人面前，突然大聲向姑母請求，他說陛下，臣也要爲廬陵王接風洗塵，共敘我們兄弟之間多年的友情。只是臣沒有得力的助手安排這等輝煌的宴會，臣曾與婉兒朝夕相處，共修國史，深知她是鋪排這種場面的行家能手，故臣啓陛下，能否將婉兒借臣一用？

武三思的一番如此表演，果然引得在場朝臣們都頓時回憶起這個在李氏家族中穿梭往返的女人，原來確實是武三思的幃幄中人。武三思的提醒，沒有引出他們的一片唏噓，但也確實是讓他們面面相覷了一陣。給了婉兒一個很令她難堪的打擊。

幸好武皇帝正酒酣耳熱，又有張氏兄弟在她身邊勸酒行樂，所以武皇帝聽不出那是武三思在向婉兒叫陣。她只是聽出了三思主動要和李顯交好，她覺得這對她來說才是至關重要的。她覺得三思眞好。她沒有白疼這個姪子一場。他總是事事處處爲她著想，他並且從不忤逆她的想法，哪怕是他自己受到了傷害，那麼，她何不把婉兒借給武三思幾天呢？於是她慷慨允諾。她甚至還說，到時候，朕也要出席你的宴會。婉兒，你就跟了三思去吧，朕這裡有他們……

武三思滿懷感激地叩謝皇恩，然後就在眾目睽睽之下，在那一片杯盤狼藉中，把婉兒帶出了國宴的大廳。

那一番無以言說的尷尬和羞辱。婉兒知道這就是武三思已經決定破釜沉舟。

這一次武三思並沒有去他的文史館，他確乎是把婉兒帶回了家。他也確乎要舉辦一個盛大的迎接李顯的宴會，確實要和這個新太子好好地拉拉關係。但是他其實並不需要婉兒爲他張羅什麼，他自己就有足夠的能力讓這個家宴皆大歡喜了。他當眾帶走婉兒也不僅僅是要羞辱她，他是眞心想殺了她的，不能讓這個女人再如此禍國殃民。

此時武三思的酒已經喝得很多。那種澆愁的酒讓他坐在馬車上依然迷離恍惚。婉兒是在極不情願中幾乎是被押解著推進武三思的馬車的。她一上去就被武三思緊緊抱住，被武三思的那滿嘴酒氣弄得幾乎嘔吐。

武三思的馬車開始晃晃悠悠地上路。婉兒在那晃晃悠悠中奮力地掙扎。婉兒的掙扎反而使那個醉醺醺的男人亢奮了起來，他更緊地摟住婉兒，他幾乎是把婉兒綑綁在他臂腕中。

你掙扎什麼？你怎麼就不能給大人取取暖。你是什麼東西？是金枝玉葉？還是烈婦貞女？算了吧，別來這一套了，你不過是個婊子。怎麼啦？嫌我妨礙你了？別以爲你還能和別的什麼有權勢的男人上床，死了這條心吧，你是我的，這朝上朝下都知道是你是我的，連聖上也知道。你就不怕你的這醜事會傳到你的新主子廬陵王那裡去嗎？這宮裡沒有不透風的牆。要不要我親自去告訴他？我們兄弟之間是有這一份議論婊子的交情的。你說你不想告訴他？你說我是卑鄙的？可我就是再卑鄙也從來沒有背叛過你。可你是我的，你明明是我的，有你臉上這標記證明你是我的，可你卻是這麼輕易地就背叛了我，告訴我，你也像所有的婊子們那樣水性楊花嗎？

婉兒便在武三思的羞辱中來到了他在長安市中的家。婉兒是來過這裡的，她甚至熟悉這裡，是因爲女皇時常會來，而且每一次都一定會帶上婉兒。

武三思踉踉蹌蹌。回到了他的寢室。他要他的家奴們把婉兒也帶到他的寢室，然後又說他要喝茶，他還特意點明要他府上那個最美的小妾親自把茶給他送來。他說著這些時候就彷彿婉兒並不在他的寢室。他說過之後便倒頭躺在了他的床上，也彷彿婉兒不在他的身邊。然後果然那個漂亮的女孩就端著茶走進來。她先是看到了那個滿臉冷漠的婉兒，然後就怯怯地把茶送給武三思，然後轉身就要退出去，但是卻被武三思一把就抓住了。

武三思抓住這個漂亮的女孩就像是老鷹俯衝下來抓住了一頭美麗的小鹿。女孩束手就擒，她甚至張大了那雙受寵若驚的眼睛。武三思讓那個女孩子滿懷欣喜地坐在了他的腿上，然後就把他的手伸進了女孩的衣服，在她的胸前不停地揉搓著。武三思就這樣在這個心甘情願任他蹂躪的女孩身上猥褻過一陣之後，他突然推開了那個女孩，而把他的目光轉向了婉兒。

他問婉兒，今晚你該住在哪兒呢？

如果大人的府上沒有住的地方，那我就回宮去。

宮門早就關了，你難道路宿街頭？

就是路宿街頭，我也心甘情願。

你還心甘情願什麼？去伺候那個新主子嗎？

我想怎麼做就不必大人管了。

可是你管得住你自己嗎？你不僅是天生的婊子，還是個政治的娼妓。

婉兒是聖上派來爲大人準備迎接廬陵王的宴會的，而不是讓大人在這淫蕩中羞辱的。如果大人不需要婉兒，我這就告辭了。

我怎麼能不需要你呢？你我在文史館中的那夜夜風流難道不需要嗎？只是你不再需要我了。只是你已經看出這武周的王朝已經姓李了。於是你也就跟著姓李了。你不懂要姓李，還要登李家的堂，上李家的床，你以爲我看不出你這狼子野心嗎？

大人錯了。

我怎麼會錯？如果說我錯了，那就是我武三思瞎了眼，看錯了你這個婊子，把你當作天下的最純正的女人了。

武三思這樣說，便扭轉身去脫那個年輕女孩的衣服。那女孩轉眼之間赤身裸體。那麼令人眩目的青春的身體，那剛剛發育的蓮花一般的乳房，還有那溢著馨香的絲綢一般光滑的肌膚。她就那樣被武三思撫摸著，並開始不停地扭動著不停地發出那種邀寵的呻吟。於是武三思便也隨之動情。他便也脫去長衫，在那女孩赤裸的身上野獸一般地啃咬著，並發出野獸一般的聲音。

婉兒終於忍無可忍。她轉身朝大門走去，但是她沒想到那門竟然被從外面反鎖了。她很憤怒。一種絕望的歇斯底里的感覺。就看著武三思和那個年輕的女孩在她的眼前淫亂，她受不了。不是婉兒沒有承受力。這樣的場面她在女皇的寢殿中見得太多了。她不僅看到過薛懷義或是張氏兄弟裸露的身體，那種一絲不掛的裸露，她甚至還看到過女皇床上不斷晃動的那些正在勃起的陽物。但是婉兒已經見多不怪，已經麻木和冷漠。但是此刻不同。此刻婉兒無論怎樣地抑制自己，她都不能夠不憤怒，不激動，她甚至很傷心，因爲武三思畢竟不是別人，那是個和她上過床，和她有過肉體關係的男人。

於是婉兒瘋狂拍打著那扇被反鎖的門。她不僅拍打，不僅喊叫著讓我出去，甚至還用盡平生的氣力去撞擊那扇門。那門在婉兒在撞擊下竟然搖晃，竟然在搖晃中發出搖搖欲墜的響聲。

後來武三思終於從床上起來。他一把將婉兒從那撞擊中抓了過來並推倒在地上。然後他就抽出了牆壁上掛著的那把長劍，並用那劍刃對準了婉兒的喉嚨。

他厲聲呵斥著婉兒，問她，爲什麼要走？你不想看我爲你表演了嗎？

婉兒怒視武三思，她眞想衝過去和這個男人拼命。

聖上是要你來幫我的，你跑不了。

是的，但不是要我來看你淫蕩的。

那聖上為什麼要你連夜就跟我走?
是因為聖上還不知道你的府上有多髒。
我的家再髒也不如你髒，難道你我在一起時就乾淨嗎?
你這個混蛋!讓我走!
別動!小心這刀刃不留情。武三思的長劍繼續逼著婉兒，那劍鋒已經刺在了婉兒的皮膚上。就是說你不肯幫助我了?這可是聖上的旨令，你不肯留下來幫助我就等於是違抗了聖上旨令。
如果是要我這樣在這裡幫助你，那我寧可違抗聖上的旨令。
你忘了你臉上的黥刑了?那不也是因為你忤逆了聖上?
婉兒寧可再受一次黥刑，把劍拿開，讓我走。
那就不僅僅是黥刑了。我也不會再把你交給聖上。這一次我要親自殺了你。我能夠找出無數個在這裡殺了你的理由。你的罪名將是死有餘辜的。陛下不會怪罪我的。陛下最多是為你落下幾滴老淚而已了。你記得嗎婉兒我曾警告你。我對你說過我要殺了你。你以為那是我說著玩的嗎?你以為我不是認眞的嗎?　不。我是眞的要殺了你。我已經忍無可忍，哪怕殺了你我也去死……
好吧那你就殺了我吧。反正你的末日已經不遠了。與其看著你滅亡，那麼好吧，你就來吧，來殺了我吧，拿去吧………
婉兒說著便奮力向前。

那是武三思沒想到的。

他只覺得他舉著那把長劍的手一震。婉兒的脖子上就立刻流出了殷紅的血。這確實是武三思沒想到的。他被嚇壞了，他立刻扔下了手中那把已經滴著婉兒的血的長劍。他又一次把婉兒送給了死亡。

那確實是他所沒想到的。他被流血的一幕幾乎逼瘋。他不顧一切地抱起婉兒，他眞的害怕極了。他知道他儘管很壞儘管用計謀坑害過很多人，但是他卻從沒有親自動手殺過人。這是第一次他終於親自動手殺人了，而他親手殺的這第一個人竟然是他那麼喜歡那麼迷戀那麼需要那麼不願意離開的女人。武三思使勁抱著婉兒。他拼命地用手去堵婉兒脖子上不斷湧出鮮血的傷口。他把婉兒抱在胸前。他搖著她親著她，他說不，我不是這個意思我絕不是這個意思，別，婉兒，別再流血了……

其實婉兒也被自己的血嚇壞了。她看見她的衣裙即刻被湮紅了。她甚至聞到她自己的血的那鹹腥的味道。婉兒臉色慘白，周身癱軟，她想這可能就是她的命數已經盡了。她無力地躺在武三思的懷中。任這個絕望的男人向她懺悔。她覺得她已經奄奄一息，她的呼吸正在變得急促。她想死原來如此輕易。她這樣想著便對著武三思的耳邊說，好吧，就這樣死在你的劍下，你我今生今世就扯平了。

婉兒說過之後便昏厥了過去，她的意識正在慢慢消散，任憑武三思怎樣呼喚她，她都聽不到了。

武三思更緊地抱著婉兒，並要那個嚇得發抖的小女孩趕快去找醫生。武三思把他的衣服按在婉兒的傷口上。他要按住那血，他不要那血再流出來。武三思在做著這些的時候竟然哭了。那樣的生命的傷痛是他從來沒經歷過的。他不停地呼喚著昏迷的婉兒，他說婉兒，我不想這樣，我眞的不想這樣。我只是不能忍受你冷落我。我差不多每個晚上都在文史館中咱們的房子裡等你，每個晚上都徹夜不眠。而你不再來。你爲什麼從此不再來。我只是想能單獨和你談談。只是李顯的返回讓我心慌意亂。我很害怕，覺得生命不再安全，那一刻我是多麼需要你，想和你談談，想讓你告訴我今後該怎麼辦。眞的婉兒我已經離不開你了。我想既然是我的生命已經沒有了，你爲什麼還要活著？婉兒你就是我。我們已經是一個人。我們同呼吸共命運，眞的我太需要你了，婉兒你不能把我丟下，你不能死在我前面，不能我活著，而這世間已經沒有了你……

醫生趕來。血不再流了。婉兒清醒了過來。幸好那劍所刺破的，只是皮肉。在醫生爲婉兒的傷口包紮之後那場虛驚就過去了。

那個夜晚，武三思無限柔情地把婉兒抱在了他的床上，並整夜在她的身邊守候著她。後來他脫光了婉兒的衣服。後來他自己也脫光了。那是一個男人多少天的渴望。他知道那才是他眞正想要眞正想撫摸也是眞正想進入的女人。

當得知婉兒的生命不再危險，武三思就再也不能控制他的慾望。他開始瘋狂地親吻婉兒，他開始不顧一切地爬到了婉兒的身上。就這樣，在婉兒的疼痛中在婉兒的動轉不能中，他擁有她。他的擁有的力量讓婉兒幾乎無法拒絕他。於是傷痛的婉兒便也不能不扭動身體不能不低聲呻吟，不能不伸開柔軟的雙臂去抱住了她身上的那個男人。讓他。讓他在她身上做所有的事情。盡他所能的。那所有……

還有什麼仇恨？

武三思說，想死我了。婉兒，我今生今世只愛你。

而婉兒說，此刻，就是死，我也死而無憾。

在床上。

床上泯恩仇。

他們或許是因爲彼此相愛才彼此仇恨的。

後來，當那一切完結，他們就又成爲了世間最好的情人，最好的朋友，最志同道合、狼狽爲奸的戰略的夥伴。

婉兒說我怎麼會丟下你呢？不會。自從婉兒奏請聖上復立廬陵王爲太子，事實上我就開始了爲我們未來能站穩腳跟的努力。李顯不是別人，李顯是未來的天子。婉兒就看清了這一步後，才努力想成爲李顯的朋友的。婉兒不僅如此，也勸大人如此。我們趨炎附勢，無非是爲了能生活下來。婉兒看到，大人在龍門迎接廬陵王時，已經表現得非常大度和熱情了。儘管那不是大人的眞意，但是大人做得已經非常好了。而獲得李顯的信任和友誼，之於大人也是非常重要的，由此也才能獲得大人安身立命的可能。婉兒想說，我們都是不能選擇自己命運的人，更不是能計較人格尊嚴的人。我們唯有依靠自己的聰明和才智，只有審時度勢看清未來，或者才可以立於不敗，並在不同程度上掌握自己的命運。婉兒是眞心愛大人的。婉兒希望大人能知道。那麼今後無論發生了什麼，都希望大人能理解並寬容婉兒。因爲無論我做什麼，都不會傷害大人的，甚至是爲了保護大人。也許大人會一時看不清，但是大人遲早會在那表面的後面，看到婉兒的眞意。而剛才婉兒以血明證，難道還不能證明婉兒對大人的那一片眞心嗎？

武三思無言以對，他只能是把他心愛的女人更緊地摟在懷中。他不知道他們爲什麼要通過血，才能看到彼此的忠誠。

婉兒爲三思的家宴竭盡全力。她完全是把那當作她自己的事情來做的。

這眞是一次盛大的宴會。甚至比聖上的國宴更燦爛。當然女皇的駕臨使這個家庭的宴會更輝煌。當一切就緒，婉兒才若有所思地問著武三思，知道聖上爲什麼要來嗎？

三思說，聖上對我的邀請從來是有求必應。

婉兒說，但這一次絕不同於以往，聖上的駕臨其實僅是想讓李顯們知道，她是永遠不會拋棄武姓的子嗣們的，他們也是她的親人。

聖上能有那麼英明嗎？

聖上並不是想證明她的英明。我了解她那是她眞正的心意。她只想看到李、武兩姓世世代代友好下去。那便是她的全部遺願。如此她才能死而無憾。

如果不如此呢？

不如此她將死不瞑目，但是，會如此的。

武皇帝在前呼後擁中如期抵達。她鳳冠霞帔，錦衣繡裙，周身放射著那種唯她才會有的奪目的光彩。她被武三思攙扶著向裡去。她剛剛坐定就看見了武三思的兒子武崇訓來向她問好請安。她說你起來吧，你都這麼大了，過來，讓朕看看你。於是武皇帝就赫然看見她眼前的這個英俊瀟洒的男孩，她覺得她的眼前爲之一亮。她於是立刻大呼小叫，她說你們看看，我們武家竟然有如此漂亮的男孩兒，眞是太好了。然後她便像突然丟了什麼似的，開始四處尋找。她說婉兒呢？婉兒在哪兒？去把婉兒給我找來，我有話對她說……

於是一直忙碌著的婉兒趕來。於是武皇問，廬陵王一家都來了嗎？

是的，他們剛到，就過來見聖上了。

用不著這麼繁瑣的禮儀了，這又不是在朝廷。朕是想問，他的孩子們都來了嗎？

婉兒說，沒有。

那爲什麼不讓他們來？這又不是國宴，是在三思的府上，是家人們在一起。

是，奴婢這就派人去把他們接來。婉兒說過之後便轉身去落實。

等等，朕記得，他們好像有個叫裹兒的女兒，那天我見過那個小丫頭。

是的，安樂公主。

一定要把裹兒接來，朕要讓她和這兒的孩子們一道玩兒。

武曌指了指一直垂立於她身邊的那個英俊少年武崇訓。婉兒立刻心領神會。那是她們之間的默契。

於是安樂公主很快被接到女皇身邊。她是那麼晶瑩剔透，忽閃著純眞的大眼睛，毫無懼色地站在祖母的對面。

女皇說，過來，裏兒，讓朕看看你。朕果然沒有記錯，你果然傾國傾城。告訴我回到京城來好嗎？

安樂公主使勁地點頭。

那就永遠不走了。就在朕的身邊，好嗎？

安樂公主依然使勁地點頭。

那好吧，去玩吧。記住，以後這府上的孩子們就都是你的朋友了。他們也是你的親戚，是你的表兄弟表姊妹。從此你們要在一起好好地玩兒，聽懂祖母的話了嗎？

安樂公主還是很起勁地點著頭，而且她又大又黑的眼睛，已經開始咕嚕嚕地四處轉著，去尋找她的新夥伴了。

去玩吧。婉兒，帶她去玩兒吧。

於是婉兒很會意地帶著安樂公主。她不費吹灰之力就找到了正和一群武家公子玩樂的那個英俊的武崇訓。她把安樂公主交給了武崇訓。她說這是你表妹，安樂公主，帶她去玩兒吧。讓她去認識你們的那些兄弟姊妹。

武崇訓當即被安樂公主那羞花閉月的美貌驚呆了。他目不轉睛地看著他的這個小表妹，他想不到婉兒會給他帶來一個如此美奐美輪的女孩。而那時的安樂公主除了絕代的美貌，還沒有後來的那種飛揚跋扈、頤指氣使的壞毛病。她有點緊張地站在武崇訓的對面。

她滿臉的純眞滿目的羞澀。她不懂京城王府裡的孩子們是怎樣生活的。就單單是這家宴的盛大豪華就已經使這個外省來的小女孩異常震驚了，更不要說她在這裡還看到了她如此英俊瀟洒的表哥。於是安樂公主的臉立刻紅了。而且忸怩半天終是說不出半句話來。

緊接著那些武姓的公子哥們紛紛前來，他們全都瞠目結舌地望著安樂公主，目光中是怯懦還有無盡的貪婪。

婉兒看著安樂公主那被男人欣賞傾慕的樣子。她知道像安樂公主這樣的女孩子，必得趁著她還不曾明白早早將她俘獲。否則她在這皇宮裡混得久了，還不知道她的心會有多高氣燄會怎樣囂張呢。於是婉兒暗示武崇訓，說是陛下要你好好陪公主玩。她剛剛回來，還很荒疏這宮裡宮外的事情。你該幫助她。要好好帶她玩，帶著她四處看看。懂了嗎？

武崇訓向安樂公主伸出手來，安樂公主也欣然把她的手伸向武崇訓。他們便從此青梅竹馬，婉兒知道，女皇關於這一對童男玉女的願望馬上就要實現了。那其實也是婉兒的願望。婉兒知道唯有如此，她的情人武三思才是安全的。

婉兒離開人群。她想她該回到女皇的身邊。她那樣一路走著，她想不到迎頭便看見了那個已很久不曾走出東宮的太子李旦。婉兒一時間有點惶惑，一時間想不明白長年被幽禁的太子怎麼會突然出現在如此公開的場合上。婉兒想了很久才想起來，邀請李旦來參加這次宴會其實是她的苦心謀略，也出自她的大腦。是婉兒慫恿武三思請求陛下放太子出東宮。婉兒之所以這樣做，是因爲她相信女皇會放了李旦，因爲畢竟李顯已回來了。婉兒知道其實女皇早就想解除對太子的幽禁了，她只是苦於一直找不到一個合適的能讓她名正言順地走下來的台階。於是婉兒給了她這個台階。她要武三思無比誠懇地請求女皇應允李旦來參加他的宴會。於是女皇順水推舟地，就把這個第一次放李旦出來參加皇室活動的面子，給了她的這個姪子武三思。而女皇這樣做的目的也是很明確的，她就是要李武兩家相安無事。

於是婉兒才能在這個幽暗的遠離人群的地方看見李旦孤身一人，形單影隻，心中便頓時湧出了很多感傷。她很眞誠地拜見太子。她說，太子的苦難就要結束了。

婉兒的話怎樣講？

太子可曾見過廬陵王嗎？

我已經拜見過三哥了。

也曾聽說百官奏請陛下復立廬陵王爲太子的事嗎？

不，我不曾聽說。

莫不是大人還留戀東宮？

不不不，我怎麼會留戀那樣的地方？

那麼以伯仲之規，太子就可以請求遜位了。這對於太子來說不是什麼爲難的事吧？

怎麼會爲難呢？這實在是我多少年所熱切盼望的。不管三哥在哪兒，也不管三哥多麼遙遠，只要三哥活著一天，我就一天沒有停止過這樣的期盼。

婉兒理解大人的心情。

得知聖上終於讓三哥回朝，我眞的出了一口長氣，放下了一顆提了十幾年的心。這樣的日子我眞的夠了，我不想再每天提心吊膽，也不願再枉擔這個太子的虛名了。婉兒是說，我可以提出遜位的請求了？

是的，你可以請奏了。

聖上她會很快放我走嗎？

只要你眞心想走。

只是，我的那五個兒子……

大人請放心，你們就會團聚了。

你怎麼知道？

聖上囚禁他們還有什麼意義呢？何況他們已經長大了。

那我就眞的謝天謝地了，只要能看見我的兒子。

我還會常常去看望他們。也會奏請聖上。讓你們父子儘快在相王府會面。

婉兒這些年來我眞不知該怎樣感謝你。

太子別這麼說，也難得我們兄妹一場，手足情深。婉兒只是希望太子在今後的日子裡能夠了解婉兒。這是婉兒對大人唯一的請求。如果有一天，你眞覺得我很壞，很墮落，我希望你也能諒解我。我要你記住我所做的一切不好的事都是出於不得已。我是知道我不好的但是我也沒有別的選擇了，你能懂嗎？

我懂了。然後李旦就重新消失在了黑暗中。

婉兒不再能看見李旦的背影。她獨自站在那裡，站在有點黯然神傷的心情中。她很感慨。她這樣感慨的時候被身後的一個什麼男人抱住了。

是武三思。

你不是已經解脫了嗎？顯然武三思看到了李旦。他說，你對他確實已經仁至義盡了。

武三思一邊說著一邊緊抱著婉兒。他親著她的脖子他說，我想要你，就這會兒。

你瘋了。婉兒奮力地掙脫了武三思。她說你怎麼只會想這種事呢？都什麼時候了？

你說是什麼時候了？聖上有那兩個黃口小兒陪著，席上的人們全都醉生夢死，你說什麼時候。

別這樣，你聽我說。

有什麼那麼重要？

婉兒對武三思說了武崇訓和安樂公主的事。她說這難道還不重要嗎？而且，關鍵是，這就更加證明了聖上的意願。對你來說，這也是一種安全的保證。一定要利用這次聯姻。一定要讓這次聯姻成功。去對崇訓說。他是你的兒子。要對他曉以利害。要他知道你們全家人的性命，事實上已繫於他一身。要他抓住一切機會。要他一定要把安樂公主弄到手。要他立竿見影。否則以安樂公主的心性，她很快就會目空一切。趁她現在還是個小地方出來的土丫頭。抓住她。三思。這一切對你太重要了。

你爲什麼說得那麼嚴重？莫不是要我把那個鄉下來的土丫頭按在我的床上？

你還開什麼玩笑。這是聖上給你的機會，你絕不能錯過。

是的，我會讓崇訓弄到那個小妞的。而現在關鍵是你，過來讓我抱抱你。

你是不是又喝多了？這是你的宴會，你不該喝得那麼多。
聽到了嗎？過來，讓我抱抱你。
不行。現在不行。
那什麼時候行呢？
我現在也說不準。
今晚你會走嗎？
幫你做的事做完了，今晚我一定得跟聖上回去。
聖上有二張就足夠了。
你們這些男人總是誤解她。
有張氏兄弟陪她還不夠嗎？她還要天下陽器偉岸的少年全都陪她嗎？
朝庭上的大事都是由聖上決定的，你們難道看不見嗎？
我看見的只是你，過來，婉兒，我怕你這一走我又再也摸不到你了。
不，大人，別這樣，別……有人來了……
當婉兒氣喘吁吁地從樹影中跑出來的時候，她果然看見李顯帶著他的太子妃正遠遠地朝這邊走來。於是，她對那個依舊在急切地糾纏於她的武三思說，眞的，李顯他們過來了，你別這樣，你要好好地招呼他們。然後，婉兒就話鋒一轉，和武三思談論即將爲聖上表演的歌舞的事。
李顯走過來和武三思相互寒暄。李顯很激動。畢竟是武三思讓李顯在他家中感受到了那無限的暖意和親情。也畢竟十四年艱苦卓絕的流放生涯使李顯至今心有餘悸，所以他對武三思感激涕零，尤其是三思在朝中已經做了很高的官並深得女皇重用，還能如此禮遇落難的李顯，就更是讓李顯由衷地感動。

男人們的話似乎並不多。他們不過是一個拱手一個作揖就盡在不言中了。倒是韋王妃在見到武三思的那一刻，她好像渾身的細胞突然都被調動了起來。她的雙眼也爲之一亮，好像她是第一次見到武三思這個人似的。

其實十四年前，韋王妃不是沒見過武三思。她只是站在她太子妃或是皇后的高位上，不屑於武家的那些徒子徒孫們罷了。也許是因爲韋王妃在她的那個荒涼偏僻的王府裡待得太久了，也許是十四年後，武三思眞成了那風流倜儻、揮灑自如的皇親貴冑，總之武三思那種成熟男人的魅力，那種糾纏在女皇身邊的皇家氣派，簡直讓韋王妃難以抵禦，心旌動搖。十四年來，韋王妃在遙遠房陵終日所見的，就只有那個一蹶不振、逆來順受的懦弱男人了。當然被廢黜的皇上又怎麼敢有作爲呢？這一點韋妃也是知道的。但是從皇后落魄到流放王妃的韋氏，很快就厭倦了她的男人。她除了不得已要爲李顯生兒育女，這十四年間，她對李顯可說是沒有任何感情了，她當然也不再愛他更不可能欣賞他了。因爲她太熟悉這個男人了，也太容易就能把他握在手心了。幸好李顯的被貶不是因爲別人，而是因爲韋妃。是因爲韋妃自己。恐怕只有這一點，是能夠支撐她和李顯艱苦度日的理由了。所以韋妃也沒有別的選擇。她只能嫁雞隨雞嫁狗隨狗。而恰恰又是這雞狗，使韋妃又重新回到了京都回到了皇宮回到了紙醉金迷的皇室生活中。所以韋妃儘管早已經嫌棄李顯，但是生活中這一新的轉機，又讓她不得不重新依靠在這個她不得不依靠的男人胸前。

但是韋妃對李顯是有著她深刻的認識的。她認爲頹廢和潦倒在十四年中已經深深腐蝕了李顯的肌體和靈魂。她相信生活無論發生怎樣的變化，李顯都再不會有什麼變化了。他永遠都將是懦弱的，無能的，與世無爭的，不堪一擊的。就如同一具僵屍。不再會激動，也不再會搏擊天下。她已經不對她的男人再抱任何的希望。她只是任由他，並且無奈地跟隨著他。

但是恰恰是這個令韋王妃失望甚至絕望的男人，又還給了她洛陽城中的新生活和她得以在其中發現和發展的無限空間。而她所享受到的最早也是最美好的生活，就是在這個春風沉醉的夜晚，她突然看到了武三思這樣的令她迷惑令她心動的男人。她確實是在用一種異常新奇異常欣喜的目光，在欣賞著武三思的。

所以她即刻被武三思所吸引。她的那種愛慕的心情是溢於言表的。她說武大人眞是一表人才。她又說武大人的盛情眞是令我們無比感動。武大人的宴會眞是好極了，武大人的心意也是這麼美好，讓我們這些久居外邊的人恍若來到了天堂。

面對韋王妃如潮般的讚美，武三思只得連連作揖，說哪裡，哪裡……

而韋妃容不得別人打斷她。就彷彿是十四年中她從未說過話。她的話如流水，滔滔滾滾；就如入無人之境一般，進入了那種喋喋不休的狀態。她說她剛剛在聖上身邊看到了大人的公子武崇訓。她說崇訓眞是年輕有爲一表人才。韋王妃不惜用一表人才這幾個字先後恭維武家的父與子。因爲她到底僅僅是一個小小的參軍的女兒，她不曾讀書習史，當然也就很難辭采風流了。她又說貴公子是和我家的裹兒在一起。裹兒是我生的女兒，安樂公主，漂亮極了。連聖上都把她當作是掌上明珠，聖上還說貴公子和我家裹兒是一對金童玉女呢，是天造地設的一雙。武大人見過我家裹兒嗎？若是沒見過，我願帶大人去見見。

韋王妃容不得武三思推辭，她也不問李顯她這樣做是否合適，就一陣風似地把武三思給捲走了。

婉兒默默地站在一邊。但是她知道韋王妃並沒有把她放在眼中。她對婉兒視而不見。她可能就是把婉兒當作了一個奴婢，她爲什麼要理睬這個賤爲奴婢的女人呢？婉兒知道其實這就是韋王妃的淺薄之處。她才剛剛回來，剛剛走進這聲色犬馬，那種惡性膨脹的老毛病就又犯了。這才眞正可謂是江山易改，本性難移。婉兒想這個淺薄的女人，遲早會受到她的淺薄的報復。當武三思被韋王妃旋風一般地捲走，婉兒便一個人獨自安靜了下來。她長出了一口氣，才覺出她眞的很累了。她想她該回到女皇那兒去了。她想女皇年紀大了，她一定也累了。天色已晚，她要送女皇回後宮了。

婉兒這樣想著便扭轉了身。

她被緊挨在身後的那個男人嚇了一跳。

在黑暗中婉兒還沒有看清那個人是誰，就被那個人緊緊抱在懷中。

婉兒沒有喊叫。她只是輕輕地掙扎著。她不能不在乎在同一個地方同一個夜晚，只相隔一個時辰，就被兩個男人先後擁抱。

婉兒低聲說大人請別這樣。奴婢以爲大人也隨王妃一道去看公主了呢？放開我吧，讓奴婢走，聖上正等著奴婢呢。

婉兒，你別動，我可以放開你，不過你要告訴我，我可以也像武大人那樣向陛下請求你的幫助嗎？

大人要奴婢做什麼？

我也想在我的王府舉行一個大型的答謝宴會，我也要請陛下來，你會幫我嗎？

你眞的那麼糊塗嗎？婉兒終於掙脫了那個男人。她整理著自己的頭髮和衣服，她說，大人怎麼這麼快就忘了疼呢？

感謝一下親朋好友有什麼不對嗎？

奴婢以爲，大人還是收斂爲好。而且恕奴婢直言，請大人奉勸夫人千萬不要如此張揚。你們好不容易才回來。而且，聖上最不喜歡的，就是張揚的人和事了。

可是武大人如此鋪排張揚地設宴招待我們，甚至超過了國宴的規格，她就能允許嗎？

那是因爲他是武三思，是陛下至今最信任的人。陛下一定是以爲，你回來本身就是對武三思最致命的打擊了，因爲陛下確曾提到過要立武大人爲太子。所以她覺得三思很疼。陛下不願意失去他們。沒有他們也就不會有陛下的今天。所以陛下想補償一下。她覺得她欠了武三思的，而不欠你的。你又何苦還要炫耀你的衣錦還鄉呢？

婉兒我要是能擁有你就好了，哪怕是僅僅擁有你的頭腦。但是我知道你從來就沒有喜歡過我，你甚至不願意正眼看我……

不，大人，不是這樣的。奴婢一直是尊重並愛戴大人的。大人不必如此悲觀。你就要做太子了。李旦已經準備奏請遜位。按照朝廷的規定，李旦奏請遜位三次之後，大人就可以做太子了，大人最終會擁有整個王朝，這難道不是令大人歡欣鼓舞的事情嗎？

而擁有整個王朝又有什麼用呢？我寧可用整個王朝去換你的心。

大人怎麼還是這麼隨心所欲呢？難道十四年的磨難還不能改變你？

對我來說，獲得王朝江山如此容易，而得到一個知己就那麼難嗎？

奴婢並沒有說不做大人的知已。只是大人要記得，大人是身懷使命的。

怎樣的使命？

大人所要擁有的江山不是武周的江山，而是大唐的江山。太宗、高宗所創建的江山，如今就背負在大人的肩上了。大人又怎麼能為區區兒女情長，而耽誤了匡時濟世的大業呢？大人如若眞視奴婢爲知已，就請大人視社稷安危爲己任，早日光復大唐帝國。

婉兒你當眞認爲我能匡復大唐。

能負起重任者，非大人莫屬。

那麼在這項偉業中你願意幫助我嗎？

奴婢願意。但必得等到聖上百年之後。有聖上在，王朝永遠是武周的。而婉兒，也只能是武周的。

果然廬陵王返回洛陽半年之後，在太子李旦連續三次提出遜位禪讓的請求後，女皇終於恩准了李旦的最後一次請求，移他爲相王，而將廬陵王李顯復立爲太子。

如此的反反覆覆，上上下下，浮浮沉沉。讓李顯和李旦都經歷了母親這無情的蹂躪。他們都不敢回首他們所走過的生命的路，他們也都不忍回頭看那沾滿了他們的血和淚的皇帝和太子的位子。李顯從太子到皇帝到被貶黜爲相王。他們就是這樣來來回回地走著。從王到太子到皇帝，這每一個位子上都留下過他們或深或淺的印痕。他們就是這樣在循環往復中走完了他們生命的大半。他們被揉搓著被踐踏著被期望著被擁戴著，而到頭來他們發現那個眞正坐在皇位上的，還是他們的那個偉大的母親。他們的位子是可以改變的，而他們偉大的母親是不可改變的；所以無論他們坐在哪個位子上，統治著他們的，無論幕前還是幕後，也全都是他們的那個偉大的不可改變的母親。

這一次，李旦終於又逃脫了出來。他一分一秒也不肯在東宮裡多待了。他匆匆忙忙地就回到了他洛河對岸的相王府。他不管他的相王府中是怎樣地衰微破敗殘垣斷壁，他只要能儘快離開那個險象叢生的東宮。

接下來李旦就是朝思暮想他的兒子們了。其實這也是女皇身邊的婉兒極力在做的。婉兒知道那五個生龍活虎的男孩子對孤單的李旦有多重要。尤其是原來的那個人丁興旺、其樂融融的相王府，如今早已是淒寂荒寒的所在了。

婉兒是因爲同情李旦才想方設法幫助他與他的兒子們團聚的。她曾經幾次提議，放後宮的五王出閣，女皇不置可否，即不駁回，也不將釋放五王付諸實施。後來婉兒又把這提議交給了武三思，她要三思積極勸諫女皇放了五王，要三思由此成爲李氏家族所有受害者的恩人。

但是怎麼可能呢？

女皇好像看穿了婉兒的陰謀。她就是不肯吐口放了五王。倒不是她不給婉兒和武三思面子，也不是她不讓李旦他們父子團圓，而是那時候女皇自己就離不開那五個生龍活虎的孫子了。

在後宮被幽禁了整整六年的李旦的五個兒子，如今都已經成爲堂堂的男子漢或是翩翩少年。長子成器此時已年滿二十一歲，就是進宮還不到十歲的臨淄王李隆基，如今也已成爲了十五歲的英雄少年。其實被收養在後宮的五個男孩並沒有他們的父親想像的那麼悲慘，那麼失去人身自由。在某種意義上，他們甚至是比他們的太子父親更自由也更無憂無慮的。他們所不准見的，其實唯有他們的父親。這是女皇對這個想像中可能謀反的太子李旦的一種精神的懲罰，但是女皇是絕不會懲罰她的孫子的，她甚至對他們恩寵有加。在他們成長的這六個年頭裡，她不僅給了他們最好的老師，還讓他們在禁苑中學會了騎馬狩獵和帶兵打仗的本事。讓他們在長大以後不僅有很深的學養，還有健康的體魄。所以由女皇調教出來的這五個皇孫個個英雄豪傑，甚至比和他們懦弱的父親待在一起時還要有出息的多。女皇不僅常常派婉兒去看望他們，就是聖上自己，也常常會把那幾個繞膝的孫兒接到她身邊，告訴他們該怎樣成爲一個堅強的男人。女皇放任著他們的天性。她希望在他們中有一天能誕生出一像唐太宗李世民那樣的偉大君王。

所以久而久之，成長中的小王子們就不覺得見不到他們的父親有什麼痛苦了。他們跟隨他們的祖母長大。他們愛他們至高無上的祖母，並且崇拜她。他們覺得祖母才是堪稱英雄的偉大者，而唯有祖母，才是他們人生中眞正的楷模。

自然他們對婉兒也不陌生。因爲六年中，他們所見到最多的人恐怕就是婉兒了。婉兒儘管是受命於女皇，但事實上她自己也是非常關切那幾個男孩子的。特別是他們剛來後宮的時候，最小的皇子只有五歲。她不知五歲就離開父母的孩子會是怎樣的，她就更是經常來探望他們，並盡力照料他們的生活。所以他們對婉兒並不反感。他們甚至親近她，佩服她。他們這樣看待婉兒不單單是因爲祖母信任她賞識她，而是他們自己也覺得婉兒非常了不起，他們覺得婉兒的才能是兼濟天下的，只不過她生爲祖母的奴婢罷了。

便是在與這些小皇子們的接觸中，婉兒很早就看出了臨淄王李隆基的帝王氣象。婉兒不只一次地稟告聖上，隆基是眞正的可堪造就之材，是未來可爲李唐王朝撐持天下的眞龍天子。從此，女皇對李隆基果然格外關照，她甚至爲他們這個皇室家庭能有這樣的孩子而無比驕傲。所以，李隆基幾乎是在祖母的寵愛中長大的，他不僅對他的祖母懷有很深的感情，對婉兒，他也是深懷著一種近乎迷戀的敬意的。

也許婉兒是李隆基最早迷戀的女人。也許是因爲他從小失去了母親，所以他才會把婉兒當作母親一樣。他覺得婉兒不單像母親，她還有比母親更多的智慧、才華和優雅。那是李隆基在他很窄的關於女人的視野中，從未看到過的一種非凡的卓越的女人。他覺得這個女人哪怕是一舉手一抬足都是那麼感人。他更喜歡聽她低沉的圓潤的聲音，喜歡那聲音所傳達出來的她的那麼深邃的思維。他甚至還喜歡婉兒那張印著墨跡但卻依然美麗的臉，他甚至還喜歡在婉兒探望他們的時候接近她，去聞她身上那種質樸的自然的女人的味道。

後來，這樣一個溫婉柔順、才華橫溢的女人就成爲了少年李隆基的一個夢想。

也許正因爲少年李隆基把婉兒當作了夢；也許正因爲一個夢對於一個青春期的少年來說是那麼的重要，以至成爲了他生命的全部，所以當有一天這個少年的夢想破碎的時候，那樣的一種對心靈的毀壞就是無比重要的了，甚至會影響他的一生。他將萬劫不復。他將抱恨終天。他將永遠不能原諒讓他的夢破碎了的那個女人。他將永遠恨她。永遠遠離她。

那就是爲什麼婉兒專門來看李隆基，專門爲他送來她認爲隆基應當研習的史書，而那個憤怒的男孩子當著她把那史書撕成了碎片，然後就在大雨滂沱之中跑了出去。婉兒不知道究竟發生了什麼事。她知道隆基是敬慕她喜歡她也肯讀她送來的那些史書的。婉兒追了出去。天空是電閃雷鳴黑雲壓頂。她看到隆基跑到馬廄牽出了一匹馬。他跨上那匹馬就開始在祖母的禁苑中狂奔了起來。大雨澆著他，閃電跟隨著他。禁苑裡已經是一片黑暗。而黑暗中唯有李隆基騎著那風馳電掣一般的黑馬。那是一道黑色的閃電。追逐著滾滾雷聲。隆基在暴風雨中跑著。他並且不停地加快著速度。他還高聲喊叫著。一種歇斯底里的絕望。天空的閃電一道一道就彷彿是劈在這個瘋狂少年的頭頂上。婉兒被嚇壞了。她也在雨中。她也被這個瘋狂的少年逼迫得瘋了。她甚至幾次衝到馬的前面。她不顧一切。她想攔住那馬想救下那孩子。然而馬不停。馬好像也瘋了。馬把婉兒撞翻在泥濘的雨水中。婉兒只能高喊著，臨淄王，你回來，到底是爲什麼？看這雷有多低，會劈死你的，孩子快回來呀……

然而婉兒喊不回李隆基。

隆基在雨中。追著閃電。婉兒永遠也喊不回他來了。那是婉兒所不知道的。

李隆基就那樣在馬背上在風雨中跑啊跑啊，他再也不想見到那個呼喚著他的女人。他第一次懂得心疼的滋味。他因爲心疼才發誓從此只要江山。他堅信唯有江山是他自己的，不會欺他。他就這樣在痛苦中在絕望中奮力地向前跑著。後來他乾脆連馬的轡繩也不拉了，就那樣任由暴風雨中的瘋狂的烈馬帶著瘋狂的他。他不管他將要被帶到什麼樣的地方了。他不管是生是死，但只要不再見到婉兒。就這樣李隆基被他的黑色的戰馬漫無目的地帶著。那馬彷彿在期待著一場暴風雨中的廝殺。牠跑的速度越來越快，牠橫衝直撞，有時候高高地抬起前腿高高地嘶鳴著，直到，牠終於把牠背上的那個小主人甩了下來。

那麼沉重的一個墜落。

李隆基趴在地上大聲哭了起來。

婉兒趕緊跑了過去，她想抱起隆基，但是這個男孩子奮力掙脫了出來，他說你別碰我。你是那麼地髒。

婉兒還是跑過去抓住了隆基的手。她輕輕地往回拉他。她說髒了我們可以洗。可是你不要這樣。這樣你會傷了聖上的心。

傷了她的心又怎麼樣？

也傷了我的心。隆基，告訴我這到底是爲什麼？

是你傷了我的心。

我怎麼會傷你？我是那麼疼愛你。這六年來，我……

李隆基奮力掙脫了婉兒，他說，你從此不要再來看我們了，你是個壞女人。

我是個壞女人。

是的後宮裡的人都說你是個婊子。可是我不信。我一直在爲你辯解。我覺得你好。我覺得你是天下最最了不起的女人，甚至比聖上還偉大。我不信他們說的那些話，可是我今天在祖母寢宮的花園裡看到了。你該知道我看到了什麼，你竟讓武三思抱住了你，你竟然還主動去親他……你讓我還怎麼相信你？那個武三思他算個什麼東西？所有的人都鄙視他，都知道他不過是祖母的一條看家狗。你怎麼能和這種人在一起，你也要世人鄙視你嗎？你走吧。我曾經那麼尊敬你，把你當作我的親人。不，你不是我的親人。你就是人們說的那個婊子。你哭吧。讓雷劈了你吧。雨水也洗不清你的醜惡。我恨你，我要是有劍，我現在就殺了你，不讓你髒了我的心……

李隆基跑走了。

把婉兒一個人丟在暴風雨中。

婉兒跑倒大雨中，心像被刀割一樣的疼。她求著蒼天劈了我吧。而即或是蒼天有情，也無法再拉回隆基的心。一切全都毀了。是婉兒毀了一個少年的夢想。其實也是這個少年毀了婉兒，她從此連正人君子良家婦女也不願做了。她覺得她無須再偽裝。既然是希望看到她純正美好的那個男孩已經走了。

從此隆基沉默。那是毀了的關於女人的信念。他是那麼艱辛地才找到了這個母親一般的聖潔的女人。但是這個女人毀了她自己。

婉兒死了。婉兒不再來探望五王。直到有一天他們終於得到聖上恩准，走出後宮，和已是相王的他們的父親李旦團聚。他們就更是見不到婉兒了。

後來隆基一天天長大。

後來隆基也有了他自己的女人。

但是他一天沒忘過他生命中的那個最初的女人。不忘他曾經是那麼愛她，親近她，迷戀她。但是他再沒有讓自己接近過她。他只是遠遠近近地看她在朝廷上皇宮裡是怎樣地表演。他承認她的表演是成功的。承認她從一個男人走向另一個男人是不得已的。但是他恨她。他心上的那個深深的被傷害的印痕是不會消失的。那是他生命中一個永遠的疼。他發誓他一定要殺了她。殺了這個曾帶給他無窮悲傷的女人。

武皇帝對張氏兄弟的寵愛日盛。

她日復一日地迷戀於他們，並將這迷戀持之以恆。她的這迷戀使她的生命變得很長，這是朝廷中的百官們和武皇帝的後代們始料所不及的。

女皇帝畢竟已年逾七十。以她的衰弱之軀又怎麼能應付得了那兩個如此青春的美少年呢？人們看不到女皇在龍床上怎樣同那兩個美豔的男寵繾綣柔情的。所以人們猜測大概就像是一個年邁的皇帝在把玩或是欣賞他身邊的那些貌美的少女吧，因爲那時候他早已經力不從心。總之女皇是愛那兩個年輕的男人的。到了後來，特別是到了女皇已經日薄西山、氣息奄奄的時候，她就更視這一對張氏兄弟爲生命的至寶。其實，年邁的女皇早已經喪失了她的性能力，但是她卻比生命中的任何時候都更迷戀於她與他們的床第之歡。她要牢牢抓住他們，以爲這就是抓住了她自己正在悄然逝去的生命。而恰恰女皇又是個知恩必報的女人，更何況她手中握有著無窮珍寶。她恨不能把她的無窮珍寶都有送給那一對妖姬一樣的男人。她覺得她已經無須給她自己和後代留什麼了。她甚至覺得連大周王朝也不重要了，如果需要，她也可以用她的王朝去交換她彌留之際的那麼寶貴的歡愉。

當然，她首先把她的財富給他們。於是幾乎是轉瞬之間，原本貧窮的張氏兄弟，搖身一變成為了天下少有的腰纏萬貫的富翁。他們置田買地，又在宮外修建了豪華的宅邸，且從此門戶生光彩，兄弟姐妹皆列土。女皇其次給他們官階。女皇認為官階對他們來說也很重要。她是給了她最最寵愛的張昌宗雲麾將軍行左千牛中郎將的官位，而後又一而再、再而三地不斷為他加封，將散騎常侍、銀青光祿大夫等各種官銜，全都一古腦地加在了這個面色白皙傅粉塗朱的年輕人身上，並特許他與眾多資深朝官一道朔望朝覲。對那個稍有才能，且已做了朝中小官張易之，女皇帝更是賜他司衛少卿的高官。如此張氏兄弟一路攀升的勢頭銳不可當，直到朝廷終於沒有了適合這對男寵的更高的官位，女皇才又別出心裁地為他們設立了一個叫做控鶴府的機構，由略通詩律的張易之任控鶴監。專門負責招攬文人學士，假裝做詩詞歌賦，為女皇的大周帝國歌功頌德。

這顯然是女皇想用文化來造就這兩個無知的男人。後來女皇又心血來潮，將控鶴府更名為奉宸府，由張易之任奉宸令。而更名後的奉宸府所做的第一件事，就是女皇私人的文化部門要為女皇編撰一部偉大的，能使女皇再一次青史留名的大書《三教珠英》。這是一部語錄式的經典大全式的大書，即是將儒、道、佛這三種學說中的名篇佳句精選出來，重新編輯，成為武周帝國留下的一部經典著作。關於編纂《三教珠英》的動意也許並不是來自於女皇，更是張氏兄弟哪怕使出吃奶的勁也想不出來的。那時候他們正瘋狂地陷在那種變態的性的迷亂中。而朝廷對女皇如此寵幸二張的非議也越來越多，後來，那簡直成為了一種聲討的浪潮。來自朝廷和來自皇室的。一浪接著一浪，幾乎把女皇淹沒。

於是女皇很沮喪。她甚至連憤怒的力量也沒有了。她只是異常沮喪，情緒低落，而至於絕望悲傷，坐臥不寧，寢食不安。這些在困擾了女皇很久之後，有一天，在寢殿，她終於彆不住了，她幾乎流著淚問婉兒，這天下是朕的。朕在朕的天下可以為所欲為，他們為什麼就容不下這兩個孩子呢？

奴婢聽說，朝官們是認為這張氏兄弟無德無才，只會吃喝玩樂，而聖上卻給了他們那麼高的官。而把官位給了無能的人，那官職不也就成虛名了嗎？

那朕該怎麼辦？

叫他們做事。

他們又會做什麼事？

譬如編書。

還編什麼書？你和三思不是一直修朕的國書嗎？有國書就夠了，朕不想再留給後人別的什麼書，那會磨滅了國書的光彩。

不知道陛下是否記得，您一直想纂一本將儒、道、佛三教精粹匯集起來的大書，成為後世垂範的經典。何不讓張氏兄弟的奉宸府來試著做做，以解陛下之憂。

他們哪裡懂這些？

不懂不等於就不能去做。天下有那麼多文人學士，召募進奉宸府不就是了。只要奉宸令親自監督，這本垂範千秋萬代的大書就一定能編好。如此還能爲易之、昌宗兄弟正名。照你這麼一說，這倒眞不失爲一個好主意。只是這事朕要你親自參與。朕如若眞要留下一部經典，就不能馬馬虎虎，眞把這當作是送給他們兩個的玩具。不，朕不能把自己的事情當兒戲。這部大書說起來是爲他們正名，而實際上，朕是把這能夠青史留名的大事委託給你了。你一定要爲朕認認眞眞地去做，朕不喜歡名下的那些東西是垃圾。

奴婢懂了。奴婢一定要全力以赴。

女皇曠日持久的憂鬱，竟然隨著一部大書的製作啓動而煙消雲散。女皇多日以來一直陰沉的臉意然也在宣讀由奉宸府編纂《三教珠英》的詔令時明朗了起來，甚至露出了笑容。女皇笑是因爲她覺得她身邊有婉兒眞是太好了。她也愈發地賞識婉兒，賞識婉兒總是能在她最困難的時候，爲她出謀獻策，解她燃眉之急。

如此，在內殿編纂《三教珠英》的工程便啓動了。很快，朝中由二十六位文人組成的編書班子成立，這些文人雅士們也紛紛前來張易之的奉宸府報到。這二十六位人中包括以詩文名垂青史的張說和宋之問等。他們可謂個個都是博學多才博古通今的精英之輩，是同那兩個只靠青春貌美和壯偉的陽物取悅於女皇的張氏兄弟不可同日而語的。而如此儒雅清高的文人們卻就是要被統帥在張易之的麾下，用他們的聰明才智爲聖上的寵男改變形象，這眞是詭計多端的上官婉兒對他們開的一個大玩笑，讓他們疼著卻還要做著，有苦也說不出來。

幸好文人一向是好支使的。文人中如寫出《討武曌檄》的駱賓王那樣有氣節的漢子實在是太少了。他們中的很多人總是投權勢者所好，有奶便是娘。所以當權者通常是不看好文人的，因爲他們太好拿捏，也太好利用了。無論你有多大的學問和才華，變節者也總是在文人中最多。因爲文人激情。激情就一定脆弱。不像政治家冷靜，而冷靜背後是他們的堅強。

總之儘管婉兒陷那些著名的文人們於尷尬之地，但是她還是保存了她自己的氣節。婉兒的氣節就是她對女皇的無條件忠誠，除此她將在任何的人群和事件中，不在乎她自己的人格的喪失。

婉兒出此一招確實是完全爲了她的主子。她實在不忍看聖上被倒張的浪潮衝擊的可憐而無助的樣子了。畢竟女皇已經是個老人了，她已經不像年輕時那樣經得起他人的攻擊了。女皇需要婉兒來救助她。沒有婉兒她必將會被那浪潮所吞沒。

婉兒使女皇獲得了解脫，而她自己在繁忙的政務之外，卻被深深地陷在了編輯《三教珠英》的無窮無盡的事務中。前來編書的文人雅士們其實都知道，眞正主持操縱這項浩繁工程的，其實就是婉兒，所以出現了什麼問題，他們自然也是同婉兒商量。就是張說、宋之問他們這些朝中的重臣，對婉兒也是敬佩加上尊重。倒不單單是因爲這個無冕的女人在某種意義上是在操縱著女皇，而是因爲婉兒畢竟是上官儀之後，畢竟是出身於名門世家。特別是他們這些晚輩的朝中文官們，對前輩上官儀的辭采風流更是佩服之極，加之他們也常常效仿那五言的綺錯華麗、詩意高雅的「上官體」，他們對婉兒就更高看一籌。他們信服婉兒，崇敬婉兒，心甘情願在婉兒的領導下工作。婉兒爲了這部大書，自然也是嘔心瀝血鞠躬盡瘁。結果在他們的默契和他們的共同努力下，這部總共一千三百卷的《三教珠英》果然很快問世，世人也果然對奉宸府刮目相看。

然而這些對婉兒來說都不是重要的。

重要的是，由此而引發出來的那一段迷離的情感。

那是婉兒並不曾注意的，在這個二十六人的編書班子中，一匹才華橫溢風流倜儻的黑馬突然跳了出來，就那麼咄咄逼人地站在婉兒的面前，讓她不得不震驚。

就像是，婉兒意識中的一道迷人的閃亮。

此人不僅詩好，文筆好而且年輕有為。連張說那樣德高望重的大文豪對這般少年才子都感慨唏噓，稱自己的地位可以和他相比，而學識卻只能是望其項背了。

這匹黑馬就是崔湜。因詩文而剛剛累進為左補闕。

崔湜之所以能成為婉兒意識中那道迷人的閃亮，那其實還是因為他的剛正不阿。這個年輕人大概是被那個奉宸令張易之的一次瞎指揮激怒了。他突然地暴跳如雷，甚至頂撞了那個在他看來是白癡的奉宸令。他初生牛犢，大義直言，大概都不會想到他頂撞了張易之，其實就等於是頂撞了女皇。他不管這些，他要和張易之奮戰到底。他被他的同僚們拉開之後，又憤怒地跑到婉兒那裡，大聲為自己申辯。他說他所堅持的僅僅是一種學術的觀點。他說他所選出的那些經典文章的辭句，是經過他深思熟慮的選擇。他有他的標準和尺度。他懂那些。他是在工作。他不能忍受那些什麼都不懂的人在那裡指手畫腳，干擾他的工作。

婉兒坐在那裡。她抬起頭。她不允許這個連門也不敲的男人就這麼大喊大叫地闖進了她的房間。她本來很生氣。她本來打算狠狠地教訓這個男人。但是她抬起頭，她立刻就被這個英俊的男人吸引了。她想她在這世間還沒有看到過這麼美的男人。那是眞正堪稱美的一種美。一種男人的美。婉兒是不由自主地將她的目光停留在那個男人的臉上的。她的這停留將所有的反感厭惡全都驅除殆盡。

她就那樣身不由己地看著崔湜。

她的神情竟然使崔湜也平息了下來。

是崔湜的突然安靜下來才使婉兒突然意識到了她的目光是怎樣的可笑。她垂下眼睛，用一種連自己都聽不大清的聲音問，你是誰？你要做什麼。

崔湜。崔湜冷酷地說。

是崔湜崔大人？婉兒想這難道眞是張說反覆提起的那個風流才子嗎？她讀過他的詩。她眞的喜歡那些詩。她認爲崔湜的詩很儒雅，想不到他的人竟是如此的狂放，甚至粗野。婉兒這樣想著便脫口而出，想不到那麼好的詩句竟會是崔大人寫的。

在我看來，做詩與做人是完全不同的兩回事。此時的崔湜似乎不把婉兒放在眼中。他好像什麼也不怕了。他便那麼錚錚鐵骨地站在那兒，他說我不幹了。

婉兒突然冷靜了下來。她想這個崔湜眞是太不知天高地厚了。這朝廷中根本就沒有人敢輕言辭職，而他所辭的竟然還是聖上的奉宸府的職。而婉兒就不怕這種膽大妄爲的人。她想這種年輕氣盛又沒有根底的人遲早要倒楣的。

婉兒冷冷地看著崔湜。她用十分冷漠的聲調問他，就是說，崔大人要退出奉宸府了？

我只是不願任人宰割。

就是說你連朝官也不願做了？你不是剛剛被聖上累進左補闕嗎？如果你不是意氣用事的話，那麼能告訴我你想怎麼毀掉自己嗎？

那麼請問，你是怎麼看待自己的尊嚴的？

你是說尊嚴？爲朝官者能提到尊嚴嗎？想要尊嚴就別走仕途這條路。崔大人的父親和兄弟都在朝中做官嗎？他們是怎麼教給你做官的尊嚴的？

他簡直是在凌辱我。

你是說張大人。他不過是在替代聖上監修這本聖上無比看重的書。他管管你怎麼啦？你知道他是誰嗎？你得罪了他就等於得罪了聖上，而得罪了聖上是要殺頭的。

我不管我得罪了誰。我就是要堅持我的觀點，我也是爲了能把聖上的這本書編好。

你以爲這就是你對聖上的忠誠了？你這叫恃才傲物，這朝中最容不得的就是你這樣的人了。

就聽憑那些無知的小人胡亂指揮？

你必須忍。這是朝中做人的原則。

這恐怕只是你的原則吧。

你說什麼？

我是說倘若我是你，也許早就自殺了。

崔大人，你怕是也太自負了吧。你以爲自殺就是高尚，就有人的尊嚴了嗎？那是逃避。還有比逃避更輕鬆的嗎？在艱難中而依然頑強活著的，才是眞正的勇敢者。朝中的英雄有朝中的標準，你不願意忍，當然可以走。想想吧，這朝廷大著呢，人才多著呢，能被召募進奉宸府也不是人人能享的殊榮。何況編纂《三教珠英》這樣的經典之作，對大人這樣的才子也並不是苦役。何去何從，大人自己選擇了。我這裡要工作了。

崔湜退下。

崔湜不知道爲什麼沒有離開。他忍下了張易之對他的侮辱。他留下來。或許是他覺得婉兒的話，確實有幾分道理吧。

後來，崔湜同張易之之間的那些忤惡，果然還是傳到了女皇那裡。張易之可能是氣急敗壞，結果，聖上便氣急敗壞地叫來婉兒，當頭就問，你聽說過叫崔湜的那個年輕人嗎？朕聽說這個人很狂妄。他眞是無法無天啦！這是朕的內殿。他要做什麼？

女皇在問著婉兒的時候，張易之就委屈地站在女皇身邊。其實從女皇一提到崔湜，婉兒就知道這個張易之實在是個小人，甚至不是個男人。婉兒這樣想著，便也就突然有了一種非要替崔湜辯護的心理，她到底要看看是她的正義能勝，還是張易之背後的小動作能勝。於是婉兒義正辭嚴，她說崔湜確實是在奴婢和張說張大人一道擬定的編輯原則下工作。我們都是爲了陛下的這本書在努力。崔湜或許有些急躁，那是他的少不更事。但崔湜確實是個不可多得的人才，會爲陛下的王朝盡職盡忠的。如若眞是有了問題，那也是奴婢的問題，與下邊的人無關。

武曌看了張易之一眼。武皇帝的意思可能是，你看，事情並不像你說的。但是她還是對婉兒正言厲色，她說，那你今後要好好管他們，否則朕就真要給他們定罪了。現在朝中的年輕人，眞是越來越自以爲是了。

奴婢以爲，那正說明著陛下的王朝欣欣向榮。

你不要再說。朕當然要殺殺他們的威風。讓他們時刻銘記這朝廷是朕的，而不是他們的。連他們也是朕的。只有朕才能君臨天下，爲所欲爲。好了，易之，我們回去。今後你也不必費心去管那麼具體的事了。朕做事情，就從來不是事必躬親。那不是大將風度。眞正的大將，是只需在幃幄中運籌，就可決勝於千里之外的。你要向朕學會這些……

如此，婉兒在聖上那裡救下了崔湜。她也不知道那一刻她爲什麼會那麼衝動，那麼挺身而出，她不知道她爲什麼非救下那個年輕人，但是婉兒並沒有對崔湜提起過她在女皇面前爲他據理力爭的事。後來，隨著《三教珠英》的完成，崔湜他們那些文人們要離開奉宸府，回到了朝中。從此婉兒幾乎再也沒有見到過這個年輕人。

但是崔湜在婉兒心中還是留下了很深的印象的。就像是，婉兒意識中的一道迷人的閃亮。那閃亮從此就停留在了婉兒的意識中。那是婉兒無法說清的感覺。婉兒從此難忘。

自李顯復歸之後，武周帝國又迎來了一個無比喜慶的日子。那就是新太子李顯傾城傾

國、美豔動天下的女兒安樂公主，嫁給了朝中重臣天官尙書武三思英俊但卻平庸的兒子武崇訓。這是武周帝國、特別是武皇帝的一件大事，因爲李、武兩姓又締結了一次偉大的婚姻。

當然這並不是李武的第一次聯姻，也不是第二次。眞正的第一次，應當是十四歲的武曌爬上了那個眞正偉大英明的一代君王唐太宗李世民的龍床。然後名正言順的第一次，才是她做了高宗李治的新娘，成爲了那個李唐帝國尊貴的皇后。而第二次，是那個李唐唯一的太平公主，嫁給了武家風度翩翩的公子武攸曁。那雖然也是一場政治的聯姻，但其中更多的是情感的結合。而到了這第三次，這樣的一種聯姻就幾乎純粹是爲了政治的目的和利益。從此將睡在一張床上的兩個年輕人還是那麼小，他們甚至還不懂他們這樣睡在一起，對他們的兩個家庭，乃至這兩個家庭背後的兩個家族、兩個姓氏有多重要。這當然首先是武皇帝的心願，但同時也是武三思和李顯都非常需要的。他們需要這樣的一場婚姻。他們需要靠這場婚姻來平息他們李、武兩姓對皇位繼承權的爭奪。哪怕僅僅是暫時的。

李顯的歸來，無疑使武三思感到了危機和不安；同樣的，流放十數年每日掙扎在死亡線上的李顯，對代表著朝中極大的武姓勢力的武三思，也是心懷恐懼和敬畏。於是他們不約而同地都處在心有餘悸的位置上。他們都需要有個定心丸一樣的東西，來緩解他們內心的緊張，那麼好，聯姻來了。聯姻就是女皇給這兩個姓氏兩種勢力的定心丸。他們兩家都心甘情願急急渴渴地促成了這樁婚事，其實不單單是爲了順從聖上的旨意，那簡直是他們求之不得的。

於是，這對年輕人的婚禮，就被當作了朝廷中一件非常非常重要的大事，因爲，這是女皇要看到的最最隆重也是最最盛大的婚禮。加之不論是李顯還是武三思，都是代表兩個姓氏的最重要的也是級別最高的人物，可以說他們是女皇之下，朝廷中官位最高，或者是最舉足輕重、炙手可熱的人物了，這樣兩個人物聯姻，那婚禮也應當是最氣勢恢宏的。而能將這一切安排好的，似乎就只有這個如大內管家一般的上官婉兒了。由婉兒去操持，是不論聖上，不論李顯還是武三思，大家都能放心的。

其實連婉兒自己都不知道，她從什麼時候起，就成爲了這皇室中誰也離不開的人。她覺得她不曾用過很多心力，就非常自然而且自如地把這李、武兩姓的眾多人物握在了手中。那眞是婉兒始料所不及的，她竟然被皇室中老老小小的那麼多人信任著，依賴著，並且請求著。當然她總是無條件地幫助他們。她的幫助又總是讓他們十分的滿意。他們不論誰遇到了什麼樣的難題，首先想到的就一定是婉兒。他們總是相信的，是婉兒那過人的智力。他們知道無論什麼難事，只要到了婉兒那裡，就一定能迎刃而解。

這就是婉兒。

大家的婉兒。

朝廷中百官在不斷地更換著，甚至東宮的太子也在不停地進出著，而婉兒不換。幾十年。婉兒始終在女皇身邊，在皇室的成員們身邊，所以唯有婉兒，是永遠的。

其實，對李、武兩姓的這一次無比重要的聯姻，婉兒很早就周旋於其間了。此間，婉兒同武三思還繼續保持著那種若即若離的身體的關係。大概就是因爲這身體關係，婉兒才極力促成這場婚姻。她甚至每每將安樂公主帶到武三思的家中，讓她背著父母和武崇訓幽會，而她只坐在門外寒冷的馬車上等著那個正慢慢變得像公主的安樂。她有時候甚至一等大半夜，但是她也毫無怨言。安樂公主玩夠了，自然就把婉兒當作了天下第一大好人，並在未來的日子裡，始終把婉兒當作了一個她依賴並且依靠的保護人。

婉兒所以任勞任怨，說到底還是爲了武三思。她知道只有武三思成爲了李顯的親家。當未來李唐王朝復辟時，三思才可能因這一層親家的關係而得到李顯的庇護。所以，對於武三思來說，這場婚姻才是更爲重要的，婚姻就是他的自安之策，他又有什麼理由不對這場婚姻滿懷熱忱呢？但是武三思所表現出來的，恰恰就是那種有點冷漠的態度。至少是他對這場婚姻的進展不聞不問，令婉兒非常詫異。她想武三思可能依然在爲李顯的歸來耿耿於懷，或是他故意在李顯的面前端著架子。婉兒想以武三思屈尊折節侍奉權貴的能力，他何以偏偏要對這場婚姻自視清高呢？所以婉兒反覆勸誡武三思，不能對他的未來盲目樂觀。她要他一定要對李顯和韋太子妃表現出足夠的熱情來，而武三思說，我最最厭惡的就是那個太子妃了，她讓人噁心。但是婉兒反唇相譏，那麼張氏兄弟還有那個薛懷義就不讓你噁心嗎？

婉兒在不斷告誡武三思的同時，還要時常出入東宮，特別是要常與韋太子妃和安樂公主商議婚禮的各種細節。這時已搖身再度成爲太子妃的韋氏儘管依然跋扈，但是畢竟十四年流放地糟糠之妻生活的苦難，使她認識到了重新成爲太子妃的生活是怎樣地來之不易。當然也還有已變得謹小愼微的李顯對她的時時提醒。韋妃是在返回都城之後，才慢慢看清了朝中形勢，看清了他們雖返回皇宮，李顯雖然被復立太子，但很難說李顯就能眞的成為未來王朝的那個統治者。首先是女皇依然安康，她儘管已滿臉皺紋，步履蹣跚，但是卻一點放權的意思也沒有；而且朝武氏一族的勢力也並不像有些朝臣們說的那樣岌岌可危，不堪一擊。且不說武三思是朝野上下公認的女皇最信任的人，就是太平公主與武攸暨的那場難捨難離的婚姻，也使李武兩姓之間的關係變得愈加地複雜迷離，你中有我，我中有你。今後的天下究竟是誰的，是誰也看不清的，所以聰明的韋氏對女兒的這樁婚事才格外地關心。

韋妃對這場婚姻所表現出來的，是一種莫名其妙的熱情。她甚至不管她漂亮的女兒安樂公主是怎麼想的，而獨斷專行地決定著那場婚禮的每一個細節，彷彿要結婚的那個人並不是她如花似玉的女兒，而是她自己。她令人難以理喻的亢奮。她對婚禮中每一件細小事務都無比熱衷，她甚至不顧失去太子妃的尊嚴，而很多次跑到武三思的梁王府上，去和武家的人討論婚禮的程序，弄得李顯和安樂公主都很不高興，認為韋妃太過分了，其實她完全用不著這麼下作。而韋妃對此為什麼會如此熱衷，也許只有同為女人尤其是同為與武三思有著關係的女人婉兒才能看清楚。那是她在韋太子妃第一次見到武三思時的那目光中就看清了的。她知道那是一種瘋狂的迷戀。她懂得那個女人的目光。也懂得那個女人為什麼一提到武三思時就眉飛色舞，眼睛發光，那是一種無法掩飾的一廂情願的女人的激情。

大概韋太子妃也耳聞了一些武三思與上官婉兒之間的風流，至少是她知道婉兒和武三思的關係很近，而只有通過婉兒，她才能和武三思的關係也很近，所以她很快對婉兒轉變了那種頤指氣使的態度。也大概是韋太子妃在每每覲見女皇時，才慢慢看清了她原本視爲奴婢的婉兒在女皇的身邊是何等重要，連女皇都不曾將婉兒當作奴僕，她甚至每每參與大事的決議，她韋妃怎麼能看輕這個女人呢？如此她才覺出了婉兒在朝廷上乃到在皇室中是怎樣地一言九鼎。她才是女皇背後的那個眞正的無冕女皇，而女皇每每做出的決定，其實都是通過婉兒的大腦做出的，而她返宮的時候，怎麼能對這個如此舉足輕重的女人如此輕慢呢？她這樣不是自己往火坑裡跳嗎？她一個太子妃又算是什麼，握有整個天下實權的婉兒不是想把她怎樣就把她怎樣嗎？她怎麼那麼傻，以爲婉兒口口聲聲稱著奴婢，她就眞把人家當作奴婢了呢？

幸虧韋太子妃還算是個聰明的女人。幸虧她的聰明讓她醒悟得早而沒有更深地得罪那個無冕的婉兒。總之韋太子妃迅速改變了對婉兒不恭的態度，從此，她甚至在婉兒的面前變得有點謙卑，有點自慚形穢。她已經完全被婉兒那天生的雍容氣度和婉兒在多年朝廷的權勢爭鬥中所訓練出來的政治家的風範所震懾了。她誠惶誠恐。她知道在聖上，在武三思，甚至在她的男人李顯的心目中，她其實什麼也不是，而婉兒卻是至高無上的。所以她懼怕婉兒。她甚至巴結婉兒。她知道同婉兒維持良好關係，無論是對她的生死存亡，還是對她內心的那種情感的擴張，都是百利而無一害的。於是韋妃對婉兒的態度越來越好。她甚至和婉兒稱姐道妹。在籌備女兒婚禮的時候，她對婉兒的安排也是言聽計從，恭敬友好。有時候，她還會送給婉兒一些絲綢和飾物，希望用這些小家子氣的小恩小惠來博取婉兒的歡心。

面對太子妃的如此轉變，婉兒並沒有表現出她的不屑一顧，儘管，她對於韋妃勢利小人的這一套是非常反感而且非常深惡痛絕的。但是她想韋妃儘管淺薄但她到底是個聰明的女人，她知道該怎樣轉變自己，儘管這轉變很拙劣，但是她畢竟轉變了。況且韋妃到底是太子妃，說不定哪一天她就眞的會成爲皇后。而身爲奴婢的婉兒是需要韋妃的那一份友誼的，她要和所有未來可能會獲取權力的人做朋友，她需要所有可能保護她的人保護她，她需要在所有掌權的人那裡爲自己討到一條活路。於是婉兒便也眞心應和著韋妃的友好。盡量讓這個女人覺出她是對她好的，她願意幫助她，她甚至眞的在女皇面前誇讚過韋妃，慨嘆十四年中她對李顯的那一份支撐和愛護。

當然爲了堅固這一份友情，婉兒也非常精心地爲韋妃和武三思安排了幾次私人的會面。婉兒知道這樣的會面，其實僅僅是爲了滿足太子妃想見到武三思的願望，但是婉兒還是把這種會面盡量安排成是十分必要的，是出以公心的，是爲了兒女那盛大婚禮的。

婉兒如此竟駕馭了韋妃。因爲韋妃只有通過婉兒才能名正言順地見到武三思，否則一個太子妃，怎麼能隨隨便便和一個朝中臣相見面呢？

於是很多次，婉兒把太子妃帶到武三思在皇宮外的家。一開始，武三思對這個徐娘半老又搔首弄姿的女人十分反感。他當然看得出這個女人在誘惑她，但是，以武三思對女人的品味，他怎麼能對這樣的女人感興趣呢？如果說武三思對李顯這一家還有一個女人感興趣的話，那就該是那個他未來的兒媳安樂公主，而不是她那個風騷庸俗的母親。安樂公主儘管也像她的母親那樣鄉下氣，那樣淺薄庸俗，但是她畢竟年輕，畢竟美麗，又有哪一個男人不願家中有這樣一個讓人賞心悅目的玩物一般的年輕女人在他身邊走來走去呢？看看也是享受，哪怕她不是自己的，哪怕她上不了自己的床。然而武三思對太子妃確實沒有感覺。他幾次想推掉這種毫無意義的會面。

他不知道該怎樣拒絕婉兒，他說難道你連李顯的那個討厭的老婆也要巴結？

然而婉兒不慍不躁，她反問武三思，你怎麼也學會意氣用事了？

武三思說，我討厭那個又老又醜的女人。

那我就不老不醜嗎？

你爲什麼把自己跟她比呢？根本是不能比的。你有你的腦子，可她有什麼？她如果不是住在東宮，就和鄉野的村婦沒有任何區別。眞不知道李顯怎麼會拴在這種女人的裙帶上的。

她自有拴住李顯的辦法。她初爲王妃時也是個年輕漂亮的女人。她還給李顯生下了個可以繼承王位的重潤。十四年風風雨雨她始終和李顯同甘共苦。你說她淺薄庸俗，可她就是用這淺薄庸俗在艱辛中支撐了李顯的生命。還有能比這些更能拴住一個脆弱的男人的心嗎？正因爲這些，你才必須和這個女人周旋，哪怕虛以周旋。你不能忽略她，更不能得罪她，因爲李顯聽她的，而李顯又是太子，是天經地義的王位繼承人。李顯是你最大的競爭對手也是你最大的威脅，你怎麼能對你的危險也視而不見呢？

那我和李顯眞刀實劍地較量便是了。

可惜李顯早就沒有了思維，這一點你難道看不出來嗎？李顯唯一的思維就是那個太子妃的了。你和李顯較量其實就是太子妃較量，那你還爲什麼非要繞開那個女人和她身後的那個傀儡周旋呢？你這不是捨近求遠嗎？還得罪了那個決定你命運的女人。

她能決定我的命運？你別開玩笑了。這個女人我看都不願看一眼，她讓我噁心。

眞有那麼噁心嗎？如果你今天不同意見她，那就不單單是噁心的問題了，而是你的性命。

我不信這個女人能有這麼大的能耐，她能殺了我？

當然現在她還不能殺了你。她還剛剛回來，還沒有站穩腳跟。但遲早有一天，等她的羽翼豐滿了，她是一定會殺人的。她會向一切傷害她的人復仇。她甚至會很兇惡很狠毒，會殺人不眨眼。她受的苦太多了。所以她要補償，難道你眞的願意成爲她刀下的鬼嗎？

行了行了，你說吧，你到底想讓我做什麼？

未來她可以殺你，但同樣可以救你。她就是這樣的一個女人。幸運的是她喜歡你，如果你現在拒絕了她，那你對她的傷害將是致命的。她將咬碎牙根地恨你，將來只要她有了還手之力，她第一個要殺的人就是你。

行了，什麼殺不殺的，說吧，你想要我怎麼辦？

迎合她。利用她。讓她覺得你也是喜歡她的。

你的意思 不是叫我和她睡覺吧？

如果需要，那也不是不可以的。

有那麼嚴重嗎？

我們必須從長計議。

用我的身體？

你的身體有什麼精貴的，身體對我們來說也是一種鬥爭的武器。

婉兒你到底是個什麼樣的人，我眞是越來越不能理解你了。我可以侍奉聖上，奴顏婢膝，我甚至可以對聖上的情人曲意逢迎，可是你怎麼能讓我去取悅於這樣的女人，我武三思再沒有尊嚴，也從來沒有這麼下作過。你把我當成什麼人啦？如果是她，那麼就什麼母豬母狗也能幹了。那會是怎樣的屈辱？婉兒你在欺侮我。

難道你的身體的感覺會比你的生命還重要嗎？

有的時候，是。

哈，原來你的感覺這麼重要。你寧可不要生命也絕不取悅於她，對嗎？

對。

對？你難道看不出她正在與你眉目傳情嗎？

正因爲看到了，所以我更加厭惡她。

好啊，一個武三思竟然談起他的人格來啦？這世上一定是有什麼東西顚倒了。想想看吧，如果你知道了你已經危在旦夕，你難道眞的看不出你已經危在旦夕了嗎？而這個世間能救你的，就只有這個讓你噁心的太子妃了。你會怎麼做呢？會抓住她伸向你的手臂嗎？或者就乾脆心甘情願地墜入谷底………

婉兒你爲什麼非要把我給她呢？難道我就這麼讓你厭煩嗎？

相信我。我怎麼會害你呢？我又怎麼願意把我的男人讓給別的女人呢？我是眞心在爲你想……

然後武三思就抱住了婉兒。他當然相信這是婉兒在爲他想。但是他同時也更加欽佩婉兒了。他覺得他懷中的這個女人實在是太厲害也太不可思議了：她所送給她敵人的，竟然是她自己所最最珍愛的東西。

便是這樣，婉兒不停地把太子妃帶來。他們在一起時，一開始總上很煞有介事地討論婚禮上那些根本就無須討論的問題，而一旦談話的氣氛變得熱烈和諧，婉兒就會藉故聖上在等著她去做什麼而提出退席，將三思和韋妃單獨留在那空無一人的大殿中。婉兒這一番苦心自然太子妃和武大人都心領神會。太子妃自然十分滿意，因爲這是她晝思夜想、夢寐以求的。而對武三思來說就有點勉爲其難了。因爲他知道他是爲了婉兒而和這個女人糾纏的。僅僅是爲了婉兒，他根本不知道在未來的某一天他的生死存亡竟然就眞正握在這個女人的手中。直到那個時候，他才眞正知道婉兒有多英明，並且有多愛他。

這樣一來二去，武三思和太子妃的關係竟然眞的有了改觀。至少是，他們好像已經成了熟人，見面時也不再那麼緊張了，而且，他們竟已經做到了相互理解，甚至無話不談。當然他們是不會談論兒女的婚事的。他們知道那其實根本就不是他們的事情。婚姻本身是由女皇既定的，而婚禮也有婉兒精心籌備，那麼他們沒完沒了要談的，又都是些什麼呢？

婉兒在離開越來越熟稔的武三思和韋妃的時候，她心裡的那種不是滋味的感覺唯有她自己才知道的。儘管她更知道唯有做出這種情感上的犧牲，才能保住自己和武三思，但是畢竟看到三思和韋妃那親暱的樣子，她還是非常不舒服。但是她必須如此。她已經沒有別的選擇。因爲她和武三思的關係，就像是樹立在滿朝文武面前的靶子，隨時隨地都會被他們射來的亂箭殺死。特別是李顯的復立爲太子，就更是把他們推向了死亡的邊緣，與其這樣被亂箭射殺，莫不如犧牲了那個男人的身體。婉兒就是這樣想的，她還想，既然黥刑這樣的恥辱她都能忍受，她又怎麼不能忍受自己的男人和別的女人上床呢？婉兒還想，既然是，她什麼樣的苦難都經歷了，並在那苦難中活了這麼多年，那麼，她有什麼理由不繼續活下去呢？她果她放棄，她不再爲她的生存而努力，那不是就等於放棄了她將近四十年爲她的生命所做的所有努力了嗎？她怎麼能輕言放棄呢？

婉兒就這樣把武三思拱手送給了韋太子妃。通過後宮女人的淫亂而爲自己找到生存下去的路。婉兒敏銳地預感到，她此時此刻所做的一切將是決定命運的。所以婉兒無悔無怨。她不僅保住了武三思，而且獲得了韋妃對她的信任和依賴，這樣，她就不僅僅是掌握了武三思，同時也掌握了韋太子妃。她不僅掌握了韋太子妃這個女人，還掌握了這個女人在宮中淫亂的罪證。婉兒知道，在這個每日都在相互傾軋、殘酷殺戮的宮廷裡，掌握了對手的秘密和罪證有多重要。這就等於是掌握了那個人的命運，掌握了那個人的生死。朝廷裡從來都是欲加之罪，何患無辭，何況掌握了罪證，那就會更加所向披靡了。這就是韋妃這種女人的愚蠢。也許是武三思對她的誘惑太強烈了，以至她才會如此不顧一切，如此地寧可授婉兒以柄，不知這將後患無窮。

婉兒無法知道武三思和韋太子妃的關係是怎樣一步步向前發展的。她原本以爲太子妃只有通過她才能接近武三思，那麼在某種意義上，武三思就依然是她的。但是婉兒沒想到，就在安樂公主和武崇訓結婚大典的前夕，她爲了一些最後的事情來和太子妃商量，那時候聖上正在臨朝，滿朝文武正在聆聽她老人家的神聖教誨，婉兒來到東宮，她簡直不敢相信，武三思此時此刻竟非常隨意地和韋妃一道坐在太子的大殿中。

竟然是在東宮？

竟然是在聖上臨朝的時候？

你們到底要做什麼？

婉兒有點驚異地站在那裡。她雖然什麼也沒說，她甚至做出很欣喜的樣子，但是婉兒眼睛中的那惱怒大概武三思是看得出來的。只是韋妃正因爲武三思的來訪而激動不已，她根本就顧及不到婉兒會怎麼想，她更不會因爲婉兒的到來就不再向武三思暗送秋波。

婉兒很平靜地寒暄了兩句就退了出來。她說她要來找安樂公主，要她最後試穿那套結婚的禮服。婉兒眞的就退了出來，朝公主的院子裡走去。但是她心裡油然而生的妒恨難以平息。她想不到武三思竟如此背叛她，在本該上朝的時候，在知道太子此時正在與聖上一道臨朝時，卻偷偷摸摸地跑到東宮來和那個風騷的太子妃幽會。這是婉兒始料所不及的。她不知道他們之間還發生了什麼。但是她知道無論發生了什麼那個罪魁禍首都只能是她自己，不是她要求武三思取悅這個女人嗎？不是她逼迫武三思獻上他的身體嗎？那麼她還有什麼可指責武三思的？她又還有什麼不平衡的呢？

但是畢竟武三思是她的男人，但是畢竟是很多年來她和武三思夜夜在一起。婉兒眞的大度到她面對自己的男人與別的女人調情時也心靜如水嗎？不，婉兒不能。婉兒也是女人。她退出來是因爲她實在不再能忍受與她有著肌膚之親的男人在主動取悅於別的女人。那個風騷的愚蠢的白癡一樣的鄉下女人。婉兒恨她。恨不能跑回去把她撕成碎片。婉兒是直到這時才眞正意識到她是在引狼入室。她想她爲了武三思，爲了自己，爲了他們能活下去而做的這種選擇可能錯了。她或許不該這樣把武三思眞的送給韋妃，她爲此所付出的代價將是慘痛的。

婉兒眞的去看了安樂公主。

婉兒在去看安樂公主的時候，心情很不好。

但是她還是要去看看安樂公主，因爲她已經開始喜歡這個可憐的從遠方回來的小姑娘了。她想不管安樂公主自己是不是覺得，但是她是在爲整個天下結婚，她是在背負著整個朝廷對她的這次婚姻的寄託。所以婉兒要去看她。她要最後叮囑她婚典中所需注意的事項，她要最後檢查一下公主明早要穿戴的那結婚的禮服和各種佩飾。她覺得這個可憐的女孩是需要去關心去愛護的，所以她要來看她，她要幫助她在明天的那個婚禮上能從容自如。

婉兒在走進安樂公主的房間前本來很難過，但是她推開門就赫然看見了那個質樸自然的女孩正獨自站在窗前流淚。她彷彿是在被婚前的最後一抹斜陽照著。她不停地流著眼淚。她流淚時也是那麼美麗動人的。

安樂公主的眼淚讓婉兒頓時忘卻了自己的苦痛。連婉兒自己都不能解釋這是爲什麼，她怎麼會突然就覺得自己的感情微不足道了。她馬上走過去，不由自主地將安樂公主摟在懷中，她用手輕輕拍著安樂公主的背，輕輕地哄著她，說孩子，怎麼啦？別哭，眞的別哭……安樂公主便靠在了婉兒懷中，她哭得反而更厲害了。那種抽泣就彷彿是遭遇了人生的什麼大災難，直到她終於不再哭了，才委屈地對婉兒說，爲什麼偏要讓我結婚？爲什麼？那時候婉兒和安樂公主已很熟悉了。就是爲了這場婚姻，她們會時常在一起。安樂公主儘管是韋妃所生，她也很愛她的母親，但是自從返回都城，她就越來越看不起母親了。她覺得母親粗俗無知，那麼沒有教養，甚至不能和婉兒這樣的宮中侍女相比，更不要說和她的姑母太平公主平起平坐了。於是聰明的安樂公主選擇了婉兒做她的朋友。她當然看出了婉兒在這宮中的地位，但同時這個在窮鄉僻壤的王府中長大的女孩也眞的崇拜婉兒，甚至視婉兒爲她的楷模。她覺得婉兒太智慧了，也太優雅了。她覺得在她的人生的開始，婉兒的出現之於她實在是太重要了。她還從來沒有在她的生活中看到過如此令她驚異令她迷惑令她崇拜的女人。當然她也崇拜她的女皇祖母。但祖母離她太遠了，祖母太高高在上難以接近了，而婉兒就在她的身邊，就在她的近前實實在在地關心著她並且幫助著她。她已經向婉兒學到了很多。她覺得婉兒是她所能接觸到最優秀的女人了。她差不多是從一見到婉兒，從第一眼，她就對這個充滿了神秘色彩的女人產生了一種難以言說的迷戀，她覺得婉兒身上的每一個地方都在吸引著她。

而婉兒沒有女兒。婉兒到了有女兒的年齡她卻沒有女兒。但是那母親的情懷婉兒是有的。特別是在她不斷探望李旦的那五個小皇子時，她就開始對那些正在成長的男孩子們有了一種母性的依戀。所以她才會常常地去看他們。所以在她和他們分別時才會有那種難捨難分又牽腸掛肚的感覺。而如今安樂公主向她走來。她不僅把她迷戀的目光朝向她，並且把她渴望友愛的手臂伸向她。她是那麼眞誠那麼純潔，她對婉兒的那種感情簡直讓婉兒受寵若驚。就彷彿是最初被男人愛著。那是她從未體驗過的一種感覺，她簡直不敢相信自己竟會被一個小姑娘那麼眞實地愛著，迷戀著。一開始婉兒甚至以爲這是那個美麗的小女孩的惡作劇。但是久而久之她才發現，安樂公主對她的感情是認眞的，很讓她感動，而如今朝中讓她感動的事情實在是太少了，幾乎沒有，於是她便也相應地有距離地認眞對待這個女孩子了。

所以，安樂公主的痛苦，就能讓婉兒把她自己的痛苦置之度外了。有什麼能比一個純潔的小姑娘的痛苦更令人痛心的嗎？

婉兒說，裹兒，你別再哭了，你當然應該結婚，因爲你已經到了結婚的年齡，這是喜事，爲什麼還要哭呢？

可是我並不喜歡武崇訓，爲什麼非要我嫁他呢？

崇訓有什麼不好嗎？他是我們看著長大的。不論他的家庭怎麼樣，但崇訓是老實厚道的，結婚後他一定會對你好。

但是我就是不喜歡他。我不想和他結婚了。我知道那婚姻不是我的，而是祖母的，朝廷的，爲什麼非要我和一個我不喜歡的人在一起。

裹兒，看著我，告訴我是不是因爲武延秀？

你怎麼知道？

我怎麼會不知道？他到默啜和親已經很久了，你難道還沒忘記他？

婉兒，記得你第一次把我帶到崇訓身邊的情形嗎？就在認識崇訓的那一刻，我也就認識了他的那個堂兄武延秀。在黑暗中延秀的目光就像針一樣刺穿了我的心，從此我就再也忘不了他。我每每要求你把我帶到崇訓家，其實都是和延秀約好了一塊兒玩的。有好幾次，他在桌子下面抓住了我的手，後來，他就總是趁我身邊沒有人的時候走過來對我說他愛我。記得嗎，有一次我要你不要等我了，崇訓也說他會送我回宮的。延秀哭了，崇訓也哭了。他們告別，延秀說此去突厥，遠在天邊，咱們兄弟就生死兩茫茫了。後來崇訓喝多了，是延秀把我送回宮的。

你們在宮牆外站了很久。

你全都看見啦？

我怎麼能放心讓你自己回家呢？

你看見他親我了嗎？

婉兒點頭。

那你爲什麼不來阻止他？

我想，那該是你們自己的秘密。

是的，他哭著，拉著我的手。他說他愛我，說他眞捨不得離開我。他還說朝命不能違。他本來是懷著爲國捐軀的神聖使命和雄心壯志準備上路的。他不怕離開家。也不怕面對突厥的默啜可汗。他想他總得爲聖上做點什麼，哪怕遙遠，哪怕從此獨自流落在那大漠孤煙的漫漫戈壁，只要突厥再不犯邊。他說他是抱定了去國的決心的。那是因爲那時候生活中沒有你。他說你來了我就不想走了。我甚至害怕了，怕從今以後再也見不到你。延秀就那樣哭著，抓著我的手。他要我等著他，說我是他這一生一世唯一的愛。他就是這輩子不能娶我，做了鬼也要把我抓走。後來，他就抱住了我，親了我。他說他親了我，我就是他的人了，我就等於是和他結婚了。他還說我要是不等他也要記著他。他說他無論在哪兒，無論生死，都將和我在一起，哪怕他變成了沙漠中的陰魂，也會穿過千山萬水來到我身邊，日日夜夜地糾纏我。延秀說著那些的時候是那麼可憐，我也就答應了他一定會等著他。可是，爲什麼我偏要結婚呢？那麼延秀怎麼辦？

不，裹兒，你並沒有答應他，你只是答應了聖上，就像是他答應了聖上一樣。他最終不還是走嗎？

是的，他是走了。我以爲我已經忘了他了。而且我就要接受崇訓了。可是昨晚我又夢見他，他還是在說著這些話，他說我答應他要等著他。婉兒，我可能是眞的愛上了這個武延秀。他走時我其實並不怎麼悲傷，但是從此就再也不能忘記他。有時候我就快忘記他了，他就會突然來到我的夢中讓我想念他。我想著他的時候就睡不著覺。現在我要結婚了，他要是發現我沒有等他怎麼辦？他要是眞變成幽魂日夜追著我怎麼辦？

不，不會的，孩子。這麼久了，延秀一直被默啜可汗囚禁著，他們不會放他回來的。

可是我眞的很想他。

是的裹兒我了解你。我知道想念一個人是怎樣的。你可能會想一輩子，但是你卻不能爲了這想念而什麼也不做。人生還有很多的事情。崇訓也是好孩子。畢竟，這對你的祖母，對你的父母都是一場非常重要的婚姻。

可是我爲什麼要爲他們而結婚？爲什麼要爲他們而嫁給一個我不喜歡的人？不，這不是我的婚姻而是他們的。

裹兒，這怎麼不是你的婚姻呢？裹兒你還小，還不知道這婚姻給你帶來的將會是什麼，更不知道這宮廷裡朝廷上又是怎樣的險惡。眞的很重要。遲早你會明白的。

所有的人都認爲這婚姻很重要。所有的人都要求我去替他們做這件事。他們要我作出犧牲，又好像是天經地義的。他們都希望從我的犧牲中獲得好處，卻沒有一個人來問問我的感覺是怎樣的。

裹兒我知道你很委屈。

婉兒你知道從此和一個你不愛的男人日夜生活在一起會怎樣嗎？我很怕。眞的很怕……

好了好孩子別哭了。也許未來並沒有你想的那麼可怕呢？

婉兒重新抱緊了倒在她懷中盡情哭泣的安樂公主。她安慰她，告訴她這人世間本來就是殘破的，沒有盡善盡美。而更多的苦痛，是不能和自己相愛的人在一起。是的，是不能和自己相愛的人在一起。婉兒這樣爲安樂公主講著這永恆的道理，但是她突然意識到的是她自己，她不知道自己從什麼時候起竟變得如此麻木了。是安樂公主的悲傷才讓她陡然想起那早已經逝去了的章懷太子李賢。她也不知道從什麼時候起，李賢在她的意識中竟也變得遙遠。她曾經發誓將永遠不忘他的。可是她爲什麼直到裹兒悲傷的時候才想到了她自己的悲傷？無論如何李賢是她生命中的男人。也是她唯一深愛的男人，唯一終生不應該忘懷的。然而她竟然忘了李賢，竟然讓李賢在她的生活中灰飛煙滅？她眞的就變成了一個冷酷麻木的女人了嗎？眞的就不肯在心中爲那個已經逝去的李賢留下一個永恆的空間嗎？

婉兒安慰著安樂公主卻知道自己正在變成一個冷若冰霜的人。她對安樂公主講的那些道理其實也是講給她自己的。但是婉兒深知她既救不了安樂，也救不了她自己。她們這些女人就是在這人生的軌道上不斷地下滑著，一直滑到人性的谷底。那時候她們可能才能成爲那種眞正堅強的女人。她們不再會哭，也不再心痛，而投向人世的，只有硬的心，只有冷的眼了。

婉兒從安樂公主的庭院出來已經是很深的的黃昏了。她一直在陪著她，陪著那個可憐的小姑娘。她想安樂公主正在變成另一女人，就像她自己。她還想大概人生就是這樣，永遠不可能有眞正的完美，而她們就是在這不完美中改變著。

婉兒這樣想著路過了太子妃的庭院。她想她該向太子妃告別，否則會失禮然而更讓她想不到的是，武三思竟依然坐在那裡和韋妃談笑風生，他們甚至都沒注意到婉兒的到來。直到婉兒說她要告辭了，武三思才站起身，說他也要告辭了。

於是武三思和婉兒一道離開了東宮。他們一前一後地走在兩面是青磚高牆的長長的甬道上。婉兒沉默不語，獨自向前走著。

你到底要去哪兒？武三思擋住了婉兒。

回政務殿。婉兒冷淡地說。

這麼晚了，去那兒做什麼？

去見太子。

晚上去見太子？

你不是連陛下也不覲見，就爲了白天能來東宮嗎？

不是你要我和她勾搭的嗎？

可我也沒叫你連陛下也不見呀。

她要我來我能不來嗎？你不是不讓我得罪她嗎？

然後她就把她那個流淚的女兒扔在一邊，她根本就不管安樂公主是怎樣地害怕這場婚姻。她只顧和新情人調情，她甚至於不願意去看一眼明天就要出嫁的女兒。你們，你們到底在做什麼？

得了吧，婉兒，那眞的不過是逢場作戲。又是在你的親自指揮下。你不是說這關係到我們的生死存亡嗎？來吧，別回什麼政務殿，跟我回我們的文史館吧，那才是我們眞正該去的地方。武三思說著來抓婉兒的手。

婉兒躲過了武三思，她說你還要做什麼，你難道眞不知道你兒子明天要結婚嗎？我眞的要去政務殿，讓我去。我陪了安樂公主一天，陛下那邊還有好多事等著我去做呢。

你就眞的那麼忙？你把你自己當成誰了？王朝姓李還是姓武都和你沒關係。

但和陛下有關係，我是在爲陛下工作。

可是據我所知現在政務殿處理朝政的已經不是陛下了，你是幫助太子工作吧？太子和太子妃都是一樣的。你我殊途同歸，你走吧。武大人。我自己的事會自己處置的。

婉兒果然逕自回到了政務殿。她知道她確實有一些奏折需要整理。她並沒有想去見太子。但是她在路過太子房間時，卻看見裡邊的燈還亮著。婉兒在太子虛掩的門前稍稍遲疑了一下。但是她還是立刻離開了。然而她沒有走上幾步，就聽到了李顯在喊她，李顯說，婉兒，我一直在等你。

殿下，這麼晚了，你怎麼還不回去。

我一直在等你。

你怎麼知道我會來？

我知道爲了明天的事，你是一定會和我談談的。

哦，是啊，我今天整整一天在東宮。

她們都在忙明天的事。

下。

可是殿下爲什麼不回去呢？

裹兒出嫁，我覺得心裡很難過。

裹兒其實也很難過。她覺得沒有人關心她。殿下爲什麼不去和裹兒談談呢？她很愛殿下。

不，你不知道，她不過是在可憐我。

不會，是殿下給她帶來了皇宮的生活。她只是，有點害怕這婚姻。

我知道你會陪她的。連我都不知道這個婚姻對我來說是禍還是福。告訴我，你爲什麼要不遺餘力地撮合這婚姻？是爲了那個武三思嗎？

殿下你知道這是聖上的意思。如果殿下沒有別的事，婉兒就告辭了，明天還有他們的婚禮呢？你能陪裹兒爲什麼就不能陪陪我？

李顯走向婉兒。他的影子壓過來，他把婉兒逼到了牆角，他問她，爲什麼要跟那個武三思在一起？你的事我全都聽說了。那個武三思不配你，你怎麼能和那種人上床？婉兒我一直都敬佩你。如果你是二哥的，那我將畢生尊重你的選擇。可那個武三思是什麼人？你怎麼會弄到和那種男人在一起？你不知道他卑鄙嗎？聽到這些讓我很傷心。答應我離開他吧，否則滿朝文武都會看不起你，也辱沒了你自己和你的家族。

婉兒看著滿臉傷痛的李顯。

後來她終於擺脫了他，她大聲說，爲什麼還要提李賢。你不知道嗎，李賢死了，永遠死了，他什麼都再不能給我。

可是我能給你。我會比那個武三思給你的更多，我會給你一切的。

可是十四年來你又在哪兒？你也才剛剛回來，你怎麼知道這朝中是怎樣地動盪和險惡？聖上的心瞬息萬變，你就能保證你能繼承王位嗎？還是先管好你自己的事吧。怎樣生存或者跟誰在一起是我自己的選擇。我會對我自己的選擇負責的。謝謝殿下的提醒，婉兒告辭了。

婉兒離開了太子李顯。

婉兒離開的時候心裡很快慰。因爲她從李顯的妒恨中，知道了李顯對她的態度。她知道李顯依然非常喜歡她。她甚至相信，李顯是爲了她才從流放之地回來的。她知道她就是李顯的信念和夢想。李顯是不會輕易放棄他少年時對婉兒的夢想的。如若有一天李顯眞的做了皇帝，婉兒相信他會恪守今天的諾言，給予婉兒一切的。那麼婉兒還企望什麼呢？

婉兒這樣想著的時候，她眞的很得意。她想她是幸運的，因爲她是女人。她擁有著女人的身體和她曾經的美貌，就比那朝中的男人們憑空多了一重生存與戰鬥的手段。或許不在宦海中游泳的女人永遠也無法了解女人的身體對政治有多重要。她們身爲女人，而她們又身處政治的急流中，唯此女人的身體的優勢才能充分顯現出來。將身體加入進去，那所有的爭權奪勢和所有的陰謀詭計中。女人的身體在其中攪動著，世界便被改變了。那是那些男性的政客們所沒有的，但是婉兒有。她可以用她女性的身體牽制住李顯和武三思，她可以用他們對她的愛去換取她生存的穩定，和政治上地位。

她的身體是除了她智慧之外的另一重武器。她可以用來襲擊別人，也可以用來保護她自己不受到傷害。也許在女皇那裡，婉兒的身體並不重要，她是用她的智謀和忠誠同女皇交易的；但是在武三思，乃至於李顯這裡，身體便成了最重要的。婉兒要利用她的身體，就像聖上一樣。當年武曌不就是用她的身體和那些有權勢的男人的交換中，才最終走上這至高無上的皇位嗎？身體多重要。特別是對於那些貪婪的有著政治野心的女人。而婉兒也許遠沒有武皇帝那樣的野心和對權力的無限慾望，但是她要生存，她也就一定要學會利用她的身體。婉兒正在慢慢學會這一點。而恰好她的身體又是那麼美，那麼被男人所欣賞所需要。於是婉兒便一不做、二不休地把她的身體也加入進去，加入到男人們的爭權奪勢中，加入到她爲自身的生存而進行的不懈的努力中。

安樂公主與武崇訓的婚禮燦爛華麗。
婚禮因爲女皇帝的駕臨而顯得更加神聖而莊嚴。
婚禮就像誓言一般從此鐫刻在李、武兩姓所有人的心中。
從此世世代代。
從此，那將是他們共同的王朝。

李武之間一次次神聖聯姻無疑使女皇帝一直懸著的心終於放了下來。她很慶幸在她還活著的時候就看到了李武兩個家族之間幾乎家家是親戚，戶戶都有交匯的血脈。於是女皇帝在這個問題上終於可以高枕無憂了。於是她便可以騰出更多的精力去寵愛她的張氏兄弟了。也許是女皇帝越來越衰弱的緣故，慢慢地她依賴張氏兄弟已經到了一種無以復加的地步。她不上朝，不理政，日以繼夜地和那兩個狐媚的年輕男人在一起。這樣長此以往，也難免會招來滿朝文武的非議，甚至連武皇帝自己的後代子孫們都對老祖母的這種變態的昏聵和淫蕩議論紛紛。

這種非議的浪潮無疑給女皇所寵愛的張氏兄弟造成了極大的壓力。於是他們開始不停地在他們行將就木的主人面前哭訴和鼓噪，要求女皇嚴懲那些竟敢對女皇的私生活說三道四的不法之徒。

女皇儘管奄奄待斃，但是她的思維始終是清醒的，對於那些對她私生活的攻擊，她聽的和見的都太多了。差不多是伴隨著她十四歲走進後宮，那樣的鼓噪之聲就不絕於耳。說她和上皇李世民，和先皇李治，和薛懷義、沈南璆，再加上這一對美輪美奐的張氏兄弟，她老人家被傷害過一根毫毛嗎？她不是還按部就班、一步一個腳印地登基了嗎？不過是幾個嗡嗡叫的蒼蠅，掀不起大浪，更何況女皇還理解他們，這世間又有誰不對他人的私事感興趣呢？否則，那飯後茶餘還能做什麼呢？

所以女皇對此淡然一笑。特別是朝廷上對女皇私生活質疑的那些男性朝臣們，她更是寬宏大度，她把那看作是他們的一種誤區。她認爲這並沒有什麼了不起的，任他們說就是了，她堅信反正他們不敢對她寵愛的男人怎樣。

而眞正的敵人來自營壘的內部，這才是女皇所不能忍受的。那些個孫子輩的小兒女們竟也敢議論起聖上的私生活來了，這王宮還有王法嗎？多少年來，女皇最容不得的就是那些仰她鼻息而又背叛她的那些她的親人了。她對他們從不手軟，毫不留情，不管他們是兄弟姊妹，還是她親生的兒子。她對親人的寬容從來就是有限度的，她從不姑息他們，這是她的家庭中的原則。多少年來她始終信守著，因爲她知道來自於內部的反抗力量究竟有多麼可怕，歷史中幾乎所有王朝的毀滅都來自那些內部的勢力。

所以武皇帝的家中絕不姑息養奸。

所以武皇帝把她所有的親人都當作最首要也是最重要的敵人。

而不幸的是，這一次張氏兄弟告發的，恰恰就是女皇的親兒子李顯的那些孩子們。在後宮裡竊竊私語他們的老祖母的，竟然是兩年前被她封爲邵王的皇太孫李重潤，永泰公主蕙仙和她的丈夫魏王武延基。全是聖上的親人。無論是李姓還是武姓，他們全部都是女皇的親人，他們的血管裡也全都流淌著女皇的血。那個年方十八的李重潤是太子妃韋氏所生，太子李顯的長子，無疑是李顯的法定的繼承人。重潤清秀俊美，書生意氣，且生性善良，以孝愛被世人稱道。而重潤十七歲的同父異母的妹妹蕙仙，則是年輕美麗，風姿綽約，且在祖母李武聯姻思想的指導下，下嫁了曾是武姓繼承人的已故的武承嗣的長子武延基，又剛剛懷有身孕。便是如此的三個純眞無知的年輕人，將要爲他們的少不更事或者是輕舉妄動而付出慘痛的代價。他們可能是實在不能忍受祖母與男寵之間的那種荒唐而淫蕩的關係，於是他們可能議論了些什麼，可能是認爲他們祖母的行爲是有損於皇室尊嚴的，是使家庭的榮譽蒙羞蒙辱的。他們可能尤其議論了張氏兄弟是怎樣地卑鄙無恥，他們在皇室中所佔據的，竟是比他們這些皇室的子嗣們重要得多並且顯赫很多的位置。然而孩子們在宮牆之外的議論，不知道怎麼就傳到了張氏兄弟的耳中。可見這後宮上下是怎樣的恐怖。張氏兄弟當然不會善罷甘休。他們使出了全身解術，或委屈，或抽泣，或揚言離去，或尋死覓活，讓那個迷亂中的女皇痛徹心肺，又怒火萬丈。

至尊至上的聖上怎麼能忍受小孩子議論她，並且議論的是她的私生活呢？

這本來就是她的一個痛處。

而那些議論她的孩子們，又怎麼能是她自己的孫子孫女呢？他們不是因爲她才榮華富貴的嗎？他們怎麼能非但不感激她，反而惡毒攻擊她呢？誰給他們如此膽大妄爲的權力的呢？

於是女皇拍案而起。她先是止住了她翅膀底下那兩個年輕男人的眼淚和抽咽，然後就即刻派人把太子李顯傳到了她的寢宮。這是她的家事。她當然無須到朝廷中去興師問罪，她只要把那個能替她掌管宮中詔命的婉兒叫來就行了。

於是，就在女皇的淫靡的寢殿中，女皇當著她的寶貝張氏兄弟的面，向太子李顯和婉兒冷漠而又平靜地描述了皇太子孫重潤和永泰公主夫婦誣衊女皇的罪行。然後，她更加冷酷無情地問李顯，那麼，朕是誰呢？朕可以這樣被你的兒女們隨意羞辱嗎？那朕成了什麼？

李顯撲通一聲跪在地上。他說兒臣罪該萬死，請聖上開恩。李顯知道他的家已經又一次大禍臨頭。這一次，他們可能終於難逃一死了。

他們不是你的兒女嗎？

是的，他們不孝……

他們不孝又是誰之過呢？

是兒臣之過，請聖上千萬息怒，兒臣心甘情願聽聖上處置。

你是太子，朕不想處置你，但是他們太無法無天了。朕不能原諒他們。你懂朕的意思嗎？

兒臣知道，只是……

只是什麼？你知道欺君是什麼罪嗎？

聖上，聖上……

好了。既然他們是你的兒女，朕就委託你去處置吧。朕之所以能多少年來一直牢牢地坐在這皇位上，就是因爲朕知道大義滅親對朕的王朝意味著什麼。有時候你不得不這樣做。否則天下亂了，朕還怎麼稱其爲朕呢？好了，你們下去吧。婉兒，你現在就和太子一道去爲朕起草一份處置這幾個逆子的詔令來。明早上朝之前，朕要看到。

可是，聖上，兒臣……

你怎麼還不起來呀？朕累了。朕要休息了。你們退下去吧。

炎熱的夏夜。李顯卻周身顫抖，手腳冰涼。他絕望而悲傷地向政務殿走去，此刻他不敢回到東宮，不敢面對他的親人，更不敢在親人們的身邊做出那個可怕的決定。李顯踉蹌蹣跚，一路走一路哭泣著。婉兒遠遠地跟著他。婉兒也很驚異。事前她也是一點消息也不曾知道，否則，她一定會想方設法救那幾個孩子的。但是他們全都束手無策了，因爲女皇一開口，就已經把他們逼上了絕路，或者說，就已經定了那幾個孩子的死罪了。

婉兒也很悲痛忿恨，她想到張氏兄弟竟是如此地狠毒，而聖上又是如此地絕情。他們又一次把李顯擠兌到死角上。讓李顯在他的死和他的孩子們的死中作選擇。這是何等的殘酷。

婉兒遠遠地跟著李顯。直到他們來到政務殿，婉兒在那個悶熱的大殿中點起了幽暗的燈。

要他們在這個夜晚做出怎樣的選擇？

夜太短了，也太長了。

李顯一走進大殿就趴在案台上哭了起來。他幸好還能哭出聲來，他說他們這些不孝的子孫，他們的膽子怎麼這麼大，他們就沒聽說過這皇室裡的慘劇嗎？他們爲什麼要這樣逼我？他們怎麼能……

婉兒站在遠遠的燈光所照不見的陰影中。在黑暗中看著李顯悲痛欲絕。婉兒原本以爲隨著李顯的返回，隨著李、武兩姓的不斷聯姻，這宮裡就不再會發生殺戮的事件了。但是想不到還會有性命斷送在聖上的或者是聖上情人的手中。而且是那麼年輕的生命，那麼殘酷的代價。而聖上這一次又是無辜地將她也捲攜了進來，要萬世銘記起草這一份絞殺年輕生命的詔令的，又是她上官婉兒。聖上爲什麼又逼她呢？難道她對聖上的忠誠還需要檢驗嗎？

李顯在那邊進退維谷。李顯說不，我做不出這樣的決定來。李顯說爲什麼要我去殺我自己的孩子？

不！那莫不如讓我先去死……

李顯這樣說著竟開始拚命捶打起自已的腦袋。李顯眞的很用力地打自已，直到這時，一直默默垂立於陰暗中的婉兒才走過去，抓住李顯的兩隻手，不讓他這樣傷殘自已　。

不，殿下，不要這樣。這樣無濟於事的。

那我該怎麼辦？殺了他們？那我成了什麼啦？他們是我的孩子，是我的骨肉，我怎麼能親手殺了他們呢？那我將枉爲人父，還會被後世責罵。婉兒，你告訴我，這樣觸犯了聖上究竟該定什麼罪？死罪嗎？除此就沒有別的路了嗎？就不能救救他們嗎？你是說只能是死罪？是啊是啊，當然是死罪。大哥二哥僅僅是因爲不滿意她的爲人，她尚且能將他們處死，何況我的孩子們還指名道姓地罵了他們的祖母，而她哪裡是他們的祖母，而是將他們的性命握在手中的那個君王，他們怎麼不明白呢？婉兒，幫助我，我知道你是最智慧也是計謀最多的，告訴我，有沒有一個既能使聖上滿意又能使我的孩子們免於殺身之禍的兩全之策？你搖頭？說沒有？說晚了？不，重潤他才剛剛十八歲。他是那麼好的一個孩子。他從小跟著我顛沛流離，吃盡了苦頭。他才剛剛回到這個本來就應該屬於他的生活中。他還不懂這宮中的規矩，他那麼天然而率眞。如果十四年來他一直是生活在這壁壘森嚴的皇宮裡，他一定就不會這麼胡言亂語了。他是那麼崇拜聖上。他可能是因爲太崇拜聖上了，才不能容忍聖上的私生活中有汙點。重潤是我最愛的兒子。也是他母親最愛的。他本來是大唐王朝最好的繼承人，他怎麼能接受這死罪呢？還有，蕙仙已經懷孕。那武延基不也是她武姓的嫡孫嗎？他的父親死了，兄弟延秀又被送往突厥和親至今生死不知，聖上爲什麼也要他們死呢？她是不是瘋了？她何以爲了那張氏兄弟就讓她自已的那兩個家庭斷子絕孫呢？她究竟要做什麼？她莫不是要將王朝交給那個兩個姓張的小子？那她爲什麼還要我們回來？房陵雖然遙遠，生活雖然艱苦，但那裡至少是安全的，也不會有人輕易把我的孩子們的生命拿走。我爲什麼要回來？她這是要逼死我呀。我該怎麼辦？我該怎麼面對太子妃？重潤是她唯一的兒子，唯一的希望。殺死了重潤就等於是殺死了她。那我的家不是就全毀了嗎？沒有了家，我活著還有什麼意思呢？

但是殿下必須活著。

婉兒，就是說他們只有死路一條了？

殿下，真的，哭也沒有用。這是聖上要你做千古罪人。她做了千古罪人還不夠？還要拉我陪她被萬世指罵，她眞是太壞了。

殿下，別說了。太子孫們就是這樣倒楣的。你必須做出選擇。

那，你就去選擇吧。

殿下，你不能如此卸罪於奴婢。那是你的責任。你要敢爲敢當。

那麼好，大丈夫當然要敢爲敢當。李顯說著便朝案台的角上撞過去，待婉兒抱住了李顯，李顯早已經是血流滿面。

婉兒把血流滿面的李顯的頭緊緊抱在懷中。她說，別，別這樣，殿下千萬別這樣。婉兒理解殿下。婉兒也不忍做出那個可怕的選擇。聖上也是要婉兒做這個罪人。奴婢知道做這個罪人的滋味不好受。可是奴婢已經做了幾十年。奴婢一直覺得手上有洗不掉的章懷太子李賢的血。奴婢怎麼會成爲最心愛的人的罪人呢？是聖上。是聖上的要我這樣做。是聖上要奴婢忠誠。聖上也是要殿下忠誠。聖上是因爲相信殿下，才把這生殺大權交給殿下的。這是多麼偉大的權力，幾十年來，聖上就是因爲擁有了這權力，才能夠一路過關斬將登上皇位的。殿下不是也要繼承皇位嗎？那個向上攀登的石階上難免就會有親人的血。聖上就這樣走過來，而殿下是聖上的兒子，又是聖上選定的王位繼承人，殿下怎麼能隨便就放棄這個握有機會的權力呢？

婉兒你不要說了。李顯瘋狂地掙脫了婉兒。他說你已經如此殘酷，可我的心還是肉長的。與其讓我親手殺了我的孩子，還不如讓我現在就死。就像李賢那樣，讓母親成爲凶手，讓她永遭世人的唾罵。

沒有用的！婉兒突然變得冷酷，她的目光也彷彿是冰雪做成的。婉兒說沒有用的。既然李弘和李賢都已經成爲了階梯，那麼再多你一階又有什麼不同的？後世的罵名已然懸在了那裡，而你的死又能爲那罵名增加多少分量呢？何況即使你死了，也根本改變不了那些自以爲是的孩子們的命運。你救不了他們。來吧，讓我幫你紮好頭上的傷。來吧，過來，讓我把你臉上的血跡擦乾淨，好嗎？

李顯竟然乖乖地走到了婉兒的身邊。這一次是他抱住了婉兒，是他撲在婉兒的懷中嗚嗚地哭了起來。

第二天清晨。早朝之前，由婉兒起草的那一份詔書果然被準時送達女皇的寢殿。

女皇昏昏欲睡。誰也不知道聖上是不是眞的看到了那份賜重潤、永泰公主、武延基死的詔書。但是，當婉兒在朝廷上宣讀那賜死的詔令時，聖上確實是坐在她的皇椅上的。她無動於衷，或許正在昏睡，或許，她在享受著這個她眞正想要的結果。她的臉上甚至有了一絲看不出的快意。她知道她不僅又一次殺了人，同時她還又一次折磨了人。後來，特別是在她老了的時候她生命垂危的時候，她就特別喜歡折磨人。她時常會想出一些折磨人的方法，然後以折磨他人爲樂。她就是這樣帶著殘酷的快意用眼角斜看那受盡了折磨的太子和婉兒的。她也用昏花的老眼看見了太子頭上被捆紮的創傷，她可能想活該，這就是你教子無方的報應。女皇還很得意，因爲她到底還是爲她的張氏兄弟伸冤雪恥了。她根本就不在乎那幾個黃口小兒，她甚至都沒有見過他們幾次，而昌宗、易之是與她長相廝守的。對女皇來說，死個把兒孫早已不算什麼。她要讓天下知道，她依然是大周的皇帝。她依然是至高無上的。是誰也碰不得的。而她的那兩個寶貝，也是誰也碰不得的。

婉兒低聲宣讀著那份詔書。大殿裡一片肅然彷彿空氣也不再流動。滿朝文武也像是被一悶棍打懵在那裡，一時不知該做出什麼樣的反應。但是他們還是被震驚了。在沉默的寂靜之後，開始了一聲一聲的嘆息，而至一片唏嘘。人群中甚至傳來了時隱時現的抽泣之聲，但是，始終沒有任何人站出來，為挽救那幾個年輕的生命而同女皇一搏。孩子們的父親尚且如此無奈，百官們又能怎樣呢？詔令不能違。

無論大殿上怎樣慨嘆惋惜，女皇都已經聽不見了。她已經耳聾眼花，並且時常被瞌睡帶走。她累了。她畢竟是為那個決定消耗了許多。

婉兒是在宣讀了那份賜死的詔書當晚，來到文史館中和武三思見面的。她是特意來見武三思的。她一見到三思就靠在他的胸前哭了起來。她說她被這可怕的生靈塗炭的罪惡嚇壞了。她說就那麼輕易地，張氏兄弟在女皇枕邊鼓搗幾句，幾個年輕的生命就結束了。蕙仙的肚子裡甚至還有一個無辜的小寶寶。婉兒對武三思說了整個事件的過程。那個可怕的晚上。她不知道自己為什麼要對武三思說這些，她不知道她是不是想找個人來證明自己是清白的，但總之她要找個人說一說，因為她永遠無法解釋那個死亡的詔書是怎樣從她的手裡出來的。

婉兒說她曾經那麼想救出的那幾個可憐的孩子。她甚至想出很多種逃脫死亡的方式。她也曾告誡李顯不要做出斬盡殺絕的決定來。但是李顯太害怕他母親了。他唯恐他的孩子們不死就會得罪了她的母親。她說她想不到李顯竟然眞的能做出殺害自己兒女的事。當親生骨肉遭遇母親的傷害時，身爲人父的李顯不僅不能站出來保護自己的兒女，反而親自將他們推進火坑，這眞是奇恥大辱。這樣的男人又怎麼能做帝王呢？

婉兒蜷縮在武三思的懷中，她問他，知道下令殺人是一種什麼樣的感覺嗎？

其實那時候武三思的心情也很不好。因爲女皇下令殺掉的，不單單是李家的後代，也有他們武家的人。儘管他的堂兄武承嗣已經去世，但是他作爲武姓家族的首席繼承人，對堂兄的兩個兒子還是多有關照的。聖上提出將承嗣的次子武延秀送去突厥和親，武三思本來就非常不滿，只是聖旨難違。一想起年輕的延秀至今被突厥扣押，生死未卜，三思就每每覺得對不起早逝的堂兄。後來，他的兒子崇訓和武承嗣的長子延基紛紛和李家公主通婚，讓三思覺得他們武家的未來多少有了些可靠的保證，也多少可以告慰堂兄的魂靈了。可是沒想到，延基竟也在被賜死的詔書上。這厄運竟然不是來自彼此爭權奪勢的李家，而是來自那卑鄙無恥的張氏兄弟。

武三思用懷疑的目光看著婉兒，他問她，那最後的命令究竟是誰下的。

聖上，或者是李顯。

你不說聖上只是暗示嗎？

那麼就是李顯了。

可是你不是說你起草詔令時，李顯已經回東宮去了嗎？

是的，他是回去了，他要在宣讀詔令之前對太子妃去說。

那麼就是你獨自寫成的那份詔令。

那也是李顯的意思。

李顯那麼懦弱，他怎麼敢下令殺人呢？

武三思你什麼意思？

眞的不是你嗎？

你到底想說什麼？婉兒從武三思的身邊跳了起來。你是說，是我殺了那三個不懂事的孩子？

難道不是你嗎？武三思突然警覺了起來。他說我聽得出來那詔令明明是你寫的。那文字那措辭不單單是出自你的手，還出自你的心。這一次我終於看清你了。是你把聖上和李顯說不出的那些想法活生生地變成了現實。由此倒讓我覺得，當年聖上把你們上官一家滿門抄斬不冤枉了。你祖父上官儀是應該被殺死。當年想休了聖上的也許並不是高宗而就是你祖父。皇后專恣，海內失望，宜廢之以順人心。這些話怎麼能出自高宗之口呢？只有你祖父想得出這樣的辭句，就像是只有你寫得出殺了那幾個孩子的詔書一樣。你和你的祖父是一脈相承，一丘之貉。是的，是你，不是聖上，更不是太子。是你想殺了他們。是你把你的想法強加於他們。你不僅要殺了這幾個孩子，你還要一個一個地把我們李武兩家所有的人全都斬盡殺絕。

武三思你到底在說什麼？你是不是瘋了？

是你瘋了，上官婉兒，爲了報仇，你不擇手段，你才是個瘋了的殺人狂。我知道你是爲了報仇才忍下來的，你不會親手殺人，但你會發佈殺人的命令。你還會慫恿我們相互殘殺。而你站得遠遠的，遠離血腥和死亡而坐收漁人之利。婉兒你眞是太惡毒了。我甚至不得不想，給張氏兄弟通風報信的說不定就是你。你爲什麼要這樣凶殘？那幾個孩子他們怎麼得罪你了？我知道你眞正的仇人就是聖上。我知道你恨她，可是你卻把你的仇恨隱藏得那麼深。因爲聖上殺了你全家，你怎麼會眞的忠誠於她呢？你遲早是要殺她的。但是你又不肯就那樣一刀結果了她。你嫌那樣痛快的死法太便宜她了。你不甘心，你要她一點一點一塊一塊地在煎熬中死。你先是殺了他的兒子。你出賣他們，先是李賢，緊接著又是李顯。李顯沒有被你殺死，你又千方百計地慫恿聖上接回李顯，目的是借李顯的刀又來殺我們。反正我們都是聖上的親人，我們也就全都是你的敵人。你是那麼歹毒。武承嗣抑鬱而死，難道不是因爲你提出廬陵王返朝並復立爲太子嗎？現在又輪到李顯的兒女們了，還有我們武家的孩子們。議論幾句聖上，就值得賜死嗎？他們既沒有陰謀叛亂，也沒有加害於聖上。不過是幾個孩子，說了幾句不中聽的話，你怎麼就能這樣對待他們呢？你太殘酷了。我知道你就是要把我們全殺光。這就等於是在殺她。殺聖上。你把我們全都殺光，也就是把她也殺死了。你要她獨自一個站在那個空落落的朝堂。你要她獨自一人的時候已衰弱不堪，無反手之力。你要這整個王朝只剩下她一個空蕩蕩的骨架，就像是你的家族只剩下了你自己。你要讓她體驗什麼是孤獨，什麼是無助。你還要讓她感受到她是怎樣的蒼老，而你年輕，你從此可以操縱她了。你勝利了，而她死了。你已經把她一塊塊殺盡。你借她的刀殺我們，而我們也在相互殘殺中滅絕。你可以驕傲了，因爲你終於如願以償。李顯殺了他的兒女，就等於是殺了他自己。李顯也已經死了，那麼，你什麼時候再來殺我呢？還有我的孩子們。你殺我的計劃是怎麼安排的？你已經完成了第一步，那就是讓李顯徹底粉碎了我的太子夢。那麼好吧，我就不再做夢了，我退出來，但是我知道你依然不會善罷甘休的。你爲什麼不現在就殺了我？就這樣，在床上。你當然不會這樣殺我的，你要讓我迷戀你，讓我在痛苦中一天天地消耗。你要我們所有的人全都慢慢地死。只有看著我們這樣慢慢地死去你才會快樂。你要一生都活在這種復仇的快感中。你要每分每秒都看到我們李武兩家有人在死去，聖上在死去。那麼，來吧，來殺我。如果不來殺我，那麼我就要殺你了……

當三個可憐的孩子被賜死之後。在他們的屍體被掩埋在洛陽城郊那荒涼的邙山上。至高無上的的女皇突然又一道旨令，說她要離開洛陽。說她要穿越八百里秦川。說她要回西都長安。

女皇彷彿是在匆匆忙忙地逃跑。就彷彿當年，她杖殺了王皇后和蕭淑妃後，要匆匆忙忙地從長安逃到洛陽一樣。她怕她的孫子孫女們的幽靈。她可能是已經覺出那些年輕的幽魂在追逐著她，纏繞著她了。

女皇的朝廷跟隨她傾巢而動。連同她的東宮太子李顯，她執意要把李顯帶走，她絕不留下太子監國。她的心很虛。因爲她已經覺出了李顯如果繼續留在洛陽，遲早有一天，他會積蓄力量反對她。她不願意李顯和他兒女們的陰魂離得太近。她知道那是李顯受不了的，也是太子妃受不了的，甚至是武三思也受不了的。她知道如果有一天他們全都受不了了，他們一定會聯合起來造反的。推翻她。並殺了她的張氏兄弟。

不知道這個遷徙長安的主意是不是婉兒的。在滿朝文武看來，通常女皇晚年的主意都是婉兒的。因爲後來能眞正接近衰弱不堪的女皇的，除了張氏兄弟就只有婉兒了。張氏兄弟沒有那麼高的智商，所以朝官們寧可相信，女皇晚年仍然不失政治家風範的所作所爲，其實都是婉兒一手策劃的。婉兒才是那個眞正的女皇。而女皇在垂暮之年反而成爲了婉兒的傀儡。

女皇從洛陽移駕長安一待就是三年。

女皇的長安三年果然使她的權力得到了某種穩固，也使張氏兄弟得以在她身邊的苟延殘喘。

這時候女皇已經七十六歲了。但是她既不想交出她的權力，也不想離開她的二張。這就使朝中的空氣變得異常緊張。

張氏兄弟儘管恃寵挾勢，身居要津，但是那種反對二張的勢力卻始終如暗流般在朝廷中湧動。不僅僅是李家乃至於武家的那些親屬們，就是朝臣們也對不斷擴張的張氏兄弟的勢力非常不滿。於是，他們在倒張的問題上同仇敵愾。他們幾乎不用商量就不約而同地站在同一條陣線上。儘管他們之間還有著很深的芥蒂，甚至是那種不可調和的，你死我活的，但是，這所有的一切都被掩蓋在反對張氏兄弟的統一戰線下。人世間的事情往往就是這樣的，不同的利益便會產生不同的利益關係，而任何的陣線都不是一成不變的。而陣線的變動在某種意義也是利益的驅動。

長安三年使李武兩家果然遠離了那幾縷青春的幽魂。但那心中深刻的印痕卻是永遠不能抹去的，而且讓那個創傷的後遺症永遠像陰影一般地籠罩在這個憂怨的家庭中。

李顯在這次親自下令殺死自己兒女的事件之後，那種沉重的打擊使他像變了一個人似的。他變得更加萎縮怯懦不堪重負。他不僅在朝廷上不敢再輕舉妄動，就是在家裡也變得愈加地沉默寡言，彷彿他就是這個家庭的罪人和兇手，而不是太子，更不會是未來的皇帝，總之不再有任何的權威。

而韋太子妃在這一深刻的打擊後變成了一個歇斯底里的女人。因為被女皇和她的的丈夫所奪走的，畢竟是她的親兒子，是她寄與無限希望的兒子。倘若他們一家仍在房陵流放，韋妃或許還不會對她唯一的兒子抱有那麼大的期望。然而畢竟，他們回來了，李顯也被復立為太子。而太子和天子僅只一步之遙。以女皇的老邁年高，李顯終有一天榮登王位就僅只是個時間的問題了。於是太子妃的野心也就隨著李顯的地位的變化而變得越來越大，從此她不僅是寄希望於李顯，因為李顯可以讓她再度做皇后；她對兒子重潤也寄予厚望。因為李顯畢竟有過世的那一天，而一旦李顯過世，繼承王位的就自然是長子重潤。而有了重潤做皇上，她就依然可作威作福，做那個能夠安度晚年的皇太后。

然而她的美夢被打碎了。

因為，就是這個承載著韋妃未來希望的兒子被殺死了。被他的祖母和父親，被王朝中最高高在上的皇帝和太子殺死了。她的唯一的兒子。從此她不再有兒子了。就是李顯當了皇帝，繼承王位的也不再是她生的兒子，而是別的什麼嬪妃所生的重俊和重茂了。這是多麼深邃的恐懼和悲哀。這是一個母親多麼無望的傷痛。殺了她的兒子就等於是斷了她的後路，毀了她的所有的未來。於是韋妃哭。後來她欲哭無淚。一開始韋妃還抱怨李顯，她罵他打他撕扯他，她說李顯不是人，說人世間還沒有見過如此狼心狗肺的父親。甚至連禽獸也不如，禽獸還知道保護牠們的幼仔，而李顯卻親自把他的兒女們送上了斷頭台。後來當韋妃欲哭無淚，她也就不再理睬李顯了。她蔑視李顯。她認爲李顯根本就不是男人。她視這個軟弱窩囊的男人爲糞土。她可以對李顯直呼其名，吆五喝六。如此瘋狂的韋妃在東宮裡也就更加地頤指氣使，飛揚跋扈，不僅李顯在她的面前心虛氣短，李顯的那些另外的嬪妃和她們所生的孩子們也是頭不敢抬，話不敢說。總之重潤的死使李顯變成了一個罪人，使韋妃變成了一個悍婦。她可以隨意辱罵李顯奚落李顯，她甚至可以當著李顯的面任意同偶爾來訪的武三思調情，總之，她從此控制了李顯。

是武延基被殺的這共同的利益，使武三思和李顯在原先親家的關係中又新近了一層。本來他們是可以迅速結成統一聯盟的，但是在張氏兄弟勢力的嚴密監視下，他們交往起來也是小心翼翼，如履薄冰。武三思當然是恨著張氏兄弟的。因爲他們對女皇的壟斷使得他都很難再見到女皇。但是他巴結的天性又使他不願得罪他們。何況聖上還活著，還視他們爲寶物，更何況，在重潤事件中被殺的畢竟不是他的親兒子，所以他除了對堂兄那一支血脈的哀亡而惋惜之外，也並不想因此而和那一對氣燄囂張的兄弟針鋒相對。而對李顯家的不幸，他則是除了同情，還多少有一點幸災樂禍。畢竟，說到底還是他的敵人。是李顯的歸來徹底破滅了他做太子的夢想，所以，從本質上，他對李顯及李顯的一家是懷有仇恨的。而重潤的死在某種意義上就等於是李顯的斷子絕孫。因爲武三思看到了韋妃的專橫跋扈，她身爲太子妃，是絕不會讓別的女人的兒子繼承王位的。所以重潤死了，就等於是李顯不再後繼有人了。這對於武三思來說，無論如何是一件好事，因爲，他又少了一個李姓的競爭者，或是少了一個李姓的敵人。他或者覺得，他正在佔據李武之爭的那個優勢。她知道那場爭權奪勢的戰鬥還遠沒有結束。

總之，這個賜死重潤、蕙仙和武延基的震驚朝野的事件，多少還是打擊了女皇的不孝子孫們那日益囂張的氣燄。女皇自然也是要懲一儆百，她要讓天下所有的人都知道，張氏兄弟是碰不得的。她的私生活是碰不得的。從此，朝上宮中的空氣果然變得緊張起來，彷彿驟然之間什麼什麼都被張氏兄弟控制了起來。他們那種得意的樣子，好像也大有搶班奪權的野心。如此，能接近女皇的婉兒就變得如此重要了。特別是對李、武兩家的那些後代們，婉兒是他們能與聖上的溝通的唯一橋樑了。他們需要她。

於是，朝廷中的這種特殊的局勢，將婉兒推到了一個至關重要的位置上。這便也成爲了婉兒生命中的又一個非常重要的階段。在政治的舞台上，她恰好可以表演。她能夠尋找夥伴，她也能夠操縱萬事萬物。而婉兒所做的這一切，尤其是這一切的那左右天下的作用，其實皆因爲撐持著婉兒表演的那個巨大的背景是女皇。畢竟女皇還活著。畢竟那個婉兒可以支配的傀儡還一息尚存。所以她還可以拉大旗作虎皮。她還可以利用那些向女皇邀寵的心理，將女皇的朝臣和子孫後代們牢牢地握在手中。她可以駕馭他們統治他們，她可以是他們的朋友也可以是他們的敵人。總之她可以隨心所欲，只要聖上還活著。哪怕她已經動轉不能神態不清，但只要她活著，她還是女皇，那天下就是婉兒的。

於是婉兒非常鄭重地面對她的這個新時代。她想在這樣局勢中，她首先要做的，就是選擇她的立場。她知道立場很重要。它將決定她的榮辱興衰。她還知道一個在政治的風雲變幻中不能找到自己合適的進退有據的立場的人，是一定不能永遠立於不敗之地的。於是婉兒尋找。她當然很快就看清李、武兩家正在暗自秘密聯合以抵抗張氏兄弟的徵候。憑著婉兒的直覺，她相信佔著上風的張氏力量儘管控制了朝廷，但只能是暫時的。因爲他們的勢力完全是建築在女皇奄奄一息的生命之上的。而一旦那生命的弦束斷了，他們就不再有所附麗，接下來的，便是他們即刻的土崩瓦解。婉兒當然不能如此短識地與十分脆弱的張氏兄弟沆瀣一氣。那也不是婉兒的風格。而在李、武之間，儘管他們已暗中結成同盟，其實也是暫時的，不牢固的。但是婉兒看得很清，王朝早晚是李家的。這還不單單是女皇下決心把李顯接回來，而是因爲復興李唐是天下的意願，是眾望所歸。婉兒便是在對這朝中局勢縝密地分析之後，才獲得了她的立場的。她知道她首先需要選擇的戰略夥伴，就該是那個李顯。因爲在這個偌大的皇室中，最有可能握有未來的王朝的，就是這個懦弱無能的李顯了。她當然不能因一時的短見而拋棄李顯。特別是當他痛苦，當他被聖上拋棄，當他被韋妃羞辱的時刻。她似乎更應當關心李顯，更應當給她一個朋友的安慰，甚至是一個女人的柔情。因爲她堅信，遲早天下是李顯的。

如此，婉兒便常常到政務殿中李顯執事的地方去看望他。他們有時默默無語，就那麼枯坐著，良久。那是他們日久天長的默契，特別是因爲下令擬詔誅殺重潤他們的那個夜晚是他們共同度過的。所以他們是共同的凶手，他們是需要共同承擔罪責的。他們從不相互推諉，因爲他有著共同的關於罪惡的心靈經歷。他們誰都知道那個賜死的決定是怎樣做出的，他們只記得在那一晚，他們痛哭，然後到了清晨，就有了婉兒當著聖上，當著滿朝文武宣讀的那道太子的旨令。那被聖上敕許的死亡。他們在那個夜晚手足無措。他們就彷彿是處在刀鋒之上，那個夜晚從四壁刺進來的都是尖利的長劍，直刺他們的心窩。那是他們不得不做出的殘酷的滅絕人性道德淪喪的決定。怎麼都是死。那是聖上交給他們兩個的難題。是聖上把他們兩個捆綁的在懸崖邊或是烈火前。聖上就是這樣考驗他們的忠心的。用他們親人的生命和他們自己的生死存亡。怎樣殘酷的尺度。不，沒有尺度，有的只是殘暴。不論他們中間的哪一個都將在劫難逃。或者婉兒，或者李顯，他們中的無論誰做出了違抗聖上的選擇，都將遭遇滅頂之災，而順從者也終將被千古罪人的重負所累，永世不得翻身。所以在那一刻他們只能是一個人。他們一道犯罪，一道承受，他們知道在犯罪的時候只有相伴才會獲得勇氣。他們緊抱著。

他們彼此安慰。他們說我們已別無選擇不是那些已經必死無疑的孩子們死，就是我們死；而我們的死，又不能挽救那些孩子們不知深淺的生命。於是他們相互鼓舞著做出了選擇。他們找出了成千上萬個他們不得不做出這種選擇的理由，他們說，我們已仁至義盡無能爲力了。然後他們兩個人共同做出了那個被世人、親人和歷史所不恥的決定，並由此，他們相互領略了對方靈魂中的那一份醜惡和骯髒。他們從此便也窺到了對方的破碎和不安。就這樣，他們共同走過一段罪惡路。是這一段路使他們倏然親近了起來，因爲他們都知道那個最終的決定是怎樣地來之不易。要經過怎樣的靈魂的掙扎和鞭笞。他們共同經歷了那些，於是他們才有了眼下的這種共同的罪惡感，以及關於罪惡感的默契。

他們從此緘默不語。他們不論在一起待多久，都不再提那天晚上的情景。他們一直在小心迴避著那個話題。他們不願再想起他們所犯的罪惡。他們知道在他們的心中是一番怎樣骯髒卑鄙的景象。那不堪回首的，他們從來諱莫如深，那是他們生命中的一個污跡是他們心上的一個永難癒合的傷口。

所以婉兒會常常來看太子。他們就是那樣相對無言地坐著，各自沉思著。他們確實已無須再說什麼。以往的，是他們所共同經歷的；而未來的，又是他們難以預料的。如果說婉兒的所思所想，是李顯所不能眞正了解的；那麼李顯的心靈與生活，則是婉兒無所不知的了。那是因爲婉兒天生銳敏的洞察力，和她對李顯的以及對韋太子妃的深刻了解。婉兒當然知道李顯是怎樣地痛苦，她更能從李顯的言談舉止中看出太子妃是在怎樣地折磨他並且虐待他。婉兒便是爲此才會常常來看望這個坐在太子位上但已形同虛設心如死灰的李顯的。因爲她堅信李顯的未來，她知道只有在李顯落難的時候關切他，李顯才會眞心感謝她並永誌不忘。所以，她就堅持著坐在李顯的對面看著他。她覺得她這樣望著他就是對他無言的支撐和安慰。她想這就是力量。她給予李顯的。她要他堅持下去。活著。她要他知道只要堅持住，這王朝的皇位就一定是他的。而他一旦成爲了聖上，這天下就再也沒有人敢欺辱他折磨他或者羞辱他了。他也就能在他的後宮抬起頭來了，可以對太子妃發號施令了。婉兒還想讓他知道，用幾個不知天高地厚的孩子的生命去交換整個王朝是値得的。在某種意義上，他們的死是天意，是在爲最終光復李唐王朝作犧牲。而倘若犧牲了兒女的太子從此一蹶不振，那兒女們的性命不是就白白犧牲了嗎？所以婉兒要求李顯一定要挺住。她要李顯看到希望。她告訴他畢竟後宮的那位年近八十的女皇已經朝不保夕，而外強中乾的張氏兄弟也必將隨著女皇最後的歲月而去，那時候天下擁戴的只能是他這個李唐的眞龍天子。無論他犯過怎樣的錯誤也無論他手上沾了多少親人的血，只要他活著，他就一定會是那個至高無上的眞正的王。

婉兒就那樣坐在那裡。讓悲傷而頹喪的李顯在默默無語中諳知了這一切。那是他們靈魂的暗示，精神的交往，無形的，不用語言的，甚至也不用表情的。而李顯就眞的了然了這一切。他慢慢變得堅強變得剛毅。他不再像一株被霜打了的草。他正在一天天地挺拔起來，因爲他終於意識到了，他的生命中還有婉兒。

這就是婉兒的能力。她一言不發就能使一個行屍走肉般的男人死灰復燃。她就坐在那裡。默默無語。看著李顯。告訴李顯他並不孤單，婉兒將永遠和他在一起。

就這樣婉兒成爲李顯的生死之交患難之友。她不僅給李顯關懷，給李顯友情，讓李顯看到那個儘管渺茫但卻依然還在的那個遙遠的希望；她自己也在給予李顯的那一切中獲得了支撐和未來。

婉兒這樣的一番窮於心計的表演，無疑使李顯鏤骨銘心。婉兒當然也知道，她從此在李顯的心中充當的將會是一個怎樣重要的角色；她更知道她的表演給世人留下的又會是怎樣的印象。

婉兒知道她每每來看望太子都是在張氏兄弟耳目的監視下。但是她的一言不發又讓對她恨之入骨的張氏兄弟不知該如何下手，才能把她從他們所挾制的女皇身邊趕走。而婉兒的頻繁探望太子，也讓那些一直想擁立太子的臣相們很納悶。他們不知道這個和武三思私通的詭計多端的女人耍的又是什麼陰謀。但儘管如此，婉兒還是慢慢獲得了李唐勢力的信任。而他們也確實需要這個能接近女皇的人能左右女皇，不要讓她老人家在寵幸二張的邪路上走得太遠了。婉兒就是這樣。常常地端坐在太子對面。她看著他哭，或者看著他痛苦，看著他自責。告別的時候，她會走近太子，拍拍他的手，或者撫摸一下他的肩。婉兒在做著這些的時候也是一言不發。她知道那是太子能意會的。婉兒不怕她的這種有點過分親暱的舉動會被人看見。她或許就是爲了要人看見的，因爲太子明明在流淚，明明需要來自朋友、親人的安慰和溫暖。而婉兒是誰？婉兒就是李顯此時此刻最最需要的那個親人和朋友。他們是從小一道長大的，他沒有理由在這樣艱難的時刻不相互關心，肝膽相照。

有時候李顯也會拉住婉兒的手對她說，別離開我。今生今世，我不能再失去你了。你才是唯一眞正關心我的人，你才是我的至愛。聽到李顯的誓言，婉兒能不感動嗎？她想起也許李顯的誓言就是她的未來和希望。聖上老了，但聖上當年不就是從太子的懷抱中起步騰飛的嗎？她憑什麼就不能步聖上的後塵呢？她知道李顯是眞心愛她的。儘管她不能也愛李顯，但是她絕不能拒絕李顯。她知道這愛對她有多重要。

婉兒的第二個重要的戰略夥伴依然是武三思。婉兒同武三思的關係曾經是一如既往地若即若離。但是在那個武三思看穿了婉兒用心的夜晚之後，他們突然不再來往了。

那是一個瘋狂的夜晚。武三思恍然悟出了婉兒畢生的復仇陰謀。他開始害怕這個女人了，特別當他知道婉兒也參與了那個屠戮年輕生命的行動。但是那個晚上武三思還是要了婉兒。他也要如婉兒一般，在她的身上發洩他復仇的獸慾。那一刻他很凶猛。他已經不是爲了交歡而是爲了報復。他是在殘暴中在撕裂中在毆打中在啃咬中瘋狂在進入婉兒身體的。那一刻他恨婉兒，恨這個凶惡的女人，所以他根本不管這個女人是不是很疼是不是很痛苦。他把婉兒的臉頰舌頭乳房和四肢全都咬破了。他讓這個罪惡的女人聲嘶力竭遍體鱗傷。他聽著她呻吟她喊叫看著她扭動她躲藏然後就進入了她。然後就猛烈地撞擊著她讓她疼讓她覺得不是在被愛撫而是在被強暴。她忍著疼，她求著她身上的那個男人，她呼喊她流淚，然後，突然的，一切完結，當婉兒以爲這個狂暴的男人依然會留在她身邊。武三思竟穿上衣服，踏著星月，揚長而去，把婉兒獨自一人留在文史館內，這是從來也沒有過的。

婉兒被渾身是傷滿心是痛地丟在漫漫長夜中。她當時赤身裸體地追出去，那一刻她想殺了這個男人。她看著武三思的背影看著他坐上馬車看著他回洛河對岸的那個梁王府去。而婉兒的傷口在流著血。她摔倒在冰涼的滿是露水的石板路上。她絕望了。也疼痛極了。她甚至不記得這個男人都對她做了什麼。她獨自一人。她想啊想啊。她躺在那張只屬於他們倆的淫蕩的床上，想著這個男人所帶給她的那無窮無盡的苦難。

後來她想起這個夜晚這個男人對做的那兩件事。一件是把她當作了那個徹頭徹尾的復仇者，另一件是他強暴了她。同樣的這兩件事都是婉兒所不曾經歷的。首先她想不到武三思竟把她看得那麼透，眞的把她當作了那個要殺掉女皇的復仇者。武三思所強加給她的那些確實是她不曾想過的，她怎麼會是爲了報復女皇而去殺李顯的那些孩子呢？而且她也從沒有想殺過女皇。就是女皇在她的臉頰黥上忤旨的墨跡時，她也只想著該怎樣報答她。但是，就在剛才，武三思說的那一席話提醒了她。她覺得武三思所說的那個復仇的女人眞像她呀，那一步一步的計劃，那借刀殺人，那要把女皇一家斬盡殺絕的雄才大略，還能有誰比她更卓越嗎？她想武三思實在是太了解她了。他總是冷眼旁觀地看著她。他總是想著她分析她總結著她並且結論著她。那是唯有武三思那樣的和她若即若離的男人才能看到的她。看見她的所思所想，又看見她的所作所爲。他甚至比婉兒自己更了解婉兒。他甚至看到了婉兒自己都看不到的那個意識的深處。她說她沒有做那些，並不等於她沒有想那些；她說她沒有想那些，也並不等於她的潛意識中沒有流動過那些。

便是因爲武三思對她如此入木三分的精闢分析，使她對這個男人刮目相看。她並沒有因爲他的誹謗而仇視他，她反而更欣賞這個男人了，她覺得武三思除了巴結權貴，也極有聰明可愛的地方，只要他願意，他是能夠把一個人研究得很深很透的，他具有這方面的資質，這也是一個稱職的臣相所應該具有的能力。然而婉兒知道，朝臣中擁有武三思這種能力的人實在是太少了，就是位高至太子的李顯，也永遠不會把她這個深不可測的女人參得如此深透。

然而，還沒有等到婉兒把她的這驚喜之情告訴三思，這個男人就在忿恨中強暴了她。

婉兒知道，那絕不是因爲愛，而是爲了報復的報復，他是要把婉兒的身體當作復仇的載體。在這報仇的過程中，沒有任何愛意可言，但是，婉兒竟也在其中感受到了她從未體驗過的那種陌生的但卻瘋狂的快感。她太喜歡那種被強暴的感覺了。她希望武三思再來，再來。但就在她殷殷地盼望著這個男人的身體時，她沒有想到的是，這個男人竟然抽身就走了。

她是那麼依戀。

但是這一次，武三思彷彿眞的走了。自從那一次他離開了婉兒，他就再也沒有回來過。後來他們所有的人，又和女皇一道去了長安。長安當然就沒有文史館深處的那個深深的庭院了，也不再有他們的那張溫情的床。而那一切對婉兒來說又是如此的重要。爲此她甚至不喜歡長安，因爲長安讓她永遠失去了她的那個男人。

到了長安的武三思因爲是太子的親家，便能夠明目張膽地拜訪太子的家。他做出一副安慰太子妃的樣子，而多數是在和那個歇斯底里的女人調情。太子妃也多虧了這位武大人能時常造訪，否則她可能眞會爲她失去了兒子而變成瘋子。

東宮裡的這影影綽綽的緋聞自然也傳到了婉兒耳中。那時候婉兒正寂寞難熬，她畢竟有過和武三思的夜夜風流，而這個男人竟然去取悅於別的女人，婉兒那心裡的妒忌可想而知。婉兒不知道武三思爲什麼要這樣做。她不知道武三思到底想幹什麼。她不知道武三思是故意做給她看的，還是他眞的看上了那個庸俗淺薄的女人。

這一次是武三思不給婉兒他們單獨見面的機會了。他不想聽婉兒對他說的任何話。他以爲他和太子妃攪在一塊就萬無一失了，婉兒想不到武三思口口聲聲說他愛她，而原本他竟是如此的見利忘義。婉兒很悲傷。婉兒又慾火難挨。她覺得是武三思在逼她。她覺得武三思已經把她逼到了死角上。結果，在有一次和武三思擦肩而過的當口，她終於惡狠狠地低聲對他說，聖上是容不得東宮的淫亂和陰謀的。

婉兒說過之後，便流水般走過。

婉兒把這話甩給武三思後，便就再也不理睬也不再祈求這個男人了。因爲她知道她這話的分量。武三思自然也知道她這話的分量。畢竟太子妃還不是皇后。也畢竟，聖上是婉兒的。

就是這句話，果然把武三思頓時就置於了惶惶不安的境地中。他知道這就意味著，婉兒將會隨時隨地向聖上告發他。而他已經很難接近聖上，而一旦被定罪，他便就有口難辯。單單是淫亂，就足以將他罷黜；而假若婉兒誣告他謀反，他就只能是死路一條。如此將性命斷送在這個狠毒的復仇女人手中，那不是剛好就遂了那個女人的心願。不。武三思還不想死。他這是何苦呢？被聖上太子和婉兒殺的，又不是他自己的兒子；而那個他與之糾纏的女人，也不過是在逢場作戲，也許就是故意做給婉兒看的。他以爲他如此便能降住婉兒，想不到她要比他凶狠歹毒一萬倍，她不僅僅是要降服他，她是要讓他去死，他又怎麼能不向婉兒下跪呢？

其實自重潤事件之後，武三思對婉兒的感情很複雜。他一方面是眞的害怕這個心狠手辣的女人，擔心有一天他眞的會掉進這個女人爲他所設的陷阱；一方面又覺得還有點捨不得這個女人，尤其捨不得她的智慧和能力，他知道如果他給予她，婉兒會盡力幫助他的。

武三思便是在這種複雜的心態中徘徊著。他並沒有下決心與婉兒一刀兩斷。他只是試著遠離她，他覺得他已經對婉兒無窮無盡的索要力不從心。而剛好他們又遷徙到了長安。

但是這一次武三思眞的不得不對婉兒跪下了。而他們之間的那種僵局也馬上被打破，而婉兒是佔了上風的。僅僅是流水一般游過的那一句話，就讓武三思主動減少了去東宮的次數；他並且屢次三番地找到婉兒，說他要和婉兒好好談談。

反過來是婉兒端起了架子。

那是因爲婉兒手中切切實實地攥著武三思的性命，她可以隨時隨地叫他死於非命。

所以武三思誠惶誠恐地跪了下來。他甚至乾脆就不去東宮了，他拒絕了太子妃一次又一次的邀請，他寧可讓那個迷戀他的女人饑渴，他跪了下來，向婉兒求饒。

但是婉兒端著。

那當然是婉兒的欲擒故縱。

後來武三思實在不能說動婉兒，於是他只得奏請聖上，說在長安也應該繼續修撰國書，那將是大周留給後世的唯一紀錄，他並且再度請求聖上讓婉兒和他一道繼續監修國書。

於是聖上敕許。

於是武三思終於把婉兒帶出了皇宮。

可是偌大的長安城卻沒有一處他們可以安安穩穩談一談的場所。

後來武三思就把婉兒帶到了長安郊外的一片高高的荒原上。

然後他們就在那個星光燦爛的午夜在荒涼的土地上。武三思終於把婉兒的身體抱在懷中，然後他進入她。是婉兒的急切和渴望讓他無比衝動。他們什麼也顧不上了，他們甚至都沒能脫衣服。然後他們媾和著。兩個都已經不再年輕的身體。在荒郊野嶺，在大自然中。這樣用身體擁有著婉兒，武三思才又重新覺出婉兒是最好的，婉兒才是他最想要的女人，也才是他生命中不可或缺的女人。

事完之後，婉兒和武三思在依戀中各奔東西。在這一次意義重大的交媾中，婉兒獲得了她渴望已久的身體的滿足，而武三思從中得到的，卻是那種對他來說至關重要的生存的安全感。

總之他們都很滿足。他們就是這樣交換了。他們也眞的重歸於好了。不斷有荒原之上的瘋狂。馬在一邊靜靜地吃著草。他們則忙著分手，又忙著約定下一次。

這種身體的交換幾乎是立刻就給武三思帶來了好處。譬如在婉兒的斡旋下，他可以更多地到後宮去探望姑母，他和張氏兄弟的關係好像也得到了某種改善。因爲畢竟女皇還活著，所以婉兒爲武三思所做的這種努力就顯得無比重要了。不知道從什麼時候，武三思好像又成了女皇身邊的那個大紅人。他因此也遭到那些擁戴李唐、敵視二張的朝臣們的憎恨。但是有得就必定會有失，這世間永遠沒有兩全的事。

當然這也並不是婉兒把武三思引向絕路。因爲這天下的眞正權威者依然是女皇。婉兒同時也經常安排武三思和太子李顯的會面。這樣的會面通常是安排在政務殿。她覺得唯有在這裡，這才像兩個男人之間的會面。她要讓李顯覺得，在他絕望時候武三思是同情他的，也是和他同在一個陣線的。李顯一度甚至引三思爲知已。他不在乎武三思與太子妃的眉來眼去。他覺得太子妃確實是需要安慰的。她到底失去了兒子。他想三思反正是自己人。自己人就應該相互安慰和幫助。他知道在這危難的時刻，彼此的寬容和了解有多重要。

當然婉兒也並沒有阻止武三思去東宮。其實她並不知道武三思和太子妃的關係究竟有多深了。不論多深婉兒都知道這關係對三思來說是重要的。她只是不願意讓他們太張揚，太子妃還沒有站住腳，而如若有一天眞的讓一張抓住把柄，婉兒的努力也就前功盡棄了。

婉兒便是如此地幫助和提攜著武三思。那麼武三思還能理解婉兒這樣的女人嗎？僅僅是幾次肉體的關係，婉兒就不能不對這個男人的處境坐視不救，袖手旁觀。也許並不是婉兒內心想幫助武三思，而是她的身體她的慾望。她對這個她本來鄙視的男人可謂嘔心瀝血，費盡心機。她總想能爲他找到一條無論在什麼樣的情況下，都能救他於危難的道路。自從他們在一起。十幾年。婉兒就一直爲他尋找著這條能使他自安的路。她一直在努力這樣做。她處處爲武三思著想，甚至不惜犧牲她自己。有很長時間，婉兒爲武三思所設計的這條生存之路是成功的。武三思也在這條路上走得很好，很氣宇軒昂。婉兒本來是想和武三思長相守，共存亡的。但是有一天，她再也救了不武三思了。因爲他走得太遠了，他脫離了她。而武三思脫離了婉兒的掌握和控制，就等於是脫離了他自己的生命。

沒有人會像婉兒那樣珍愛武三思的生命。婉兒是將那個男人的生命當作她自己的生命來呵護的。

三年之後，女皇從長安返回洛陽。

女皇大概是以爲，她殤逝的兒孫們的冤魂已經散盡，不再會像夢魘一樣地總是糾纏她。她大概還想要落葉歸根。而她的根不在長安而在這中原的洛陽。她的命就是在洛陽城那高高的則天門樓上。她如若要死，也要死在自己的福祉中，那才是她夢牽魂繞的地方。

於是風燭殘年的女皇，又再度踏上了八百里漫漫古道。從長安，到洛陽，那是聖上最終的歸路。那時的女皇在彌留之際。她已經無從知道哪裡是她眞正的歸所。女皇生前沒有爲她自己修建陵墓，而她此次前往長安，或許也是爲了能和她與高宗共同擁有的那個浩大的乾陵更親近些。但是三年之後，她又突然決定要返回洛陽。她或許以爲唯有洛陽才是她靈魂眞正的棲息之地吧。於是女皇回家。而她在回家之後，竟然又敢於在整整的一個夏季，將她的生命中所餘不多的時光，銷蝕在萬安山的涼爽中，銷蝕在她與張氏兄弟的最後的纏綿中。那是武三思爲他的姑母在洛陽東南的避暑勝地萬安山上剛剛修建的興泰宮。那裡風光秀麗，景色迷人，又涼爽舒適，沁人心脾。年邁的女皇在這恍若人間仙境之地，自然樂而忘返。結果，也就是在這個夏季，在女皇和張氏兄弟遠離朝廷的時刻，李、武兩姓的皇室成員們以及朝臣們開始了一場轟轟烈烈的倒張運動。一個浪潮緊接著一個浪潮。聖上怎麼能如此掉以輕心呢？聖上似乎從來不曾如此放鬆過她的警惕。待女皇帶著她的張氏兄弟從萬安山上倉皇返回，好像朝廷已經不再是聖上的了。

張氏兄弟罪惡累累，鐵證如山。他們不僅貪贓枉法，收受賄賂，還企圖推翻大周帝國，以天子自居。

朝臣們送來一道道奏摺，全都是揭發張氏兄弟的。其中的一些證據是只有和張氏兄弟很接近的人才可能知道的。

盛怒中的女皇叫來婉兒。她很生氣，但是她卻十分費力才能勉強睜開那昏花的老眼。她用微弱的但卻嚴厲的聲音問著婉兒，又是你嗎？又是你在出賣他們？告訴朕，你這一生已經出賣過多少人啦？

那是他們咎由自取，自作自受。

那你也是要朕自作自受了。

陛下，那不是奴婢想怎樣就怎樣，甚至不是陛下想怎樣就怎樣的。那是天意。是上天不再能容忍他們……

那麼你以爲朕是什麼？朕難道不是上天嗎？這是朝臣們在謀反。還有那些居心不良的子孫們。朕雖然已經走不動，朕雖然已經走不出這個酷熱難當的寢宮，但是朕依然可以看到，是你，是你們，是李顯，是李旦，是太平，還有三思，是你們聯合起來要殺掉這兩個孩子。他們招惹你們誰啦？不是他們在盡心竭力的照料朕嗎？而你們又誰能如他們一般地陪著朕，伺候朕呢？你們要殺了他們就等於是殺了朕。你們竟然敢謀殺朕，這又該當何罪呢？去，傳朕的旨令，要他們趕快偃旗息鼓，否則，朕就不客氣了。朕還是朕，這大周的王朝也還是朕的。如果必要，朕依然可以披掛上陣，和你們這些逆子較量，來人哪，拿來朕的劍……

終於老女皇以她孱弱的軀體，挺身而出，讓她的張氏兄弟在排山倒海的彈劾中，逃過了一劫又一劫。聖上是那麼疼愛她的那一對寶貝。有人要從她的身邊奪走他們，就等於是摘走了她的心肝。

再後來，當朝臣們意識到再不能以這種和平的方式清除二張了，於是，一場由張柬之、桓彥範、敬暉、崔玄暐和袁恕己這五位朝臣發動的一場神龍年間的革命就爆發了。

這就是青史留名的「五王發變」。

其實就是一場非常簡單而輕易就獲取了勝利的政變。其實張氏兄弟本來就是不堪一擊的，僅僅是因爲他們是攀附在聖上的身上。其實這只需要一個觀念的轉變，僅僅是需要一個共識，那就是女皇老了，該讓位了。總之，起兵的人不費吹灰之力就拿下了毫無戰鬥力的張氏兄弟的人頭，並將這人頭懸於女皇的眼前，讓她在那血淋淋的昭示下退位。這場午夜的戰鬥比起朝官們想用彈劾的方式幹掉二張不知道要輕鬆、簡便多少。只是需要一個決心。而彈劾的久攻不下逼得朝臣們終於下了這個決心。這個決心的內容不僅僅是要清除二張，還要逼迫女皇退位。這儘管很殘酷，但是他們也不得不如此。他們並不是恨聖上，而是不能夠忍受她在如此的彌留之際，她的意識正在混亂思維正在停止，竟還要死死抓住那把已殘破不堪的龍椅……

這樣的一場政變五王們當然也是知會了皇太子李顯的。那時候李顯雖然已是驚弓之鳥，但面對這最後的機會，特別是在婉兒的鼓動下，他還是決心最後一搏的。當張柬之起兵的那一刻，他儘管幾次退縮，還是被那些勇士們擁戴著上了馬。所以，當婉兒在女皇的寢殿中赫然看見那兩顆血淋淋的人頭時，她也在正逼迫女皇退位的張柬之身後看到了那個全身鎧甲但神色依然怯懦驚慌的李顯。

婉兒穿過人群對李顯莞爾一笑。

那微笑很燦爛很由衷也很會意。

婉兒就此知道從此李顯的時代又重新到來了。她知道她的選擇沒有錯。她是不會錯的。她甚至知道，李顯的時代的到來，其實也就是婉兒的時代的再度來臨。

神龍革命當然絕不僅僅是爲了清除二張。

神龍革命更偉大的使命是逼迫大周帝國的女皇退位，結束她這個越來越衰敗的王朝。

爆發神龍革命的這一天，剛好是神龍元年元月二十二日，這是女皇剛剛爲自己改過的年號。只不過她苦思冥想出的那個神龍已經不能代表她了。或許，她就是爲了兒子的登基才將年號改爲神龍的。她或許不是有意要這樣改的。那只是冥冥中的一種神示。

二十三日，張氏兄弟的首級被懸掛於洛陽市中的天津橋上示眾。早朝時女皇親下敕令，令太子監國，大赦天下。誰也不知這是否就眞是女皇的意思。那時候，張氏兄弟的屍骨還未寒，女皇可能還沉浸在肝膽欲裂之中，她還顧不上嗚呼，大勢已去。但是那詔令確實是由婉兒起草的，所以國人歡呼聖上的英明。

二十四日，女皇又是一道由婉兒撰寫的敕令，隆重向天下宣布，從即日起，她將王位讓給太子，而她大度退位，即爲上皇。

二十五日，李顯在通天宮正式繼位。在山重水複之中，李顯終於又再度坐上了那把他早就不敢再奢望的皇椅。

二十六日，統治了周帝國整整十五年的女皇帝武則天終於被無情地趕出了皇宮。在皇家禁衛軍的護送下，年老體衰的上皇徙居洛陽西南的上陽宮仙居殿。那是種怎樣的悲哀和悲壯。是所有送行的人都不能不潸然淚下的。這裡畢竟是這個女人的家，而當她老了，她卻要離開她親手創建的家，她該是怎樣的心境？李顯率領百官垂立於宮門兩側送上皇離去。百官們全都看到了皇家車輦中的女皇是怎樣掙扎著坐起，回看她那巍峨的宮城。那是新皇帝李顯要婉兒爲母親安排的一個盛大而威嚴的送別儀式。李顯也很悲慟，他說他實在不想趕母親走，而婉兒說，長痛不如短痛。如今只有如此，才能重新開始。最後李顯抓著婉兒的手說，留下來吧，我需要你。而婉兒說，她需要我。然後婉兒就上了武塁的馬車，她要生生死死和這個偉大的女人在一起。

二十七日，新皇帝李顯率百官浩浩蕩蕩來到上陽宮探望上皇。他並且爲他昏睡不醒的母親加封「則天大聖皇帝」的尊號，也是爲了緩解他搶班奪權之後那沉重的心理負擔。在這一次探望中，李顯再度要求陪伴母親的婉兒跟他返回洛陽。他知道他如果願意，一紙詔令，就可以把婉兒從母親的身邊帶走。但是他不願意用這種強迫的方式帶走婉兒，於是他在母親的上陽宮單獨召見了婉兒，他求她，他說他太需要婉兒在朝中爲他掌管詔命了。他說他身邊就是沒有婉兒這樣得心應手的命官，所以幾天來每每起草詔令或是處理百司奏表，他都會覺得力不從心，捉襟見肘。他爲此很是焦慮，彷彿失了左膀右臂。他希望婉兒能理解他的苦衷，能爲社稷著想。他說你不是說過日後一定會幫助我嗎？而這一天已經來到了呀。

在仙居殿的迴廊上，婉兒又一次掙脫了李顯。她說陛下，就讓婉兒陪陪上皇吧，上皇的日子已經不多了。三十年前，是上皇把婉兒接到宮中，讓婉兒從此擁有了有意義的人生。三十年來，婉兒與上皇朝夕相處，患難與共。在上皇如此艱辛的時刻，婉兒怎麼忍心離開她呢？所以婉兒也請陛下能理解奴婢的苦衷。奴婢是愛上皇的，奴婢要永遠和上皇在一起。

婉兒說著流下了眼淚。李顯便也情不自禁地流下了眼淚。

冬天的很冷的北風。

最後李顯說，母親有你，是她的福分。

然後李顯黯然離去。但他已在心裡默默發誓，一旦婉兒回來，他就要把他所能給的所有女人的官階都給她。

二月一日，李顯再度帶領文武官赴上陽宮探望上皇母親。自此，李顯每十天探望母親一次，直到武曌在又一個寒冷的冬天到來的時候，在雨雪紛飛、天地晦暗的那一天愴然告別了這個她苦心撐持了一生的世界。

李顯每每前來是爲了表示他的忠孝，他也許還是爲了能見到那個陪伴著母親最後歲月的婉兒。他甚至還會帶來他需要婉兒幫助他處理的百司奏摺，他是要婉兒知道，他是離不開她的，他的朝廷也是離不開她的，他遲早要把婉兒接回去。

這一切當然也被一會兒清醒一會兒迷糊的女皇看在心中。結果在某一天女皇睡不著覺的時候，她就對陪伴著她的婉兒說了，不然，你就和他回去吧。

婉兒說，不，陛下，婉兒怎麼會離開陛下呢？

陛下早就沒有了。也沒有朕了。但是我知道，李顯那裡確實需要你，就像是朕也始終需要你一樣。知道嗎？婉兒，在朕與你相伴的這幾十年中，我也無數次想殺死過你。但是，只要我一想到殺了你我就會失去你，我從此就會動轉不能，寸步難行，我就不能殺你。有時候朕已經磨刀霍霍，有時候那劍已架在你的脖子上。那時候殺了你只是舉手之勞。那一刻殺了你就解了朕心頭之恨……但是，朕還是不能殺你。朕知道殺了你就是殺了自己，就是毀了我的大周帝國。朕是離不開你的。你就是朕。婉兒，告訴我，你是怎樣讓你自己成爲那個朕永生永世也離不開的人。你是怎樣駕馭控制朕，讓頂在你胸前的那把劍永遠也刺不進你的心窩的？告訴朕，你是怎樣成爲一個這樣的人的，不但朕離不開你，就是李顯，就是三思也全都離不開你？

好了，去吧，跟他回朝廷去吧。也許眞是朝廷更需要你。何況，我還是放心不下那個韋氏，不知道這個女人會怎樣糟蹋我的兒子呢？去吧，陪著李顯。其實我是一直希望我的兒子們身邊有你這樣的聰明女人的。不記得了？那時候我多麼想把你給了……

女皇便又昏昏欲睡。後來她的神志就越來越不清醒了。有時候她甚至不知道是婉兒陪在她身邊，她對這個世界的認識已經變得模糊了，她正在慢慢地離開這個已經開始拒絕她的世界。但是婉兒還是沒有走。婉兒說她已經沒有別的選擇，她只能在這裡陪女皇。

後來，越來越衰弱的女皇也就不讓婉兒走了。她要有一個親人在身邊。而這個跟了她一輩子女兒一般的婉兒就是她的親人。身邊有了婉兒，女皇就會很安心。她會安心地醒著，也會安心地睡去。在女皇最後的這段時間裡，到後來，女皇要做的就只有兩件事了。一件是要婉兒不斷地爲她朗讀國書，她要在婉兒的慷慨激昂中欣賞她自己；而另一件是她要讓婉兒靠在她身邊，聽她有氣無力地低吟她不曾寫進國書的那委婉曲折的女人的人生。

她說那一年，太宗，駕崩。朕，朕被趕到長安郊外，的、感業寺，落髮，爲尼。然後，先皇李治，剛剛繼位，就每每前來，看朕。就在感、業寺的，床上，先皇就、和，他父親的，武才人，同床共枕，就，有了李弘。後來，他，先皇，就把朕，接進了後，宮。他是，那麼愛，朕，他給了朕，才人，昭儀，最後是，皇后。李顯，是的李顯，就像他的，父親。李顯來看你，就，就讓朕，想到，當年，李治來看我。李顯會給你，給你一切，的。去吧。跟李顯。幫助他。李顯畢竟是，我的，兒子。朕，朕愛朕的，兒子們，婉兒，你信嗎？朕怕，有一天，那韋氏，會害了李顯。去救，他。他的帝國……

二月四日，中宗李顯終於登上城門，向天下宣布正式恢復大唐國號。至此，旁落了十五年的王朝，終於又回到了李家手中。

李顯在他的母親依然活著，依然是至尊至上的「則天大聖皇帝」的時候，就英勇地實施了復辟，而且復辟得堅決而徹底。他不僅將旗幟的顏色從母親大周帝國的紅色恢復到李唐時代的黃色，而且將長安又恢復為國都，而只把母親的神都洛陽當作陪都。大刀闊斧的李顯還廢除了母親親自創立的「則天文字」，廢除了大周帝國那各種繁複的別出心裁的制度。在這一系列風捲殘雲一般的復辟中，李顯唯一沒有改變的就是母親剛剛創立的那個「神龍」的年號。他覺得這「神龍」與其說是母親的年號，還不如說是他自己的年號。他怎麼能預想到在這「神龍」年間，他就能在朝臣們的輔弼下游出水面了呢？他才是那個眞正的神龍天子。那是母親賜他的吉祥。所以，他當然不能廢黜母親這個帶給他好運，帶給他光輝，帶給他未來的年號。神龍賜與他王朝。所以他一直持續著這個年號。持續了整整三年。直到他再一次遭遇不幸的時候，他才把「神龍」改為了「景龍」。因為那時候他已經不再以為他自己是神了。

總之，李顯改革的力度很大，復辟的措施也很及時。至此，那個自天授元年以來持續了十五年之久的大周帝國就徹底結束了。

新的紀元開始。

這一年是西元七〇五年。

婉兒繼續留在上陽宮。她留在那裡差不多有一年之久。她心甘情願地留在那個寂寞的地方。她覺得她必須堅守在那裡，她不願意錯過女皇生命中的那最後的也是最慘痛最悲壯的時光。畢竟，女皇是一個眞正偉大的女人。所以女皇的死也是偉大的。

其間，不斷有朝中臣相和女皇的親戚們來上陽宮看望她。也讓上陽宮中常是熱熱鬧鬧，送往迎來。但是很久過去了，卻唯獨不曾見武三思前來探望。這便讓婉兒焦慮了起來。特別是女皇也會常常問起三思。她說，三思怎麼不來看我？三思爲什麼不來？

婉兒無從解釋。因爲她並不知道朝廷上究竟發生了什麼事。但是她知道李唐王朝的光復，對武三思這些武周王朝的舊臣意味了什麼。武三思從此在朝中失去了權勢是在所難免，但是，他竟然都不來探望他的姑母，就是出乎婉兒意料的了，婉兒想不到李顯的王朝竟也會如此殘酷。這樣過了很久，婉兒才聽說，在「五王發變」之後，曾有洛州長史薛季昶對張柬之說，二張雖除，但諸武尙存。除草不去根，終當復生。而朝邑尉劉幽求也曾對桓彥範說，你們只誅二張，不殺三思，公等便無葬身之地。若不是早早計劃，定會有滅頂之災。薛季昶、劉幽求的如此忠告，足見武三思這個人對政變的五位功臣是怎樣的威脅。但是「五王」並沒有乘勝追擊，將武氏的繼承人武三思也當作他們此次行動的誅殺對象。他們或許是因爲改朝換代的目標已經實現，或許是認爲武三思畢竟是老女皇的親姪子，當今聖上的親家。不單單是老女皇還活著，且諸武和李家又通過聯姻有著千絲萬縷的關係。如若眞的碰了武家，特別是碰了那個詭計多端的武三思，那天下不知會怎樣地大亂呢。單單是嫁與武三思兒子武崇訓的安樂公主就不會善罷甘休，而無比疼愛安樂公主的皇帝李顯自然也不會放了「五王」。於是，張柬之們在政變成功、將李顯送上皇位之後，就偃旗息鼓，見好就收了。張柬之甚至說，李唐的大事已定，諸武還能興風作浪嗎？剩下的事，還是留給天子去處置吧。如此，「五王」放過了武三思。當然他們對武三思還是有所戒備的，譬如，他們就將那位風流才子崔湜作爲耳目派到了武三思的身邊，要他時刻通報武三思的動向。他們當然想不到文人通常是沒有風骨的，不論在他們的詩中有著怎樣高潔的志向和追求。

總之，三思從張柬之們的那張網中逃離了出來。他被免於一死，但是他的處境也依然是艱危且黯淡。再加上剛剛榮登皇帝寶座的李顯根本無暇眷顧他那位被棄置冷落的親家，武三思就自然是如被軟禁起來了一般。他雖未被免官，依然是朝中的春官尚書，太子賓客，但是他已不能再探望他的親家，甚至也不能再過問朝中的事。如今的朝廷已經是李家的了，那麼，李顯怎麼還能繼續使用那些武姓的朝臣呢？特別是李唐光復之初，就尤其要矯枉過正。這就是住在上陽宮的女皇和婉兒爲什麼總是見不到那個過去幾乎每天都會見到的武三思。

於是她們爲他而擔憂。

於是，女皇忿忿地對婉兒說，朕要見三思。告訴他，朕還活著。如果他不叫三思來看朕，那他也就別再來了。朕沒有他這個兒子了。

於是當李顯再一次探望女皇時，婉兒便轉彎抹角地提到了武三思。她先是問韋皇后，又提起安樂公主，進而提到駙馬武崇訓，然後才是武三思。婉兒在說到武三思的時候也還是躲躲閃閃，她說是上皇想念武三思了，這些年，一直是三思在照料上皇，不知道聖上能否讓三思來看看他已經垂危的姑母。

婉兒沒有說她是怎樣地爲處境艱危的武三思而憂心忡忡。

而李顯也沒有問婉兒爲什麼到了今天仍不能忘記那個已經被朝廷拋棄、被世人唾棄的武三思。他們在提到這個話題後，竟相對無言。一種莫名其妙的尷尬。李顯有點沮喪，而婉兒也深怕李顯不能答應她的請求。

婉兒的心情很複雜。在李唐的王朝，她當然知道最重要的是要取悅於李顯。所以自從她和武曌徙居上陽宮，她就一直非常在意李顯對她的態度。她感謝李顯就是做了皇帝依然對她的一如既往。於是她便十分珍惜她在新王朝中的這一份友誼。但是，婉兒畢竟是和武三思有著那種身體的關係的。而那身體的關係對婉兒來說也畢竟是刻骨銘心的。所以她做不到像王朝拋棄一個臣相那樣冷酷無情。她不僅不能拋棄武三思，她甚至想念他，需要他。她知道武三思所給予她的那一份身體的慰藉和滿足，是任何別的男人所無法替代的。所以，當武三思身陷囹圄，她當然不能袖手旁觀。但是她又不願因爲武三思，而破壞了她在新王朝中所無比需要的那份和新皇帝的友誼。那是怎樣的兩難。婉兒要小心翼翼，旁敲側擊，閃爍其辭。但是，她眞的太想武三思了。這些話說出來不論怎樣的難，但是她還是要說出來。

李顯很沮喪。

李顯直到臨走的時候臉色都很不好看。

但是不久，武三思還是被敕許來看他的姑母了。這是李顯的旨令。他想他絕不是爲了婉兒的請求，而僅僅是爲了滿足那個已經很悲慘的母親的願望。他知道無論如何武三思是母親的親人。朝廷可以不任用他，但母親不該見不到她的親人。李顯不知道他的如此大度竟會被他深愛的女人所利用，他更想不到就是因爲武三思的這一來，從此王朝又被扭轉了過來。

當傳報武三思前來拜見上皇的時候，婉兒幾乎是一路小跑迎出去的。在此之前，她換了裙子，又匆忙梳理了頭髮。她按捺不住自己激動的心情。她聽得見自己心跳的怦怦的響聲。她幾乎是當著其他侍女的面投進武三思的懷抱的。她已經不顧一切。她太想這個男人了。她和他曾經滄海。所以在這久別之後，她才能感覺到那種驚心動魄的戰慄。

然後她帶著三思去見武瞾。

然後是武瞾緊抓著三思的手熱淚盈眶。

再然後是女皇很快又昏睡過去。婉兒就把她心愛的男人帶到了上陽宮的後花園中。

無論是他們怎樣地親愛，都不能改變武三思一籌莫展的心情。他甚至很絕望，他說我們武家再沒有大樹可靠，不知道哪天就會被那些李唐的朝臣們斬盡殺絕。他說如今朝廷對武姓控制得很嚴。他不僅不能上朝，甚至連自己的兒子也不能探望。而那個被突厥默啜囚禁了整整六年的武延秀，返回洛陽後也不准來探望他病重的姑祖母。他說李顯也太絕情了。他已經完全被那些李唐的舊臣們控制了，他對他們可謂是言聽計從。他甚至不顧親情，不講道義，而那些政變的朝臣們，個個被加官封王，好像那些人才是他的親人。我們已經日暮途窮，末日已經不遠了。

婉兒看著痛苦絕望的武三思。她的心彷彿是被撕成了碎片。她不知道該怎樣救她眼前的這個危在旦夕的男人。而她此時此刻又遠離朝廷，不能直接在朝臣中爲他斡旋。

婉兒的肌膚上依然有武三思留下的那激情的撫摸。那感覺猶在。如流水一般的。在那空曠的山野中。婉兒要救她的男人。哪怕已經是死局哪怕是枉費心機但是她也要最後一搏。她想啊想啊。最後，她終於掙脫了武三思絕望的擁抱，她對著他的眼睛說，看來，能救你的，怕是只有韋皇后了。

又是那個女人。武三思從婉兒的臉頰上抽回了他的手。

如今偌大的王朝，唯一能接受你的，恐怕就只有那個女人了。她是眞的愛慕你，欣賞你，你爲什麼不利用這些呢？

可我愛的是你。再說，也是你不讓我和她親近的。

但是現在不同了。現在你必須去親近那個皇后，不僅要親近，你還要想方設法和她上床。

又是這樣。這就是你救我的靈丹妙藥嗎？你太無恥了。你以爲我和她上了床就能不死嗎？我不願意了。我是聖上的人。這一點我太清醒了。我是因聖上而榮而枯的人。我無悔無怨。

你已經死到臨頭了，還如此意氣用事。快低下你那顆頭吧，答應我，去取悅那個女人。就算是爲我。

你保證她能接納我嗎？

我保證，她會爲你神魂顚倒的。我太了解你了。特別是，在床上。相信我，你一定能征服她的。你棒極了。你是個棒極了的男人。帶她上床。唯此她才會迷戀你並且再也離不開你。而唯有她才能控制李顯。如果你眞的能控制了皇后，不就等於是控制了皇帝嗎？

婉兒你想得那麼得意，可你想的這一切都是空的。你不知道現在皇宮裡的空氣有多緊張，我甚至連見到那個女人的機會都沒有，又怎麼能勾引她上床呢？我……

別，別說話，讓我想。

婉兒煞費苦心地想著想著，便靈機一動，眼前豁然開朗，那就是武三思的希望。

她問著武三思，你是說武延秀從突厥回來了？他想要探望上皇？好吧，這就是那個機會，延秀當然該來看望上皇，這是情理之中的，我們就以此爲藉口，要上皇在上陽宮舉行一個盛大的家宴，只讓家人參加。女皇不會反對，她一天到晚巴望著有人來看她，李顯也不敢反對，畢竟是他把女皇從她自己的家中趕了出來，是他奪了他母親的權，難道他連他母親想見親人的權力也要剝奪嗎？不，他不會。我了解他。他已經對女皇懷了很深的歉疚，儘管他沒說，但是他面對母親時的那一番愧悔是我能看得出的。所以他現在對女皇的請求可謂有求必應。那時候皇后也會來。我會爲你們安排一個秘密的地方單獨會面的。到那時候，怎麼讓那個女人離不開你，就是你的事了。好嗎？三思。你說這主意好嗎？雖然我遠離朝廷，但是我堅信，你的命運一定會改變的。

你眞的再一次想把我推給那個女人嗎？

我也不想。但已經別無選擇。我需要你。但你的性命比我的需要更重要。

婉兒，你眞是天下對我最好的女人。

武三思緊緊地抱住了婉兒。那是他由衷的感激和感動。他覺得他認識婉兒已經幾十年，他就是和她上床也已經十幾年了，但是他至今還是無法參透這個深不可測的女人。他不知道她爲什麼愛或者爲什麼恨。他不知道她那所有的謀略背後的那個眞正的動機是什麼。他不知道她爲什麼恨著女皇而又無比忠誠地陪伴她一生。他更不知道在他如此倒楣落魄的時候，她爲什麼要站出來鼎力幫助他；不知道在她幫他的後面還隱藏著什麼樣的用心。他想他的姑母就已經夠深不可測的了。但是她的所有的內心和思想還是通過她手中的權力傳達了出來。而婉兒手中沒有權力。她的心思將永遠是無形的。她才是一個眞正深奧的女人。而武三思也將畢生不能了解她。

但是，武三思爲什麼要看得那麼透徹呢？就憑婉兒在表面上對他的救助，他就千恩萬謝了。婉兒甚至不惜犧牲自己的慾望，而慫恿武三思去和韋皇后上床，這是怎樣的精神。

而婉兒如此做的目的是什麼？無非是要武三思能安全，能活著。為此她將努力不懈，武三思想，這是天下任何女人都做不到的。

和婉兒分手的時候武三思竟滿懷了敬意。他覺得他在吻別婉兒的時候，已經沒有衝動了。代之的是一種非常純正的感覺。這是第一次。他覺得婉兒是一個値得敬仰値得膜拜的女人。他覺得這個女人很神聖，很崇高，是容不得他再用猥褻的念頭去想念的。他很熱烈很純正地親吻了婉兒。他再沒有一點想和婉兒交歡的願望，他甚至都沒注意到，婉兒爲了他的到來去換的那套嶄新的衣裙，和她爲了見他而在臉上略施的粉黛。

那場上陽宮中的家宴果然如期舉行。

那是一席很隆重很盛大的晚宴，瀰漫著很濃烈的家庭的氣息。親人們酒杯晃動，百感交集，彷彿他們全都躲過了一劫，死裡逃生。

籌備這樣的聚會和營造這樣的氛圍，對婉兒來說，一點兒也不困難。她果然就把李、武姓的幾乎的全部親屬都邀請到女皇的身邊，讓他們重新意識到他們仍是親人。

如果說這樣的一次盛大聚會是婉兒專門爲武三思籌辦的，莫不如說是爲了剛剛登上王位的新皇帝李顯。

這樣的一次親人的團聚對李顯來說實在是太重要了。因爲畢竟李顯是通過政變改朝換代的，也畢竟，是李顯把母親趕出了她的皇宮。儘管這是大勢所趨，是政治的需要，是「五王」的脅迫，但是李顯總是對此耿耿於懷，心有不安，心頭壓著不去的陰影。加之李唐復興之後，他終日忙於政務，而荒疏了他與家人親戚的交往。就連他自己的親妹妹太平公主，也因爲他對諸武的冷漠態度，而不再與他來往，好像他就眞成了那個眾叛親離的孤家寡人。李顯也確乎是經常聽到朝臣們乘勝誅殺諸武的的籲請。但是他思前想後，特別是鑑於他對李、武兩家的那千絲萬縷的關係的分析，他知道，一旦他動了武家的人，他的江山很可能就坐不穩了。且不說他的女兒要跟他鬧，他的妹妹不饒他，就是衝著他武姓的母親依然健在，他也不能就聽了那些臣相的勸諫而在武氏家族中大開殺戒。那他就成了什麼人了？如果就將昏聵的母親趕出皇宮還算是爲國家爲天下的話，那麼他如若眞的誅伐諸武，那他就眞的是大逆不道、千夫所指的罪人。在後宮中他將從此無地自容。

所以，李顯覺得婉兒的這個關於親人團聚的提議眞是太好了，也太及時了。關鍵是，他愛他的親人，他與他們有著很深的感情。政變使他疏遠了這些親屬的關係，需要通過這樣的聚會修補和彌合。也正如婉兒所說，一個由家人組成的後宮對一個執政者來說非常重要。一旦後宮起火，那他的王朝也一定會隨之毀滅，所以，李顯才對這樣的一種聯絡家人感情的方式十分推崇也格外重視。他想，這樣一來可以安慰病中的母親，讓她看到她的孩子們是怎樣團結和睦，衝淡政變所帶給她的沉重的打擊；二來也可以在家族中樹立起一個美好和善的形象，家和才能萬事興嘛；三來，李顯也可以向前來的諸武們表明他的一種親善的態度，讓他們知道在這個問題上他是不會跟著那些李唐的舊臣們跑的，畢竟大家是親戚。

宴會的女主人是老女皇。

而如今的女皇早已沒了當年的風采。她甚至只能斜靠在龍榻之上，一會兒清醒，一會兒迷糊地觀望著她的後世子孫了。

既然是依然至尊至上的家長舉辦的宴會，那她的子嗣們就自然是不論多遠，都會準時地趕到上陽宮。一時之間，上陽宮的大門外，一改往日門前冷落車馬稀的衰敗景象，頓時排滿了一輛一輛皇室的或者王府的馬車，盡顯皇家風流。

那是個春風吹拂的夜晚。

有很清澈的郊外的星光和月色。

很多張滿面春風的臉，和春風拂面的心情。

那時候，唯有氣息奄奄的女皇不知門外的春天。她的仙居殿總是很冷。所以她總是很害怕，因爲她想大概仙境也很冷吧。在那個晚上，女皇大概只有兩次清醒的時候。一次是她見到前來請安的新皇帝李顯和韋皇后。女皇顫顫巍巍地伸出手去抓住兒子的手。緊接著她在俯下身來的兒子的耳邊說，好好看護著你的王朝和你的性命吧。

老女皇說得驚心動魄，意味深長。她說過之後就即刻昏睡了過去，沒有看一眼站在兒子身邊的那個得意非凡的韋皇后，好像女皇並不承認她就是當今的皇后。

女皇第二次清醒是在兒孫們不斷的呼喚中，她好不容易抬起了滿是皺褶的眼皮，好像從一個非常遙遠的地方回來，面對了眾多如此陌生的臉龐。女皇驚異地看到了那個剛剛被突厥默啜可汗放回來的姪孫子。她想了半天才想起來這就是六年前被她送去和親的武延秀。她用枯瘦的手指去撫摸延秀白皙而細膩的臉頰，說，寶貝，你回來了。然後她就彷彿聽到了安樂公主的笑聲響在一個她根本就看不到的地方。其實她早已耳聾眼花，聽不到也看不到。她只是影影綽綽含含糊糊地感覺到坐在她身邊的那個天眞活潑的安樂公主。於是她指著那個有點異國情調的武延秀對她的意識中的安樂公主說，裹兒，你看，他是不是有點像那個突厥的可汗了？女皇這樣說過之後，就消耗光了她好不容易才聚集起來的心力，立刻又昏了過去。直到宴會結束，她再沒有清醒過來。她就斜靠在那裡。昏睡著。臉上是她一生都沒有過的平靜與祥和。她知道她的孩子們都來了，都聚集在她的身邊，就足夠了。

倒是祖母老眼昏花的提示，深深地觸動了安樂公主的心。如今已成少婦的安樂公主，更加地楚楚動人，光豔照天下。她也確乎是在祖母的指點下，才抬起頭看到了那個彷彿驚鴻一瞥的武延秀的。她果然被這個美豔的男人驚呆了。她以爲她早已經忘了這個赴西域和親的男人。她以爲她早已經習慣了和駙馬武崇訓夫妻的生活。但是表哥武延秀就這樣從天而降，降落在她的眼前她的心中她奔騰的血液裡。如果不是在祖母的上陽宮，她也許根本就見不到這個延秀，也許從此就錯過了他。是這場家族的聚會改變了安樂公主。她只覺得眼前一亮，便即刻被這個比原先更美的美少年迷住了。

於是天性率眞的安樂公主根本就不管武崇訓在哪兒，她拉起了武延秀的手就向外跑，跑出了大殿，跑進了大殿背後的那一片春天的樹叢中。那顯然是一種青春的私奔。是不顧一切的。但是婉兒看見了。那一刻，她正守候在女皇的身邊，她想又是聖上在亂點鴛鴦譜。她記得當年就是她把武崇訓硬塞給了當時鄉里鄉氣的安樂公主的。而這一次，又是她把武延秀送到安樂公主懷中。她也許已經忘了安樂已嫁給崇訓了。但也還有另一種可能，那就是她希望她身後的那個後宮從此充滿血腥和淫亂，她要以此向搶走了她的情人和權杖的兒子復仇。

婉兒是無意間回頭無意間看到安樂公主和武延秀鑽進春天的暮色中的叢林。婉兒當然知道那樹叢的背後緊接著會發生什麼事。安樂公主已爲人婦，她當然懂得該怎樣釋放慾望，而歷經突厥和親坎坷的武延秀大概對男女的私事也不會陌生。像這樣的事只能任由他們。特別是婉兒記得，安樂公主在結婚前曾爲了這個武延秀傷心哭泣過，如今果然履行諾言，活著回來，來抓安樂公主的心了。婉兒想這也是這個宴會所玉成的一樁不知未來是好是壞的事。她依然站在昏睡不醒的女皇身邊，彷彿聽到了那遠處樹叢中的歡愛之聲。那樹被折斷，鳥被驚飛，雲被驅散。是寬衣解帶。是動盪起伏。是黑地昏天。其實婉兒是無比欣賞安樂公主這種敢想敢做，敢愛敢恨的態度。她活得那麼好，那麼率眞，那麼沒有負擔，婉兒知道那其實才是眞正的女人的狀態。一個自在而自由的女人。多麼好。婉兒只是不知道這個可說是當眾羞辱了武崇訓的裹兒，又能怎樣牽著武延秀重新面對她自己的男人呢？

婉兒只是無意間看到這對年輕人的私情。其實她眞正關心的並不是他們，而是那個依然風流的武三思是不是和那個裝出氣度非凡樣子的韋皇后走到了一起。婉兒遠遠地看著。她很快就在人群中找到了這場家宴中的那兩個最重要的人物。她看到武三思總是不能和韋皇后很接近，儘管他們走來走去，有時候擦肩而過，有時候眉目傳情，但就是不能單獨在一起。韋皇后總是和她的新皇帝形影不離。不論是拜見女皇還是和相王寒暄和太平公主聊天，他們總是緊緊相隨，從不分離。也許韋皇后就是爲了以此來炫耀她如今皇后的身分，她一定以爲在這樣的時刻與她的皇帝丈夫相伴很重要也很風光。於是她忽略了武三思。儘管她對這個遠遠近近若即若離的男人依然充滿了滿心的迷戀，她只是撐著皇后高高在上的架子，對武三思不理不睬。

婉兒看在眼裡。

婉兒焦慮萬分。

她想宴會就要結束了。她不能眼看生的希望從武三思的身邊滑走，她一定要幫助他。於是婉兒離開了那個昏睡不醒的女皇，勇敢地穿過人群向李顯和韋后走去。途經武三思的時候，她低聲對他說，我會帶走聖上，你要抓緊。在上皇右側的影壁後面，有一個密室。你們可以去那裡……

然後婉兒就落落大方地來到了李顯和韋后的面前，拜過之後，便說有幾個緊要奏摺和詔書，想請聖上過目。

李顯有點模稜兩可，韋后一臉不悅的神情，說什麼要緊的事呀，還要陛下在這家宴中處理政務？殿下，確實都是些很緊急的朝務，事關重大，請陛下撥冗處置。婉兒固執地請求著。她是鐵了心一定要把李顯調走的。

李顯望著他的皇后，好像是在徵求她的同意。

好了好了你們去吧。眞是掃興。看來只能我自己玩兒。裹兒呢？看見我的女兒了嗎？

噢，武大人，好久不見了。武大人近來好嗎？

拜見殿下。殿下眞是越來越年輕了，眞是太美了。武三思乘虛而入。

哪裡呀。看武大人說的。我都做外婆了，還年輕什麼呀！

於是韋皇后臉上的那不悅一掃而盡。她見到武三思時的神情是欣喜若狂的，她甚至是幸喜婉兒把她的男人帶走了。

婉兒把聖上帶到了她的書房，也是她平時處置朝政的地方。婉兒不知道這是不是也是她企盼的，也許她爲武三思安排這場宴會其實是爲了自己能在這裡和聖上幽會。其實每隔十天婉兒就能看到李顯，只是那時的李顯總是被朝臣們簇擁著。她不知道自己是不是希望能單獨和李顯在一起。她很惶惑。一種說不清的心情。但總之婉兒把皇帝帶到她的書房。她是在大庭廣眾之下堂而皇之地把皇帝帶走的。畢竟這裡是家庭的聚會，沒有君臣，只有老少。所以即便是皇帝不在也不會影響親戚間的說短道長。

婉兒把李顯帶進了她的房間。她其實並沒有什麼非要讓李顯審閱的文件。那些文件早一天晚一天交給李顯都沒關係，她僅僅是爲了武三思，爲了武三思能和那個能救他的女人在一起。她並不是要和聖上單獨在一起。她是不得不如此。但既然是聖上眞的來到了這裡。於是她就把那份她剛剛起草的詔令交給了李顯，她說，這就是陛下要奴婢起草的迎回章懷太子李賢靈柩的詔令。還有陛下要奴婢爲李賢所作的誄文，請陛下過目。

李顯說，朕還以爲有什麼更重要的呢？

婉兒說，這難道還不重要嗎？讓天下知道陛下是最賢明的君王。

上皇知道了嗎？

奴婢對她說起過，但是她一直在昏睡。

那就是她默許了。李賢畢竟也是她親生的兒子。她怎麼能不願意讓她的兒子陪葬於乾陵呢？

陛下先看吧。奴婢要去看一眼上皇。陛下要不要一點酒，奴婢會順便爲陛下帶來。

好吧，去拿酒來。

於是婉兒回到大殿。她怎麼會去看女皇呢？她知道如果不去叫醒她，她也許就會躺在那裡，永遠永遠地睡下去。她只是想看看韋皇后和武三思。她不知道她拱手相送的武三思韋皇后會不會接受。她在人群中尋找著。果然不見了那一對慾望中的男女。婉兒說不出自己是一種什麼樣的心情。她看見大殿中晃來晃去的武則天的子嗣後代、皇親國戚們實在是太多了。所以在人丁興旺人聲鼎沸人影晃動中，少個把韋皇后武三思，少個把安樂公主和武延秀，甚至少個把大唐的皇帝，人們都不會覺得什麼。足見這是個怎樣龐大昌盛的家族。人們都只是在那雕塑一般的老女皇不動的光燄照耀下，說著笑著。他們看不出這歡樂而熱烈的場面的背後，還有著什麼別的企圖和陰謀。

婉兒拿酒。

婉兒輕輕的腳步。

婉兒是故意從影壁背後的那間密室前走過的。她走過密室門前的時候放慢了腳步。她果然聽到了密室中傳來的呻吟和喘息聲。她說不清在聽到那男歡女愛的聲音時是一種什麼樣的感覺。她有點興奮，又有點噁心。那聲音畢竟是從她的男人的身體中發出的。於是婉兒像逃離瘟疫一般地逃離了那扇密室的門。她幾乎是在跑著，並不知不覺地流下眼淚。她不知道那是不是就是她所期望的，但是她卻知道那是要保住武三思這個男人的性命所必需要的。她沒有看見密室中那瘋狂急切的場面，但是她卻可以想見武三思是怎樣掀開那個淫蕩的韋皇后的裙子拼命地撞擊著她。那聲音婉兒聽到了。也許他們自己也曾發出過那種聲音，但是他們聽不到。她只有在別的女人那裡聽到了那聲音才覺得一切是怎樣地觸目驚心。

婉兒逃離。

婉兒匆匆忙忙慌慌張張，那幾乎是她畢生都沒有過的失態，是她面對死亡面對黥刑時都沒有過的一種失態。

她跑進自己的房間時，那金爵中的酒幾乎灑了一半。她想多麼可怕。這就是犧牲。如果武三思真的大功告成，他會在意她的這一份傷痛嗎？

婉兒有點驚異地望著李顯。她甚至忘了此時此刻大唐的皇帝就在她的書房中。她的心依舊在不停地跳著，她的眼淚甚至在不停地流著。她匆匆忙忙地把手中的酒杯遞給了李顯，她甚至都忘了叫聖上。

李顯將懷中的酒一飲而盡。然後他便很無望地問婉兒，你是不是還想他？

婉兒更加恐慌了。她甚至不知道聖上那個「他」究竟指的是誰？誰呢？是武三思？還是別的什麼人？婉兒有點惶惑地站在那裡。她不知道該怎樣回答聖上的責問。後來，直到李顯走過來，並且抱緊了她，李顯在她的耳邊拼命地問著，爲什麼？都這麼久了，你還不停地想念著他。告訴我，他究竟都給了你什麼？

婉兒被李顯搖晃著。她眞的不知李顯是在說誰。於是她只能任憑著李顯。她只能求救般地爲自己辯解著，她說，不，聖上，沒有，奴婢眞的沒有……

婉兒被嚇壞了。她不知一旦她爲武三思所做的一切敗露，她會爲自己和三思惹來怎樣的殺身之禍。

誄文寫得那麼好。那麼深的感情。二哥在天之靈如若有知，他便也能安息了。告訴我，你眞的還在想他嗎？

婉兒如釋重負。她深深地出了一口長氣。她便不再掙扎，任憑李顯在她的身上傾壓著。

假如有一天朕死了，你也會爲朕寫一篇如此動人的悼文嗎？

不，陛下怎麼會死呢？陛下會萬歲，會與這大唐社稷同在的。

就是說，你不會像懷念二哥那樣懷念朕了。

奴婢不是那個意思。奴婢是說，如果眞有死亡，也是奴婢先死……

好了我們不談這些了。外面的人玩得好嗎？母親好嗎？皇后好嗎？皇后沒有朕也同樣會春風得意的。可是朕眞的累了，婉兒你這裡可以有讓朕休息的地方嗎？

在後邊，有奴婢的寢室。

能送朕去嗎？

是的，奴婢願意。

把大門關上。就說朕在批閱奏表，什麼人也不見。然後李顯便躺在婉兒的床上。李顯說婉兒的床上有一種清潔女人的清香。李顯說婉兒你不要離開。李顯說朕有權力要朕喜歡的女人陪著。然後李顯說，婉兒我們已經認識多少年了？我們爲什麼只能是兄妹呢？李顯伸出了他的手。李顯說，婉兒，你過來，爲什麼你總是不能成爲朕的女人呢？朕會給你才人，給你昭儀，甚至給你皇后。一切朕所能給你的朕都不會吝惜。但只要你把你的心給朕。朕只有知道你在朕在身邊，朕的心裡才會踏實的。就像母親一直離不開你那樣。答應朕，別離開。過來，讓朕安睡，就睡在你身邊，行嗎？

於是在那深邃的寂靜中，婉兒走過來，走向李顯，她果然斜靠在李顯的身邊，讓李顯把頭靠在她的胸前。婉兒不知道自己爲什麼會這樣做。這樣任憑李顯在她的身上撫摸著。她說不上是怎樣地愛這個男人，但是她同情他，她覺得這幾十年來她對李顯是不公平的。她根本就不配接受李顯對她的這一如既往的愛。她先是把她的心給了李賢，又將她的身體給了武三思。她將她所有的一切都給了兩個死了或者活著的男人，卻不曾將哪怕一絲一毫的她留給李顯。婉兒大概是意識到自己的殘酷。於是她此時此刻躺在李顯的身邊並且任憑他撫摸任憑他撕開她的衣裙在她的身上尋找著。婉兒緊閉著雙眼。她知道此時此刻她正在成爲當今聖上的女人。這對於別的女人來說將會是一種怎樣的歡樂與喜悅，婉兒卻只是緊閉著雙眼，想著李顯以外的兩個她生命中的眞正男人。

李顯所奮力尋找的其實就是婉兒的乳房。李顯這樣尋找的時候就像是一個初生的嬰兒。他尋找著吸吮著並發出了那種野獸一樣的低沉而歡樂的吼叫。婉兒的身體便也隨著那吼叫那侵略而扭動了起來。那是一種不知來自何方的音樂和舞蹈。第一次和這個她既然熟悉又無比陌生的男人。婉兒任憑著她自己的不再能控制的身體投入到美妙而新奇的歡樂中。慢慢地，她終於在那歡樂的旋律中得知，從此，她將獲得一切。

婉兒再度深刻地體會到她的身體就是她的財富。她的身體不僅能交換她的生存與安全，還能帶給她榮華富貴以及她所熱衷的無限的權力。她也才知道，幾十年來，那個昏睡的女皇爲什麼會那麼熱衷她的身體，那麼深謀遠慮地利用她的身體。因爲，對於她們，對於她們這些優秀的有著大智慧大才華大理想大慾望的女人來說，身體就等於是權力；而權力，將會使她們擁有一切，包括擁有男人和王朝。

便是這樣，婉兒在李顯的嬰兒般的吸吮中慢慢地清醒。她知道李顯需要她，女皇老了，所以他要找到另一個母親一樣的女人來統治他。那麼婉兒何不俘獲那個男人呢？她何不把自己全身心地投入進去呢？既然李賢早已經在大巴山中化爲啼血的杜鵑；既然武三思此時此刻也正在向韋皇后的深處挺進；既然她生命中的那兩個男人對她來說早已經化爲烏有，那麼，她爲什麼就不能讓那已經到來的激情將她點燃呢？

於是婉兒急切地脫光自己。把她的那個如凝脂般的身體給予李顯。她已經不再猶豫也不再觀望和徬徨。她想既然如此。她向李顯展開了她的一切。她的臂膀她的胸懷和她的雙腿。她擁抱著李顯並主動親吻著他。她想誰讓她是這樣的一個慾望著的女人。她還想她不再拒絕也不再持守，她就是要通過這個男人去獲取她本來就應該擁有的一切。那曾經顯赫的門第，和她本來就應該擁有的那些女官的官銜。婉兒這樣想著，她便更徹底地投入了。她竭盡全力在誘惑著李顯迷亂著李顯，她要李顯在她的身體上永不停歇。她要著並且也給予著鼓蕩著，她要給李顯留下最強烈的印象，要讓李顯從此一閉上眼睛就會看到她，看到這身心交瘁神魂顛倒的一刻。她要李顯從此忘不掉她。她要成爲李顯今生今世不能離開的女人。婉兒只要這樣想了，這世間就不會有婉兒做不到的事。婉兒是做出來的，婉兒要把自己做成那個能勾走李顯魂魄的淫蕩的女人。婉兒便這樣征服了李顯。那麼輕而易舉地，她就讓這個做了皇帝的男人從此成了她的奴僕。

在所有的淫蕩的人們中，婉兒是第一個回到大庭廣眾之中的。那時候李顯依然留在她的床上喘息，而她卻來到了仙居殿，重新垂立於昏睡不醒的老女皇的身邊。她依然冷漠地站在女皇的床榻邊，看大殿中的歌舞昇平，並等待著那一個個激情的男女從淫蕩中返回。她想不出上陽宮此刻究竟有多少個秘密的角落在承載著激情，在爲了他們各自不同的利益骯髒地交易著。婉兒想這就是皇室這就是那些王孫貴族們。當他們完成了骯髒卑鄙的交易後返回人前時竟然一個個全都道貌岸然衣冠楚楚。那些罪惡的精液流向哪裡？那濃妝豔抹又消失在誰的親吻中？它們將永遠如最污的空氣般在這當權者的殿堂中秘密行走著。連同她自己。他們的已如腐屍般惡臭的靈魂。

婉兒想幸好女皇長睡不醒。幸好女皇不知宮外是春風沉醉，是不斷傳來叫春的吠叫的野貓和野狗。婉兒想，幸好女皇看不到，看不到她的孩子們是怎樣在她的眼皮底下不顧廉恥地淫蕩地交易著。看不到。多好。那個韋皇后正心懷惴惴地匆匆地從那個屏風後閃出來。她只是還勉強保持著她的髮髻，她臉上的那霜粉胭脂早已蕩然無存，但那事後的心滿意足卻使她蒼老的臉上放射著淺薄的光彩。然後是緊隨那個女人從屏風後走出的武三思。他事成之後的那一份躊躇滿志，彷彿江山又重新回到了他的手中。他毫不隱諱他的急功近利。他是大搖大擺走向女皇的，他知道聖上是看不到他是怎樣用精液換取他的生命的。婉兒想幸好女皇看不到。她還看不到從山林中跑回來的那個光豔動天下的孫女安樂公主是怎麼樣的披頭散髮，裙子又是怎樣沾滿林間的草葉和露水。那是怎樣的一種清香。與大自然連在一起的。那是安樂公主發自內心的歡愉，那才是她的喜愛，而她也是眞的擁有了。她不會在乎那個被她冷落一邊的附馬。她是堂堂正正的大唐的公主，所以她敢愛也敢恨。敢跑進山林，去做她想做的事情。有這樣的女兒。有這樣的女兒這樣的妻子，那麼大唐的帝王又怎麼不能擁有自己的愛呢？那也是昏睡的老女皇看不見的了，她看不見她的兒子是怎樣從婉兒的書齋中走出，彷彿工作之後的疲勞，並當即向親人們宣讀了他將要接回章懷太子李賢的詔書，向世人證明他是個怎樣重兄弟情意的君王。

這一切是怎樣地虛僞。那個王朝中最尊貴的家庭。那樣的家庭能支撐王朝嗎？婉兒不知道。未來難以預測。婉兒只是想，幸好女皇看不到這些了。多麼好。

在很深的深秋。很寒冷

女皇帝武則天在寂莫的上陽宮中挨過了她最後的十個月後，終於以她偉大的波瀾壯闊的一生告別了人世，告別了她的那些子嗣們。從此把她的政治的舞台，留給了她的兒孫們去表演。留給他們去叱吒風雲，相互殘殺。則天大帝的駕崩，朝野爲之動容。畢竟是一代女皇。畢竟在這闊大的王朝的殿宇中，有過女皇和沒有她是不一樣的。

她就這樣嗚呼而去。被她的兒子十分體面地送回到高宗李治的那個地下的王朝中。她終於在那個巨大的乾陵中找到了她最後的歸所，並樹起了那座被祥雲環繞著伸向蒼穹高高的無字碑，任後人評說。

在武皇帝的葬禮之後，婉兒果然被李顯接回了朝延。就像是當年武才人被高宗李治從長安郊外的感業寺中接回。連婉兒都想不到，她和女皇的經歷竟然有那麼多的地方相同。她們都是十四歲開始眞正的後宮生活，也都是先後侍候了兩代君王，也都是在先皇辭世之後，被繼任的皇帝重新接回皇宮。但不同的是，婉兒被再度接回皇宮輔弼中宗李顯的時候已經是一個四十歲的女人了。她儘管依然優雅雍容，依然被當今的聖上寵愛，但是她到底不再年輕了。婉兒回到皇宮就是回到了政治。她不是依靠姿色而走上政治的道路的，而是一開始就被規定在政治的軌道中。她的身邊唯有女皇，所以婉兒無須利用她的姿色。女皇不需要她的姿色而只要她的智慧和才能。她的姿色是用來和那些未來可能會替代女皇的男人糾纏的。她也這樣做了，所以她也才如女皇一般的終於得以回朝。

婉兒這一次返回朝廷可謂是衣錦還鄉。她不僅僅回到那個專掌詔命的重要位置上，她還獲得了一個非常高的女官的官階。這是中宗李顯為迎接婉兒特地賜與她的。昭容。從此是上官昭容。這是皇帝的嬪妃中名列第六的高位。對於一個女人來說，無疑這是非常高的官位了。昭容就意味著婉兒今後所享受的是位同宰相、爵同諸王的待遇了。

中宗李顯果然信守諾言。足見他是多麼需要婉兒並且對婉兒有著多麼深切的感情。

這是婉兒平生以來所獲的最高的官位。而多少年來，婉兒在女皇的身邊參決朝政，處置百司奏表，實際權力可謂並不低於朝中宰相，她卻不曾有過任何的官職，而僅僅是女皇的一個貼身貼心的侍女。當然多少年來婉兒也不曾在意過這些，畢竟婉兒是一個講求實際的女人，她從不在乎那些表面的東西，甚至不在乎她臉上的墨跡，只要是，她活著，她實實在在擁有生命，也擁有那些她揮灑智慧、參與朝政的權力。所以婉兒對她的昭容頭銜並不十分的在意。她只是非常感謝李顯的賜與，她把這看作是李顯的心意，也看作是李顯在戰勝著他自己的懦弱。因為到底把如此高的女官的官位給了婉兒，李顯是要同韋皇后抗爭的，而李顯最終戰勝了韋后。

而李顯終於能戰勝韋后，是因爲婉兒首先戰勝了韋后。要治服韋皇后這樣的女人，婉兒的思路其實很清晰，那就是讓她看到，婉兒正在與太平公主結成一種牢固的聯盟。而恰好太平公主也是一向看不上韋皇后的，加上她與婉兒的那種由來已久的姐妹般的友情，她們自然很快就聯合起來，使做了皇后自以爲是的韋氏感到很孤立。

除了太平公主，婉兒還把皇上最最鍾愛的安樂公主也掌握在她的手中。這對於婉兒來說也是易如反掌的。因爲她掌握了安樂公主和武延秀的那種身體的關係。安樂公主對婉兒一直很依賴，於是當她的感情出現問題的時候，她便很自然地會求助於婉兒。而婉兒對安樂公主的請求也是有求必應。她就曾在女皇的上陽宮以探望彌留的女皇爲由，爲這兩個愛得如火如荼的年輕人安排過多次秘密的會見。隨著他們的越來越熱烈的幽會，他們便不得不把婉兒當作他們大恩人，後來就是女皇仙逝，婉兒回到了後宮，她的家也常是那兩個愛著的年輕人頻頻光顧的地方，婉兒甚至專門爲他們在自己的家中準備了一間房子，一個很幽暗的小屋。顯然婉兒不道德。婉兒這樣慫恿安樂公主的外遇甚至是對不住武三思的，但是她權衡利弊，她知道能掌握住安樂公主才是最重要的。因爲畢竟這個女孩也是一道通向大唐皇帝的橋樑。而她要想生存下去，在李唐的天下，依賴李唐的權勢才是最重要的。

如此韋皇后就眞的覺出了她的孤立了。其實一開始她沒有把這孤立放在眼裡。那時候她正爲她重新成爲國母而得意非凡，甚而得意忘形。她不把任何女人放在眼裡，特別是不把太平公主和上宮昭容那樣的女人放在眼裡，於是她就變得日益地孤家寡人。她的頤指氣使、凡人不理所遭遇的是更加激烈的以其人之道還治其人之身。太平公主是誰？婉兒又是誰？儘管韋妃做了皇后，她都不能改變她的那小小參軍的出身，她依然是被人看不起甚至是被人恥笑的。後來，慢慢地，不知是得了誰的點撥，韋皇后突然變得對婉兒和藹親切了起來，她甚至千方百計地討好巴結婉兒，時常向婉兒賠著笑，並常常和武三思不約而同地一道拜訪昭容娘娘的家，婉兒這才意識到韋皇后已經離不開那個武三思了，而她身爲皇后，又不能明目張膽地在她的後宮和武三思淫亂，所以，她也只能像她的女兒一樣向婉兒求助。她不單單要在婉兒的家中與武三思幽會，她還要用婉兒和武三思的那種眾所周知的關係，來掩蓋她和那個男人的風流。

又一次，婉兒接受了韋皇后。這便是婉兒一貫的風格，她不論怎樣恨著那人，但絕不主動與那人爲敵。尤其，韋后已經屈尊折節地踏破她的門檻了，她何以非要把她推出去，讓她成爲自己的敵人呢？於是婉兒雍容大度。她時常退出自己的家，讓韋皇后和武三思在那裡繾綣柔情，共商自安之策。李唐的光復，特別是在李唐王朝正式遷都長安之後，武氏的力量就更是大大地被削弱，他們不僅被削官降爵，甚至連朝拜覲見皇帝都被取締。而武三思不但不能上朝，也不能在後宮拜見聖上和皇后。那一番難受的滋味就別提了。如此，這給皇后與他的私通就更是增加了難度。於是，婉兒就變得尤爲重要了。

很多次韋皇后不顧羞恥地找到婉兒，她問著婉兒我該怎麼辦？她說，王朝雖然是李家的，但武家也是親戚呀。

既然韋皇后如此直言不諱，婉兒也就不再躲閃。婉兒想有一個女人主動站出來和她一道來挽救武三思，她們爲什麼就不能團結起來，協同作戰呢？於是婉兒不計前嫌，她並且挖空心思地爲韋皇后找出能和武三思接近的理由。幸好有婉兒爲韋皇后出謀劃策，結果不久之後，皇后就向皇帝提出，天下可以是大唐的，但是大唐的天下不能滅絕人情和人性。爲什麼武三思武大人不能隨便出入後宮？武三思不是別人，而是他們李家的親戚。她不僅是當朝皇帝的表兄弟，還是當朝皇帝的親家，與兄弟或是親家來往，難道也有違大唐的法令嗎？

婉兒如此地幫助韋后，其實也就是幫助她自己。她們有著一個共同的目標，那就是竭盡全力的保舉武三思。這兩個女人本該是不共戴天的仇敵，但是在對一個她們所共同愛的男人的問題上，卻成爲一個戰壕的戰友。

在兩個女人的夾擊下，李顯終於力排眾議，敕許了武三思從此能夠隨意出入後宮，拜望皇帝皇后。李顯之所以做出這樣的許諾，完全是爲他要賜婉兒昭容的官位所做的讓步。當李顯提出他要給婉兒昭容的職位，韋皇后就曾非常厚顏無恥地說，你若不允許武大人來看望我，婉兒就別想做那個昭容娘娘。

你不同意，不給她就是了，反正她也從不在意這些。

可是你既然答應了人家，又怎麼能收回去呢？一個堂堂天子，怎麼也能如此出爾反爾？

這宮裡的事情不是你說了算嗎？

就是我說了算，可是那個婉兒一天到晚爲你服務，你連個昭容也不肯給人家？

這朕就不懂了，你到底要怎樣？

韋后一看中宗在退卻，她便又匆匆找到婉兒。她說你要是不逼他要那個官位，武三思就不會被獲准進宮。韋后甚至說我知道你從來淡泊名利，但這並不是爲了你，而是爲了他。

爲了他當然就另當別論了。後來婉兒果然就變得面目全非了。在一次與中宗李顯的交談中，婉兒轉彎抹角地暗示了中宗，她並非對那個昭容的位子不感興趣。婉兒的請求果然奏效，不久，聖上的兩道旨令同時頒發，一項是，聖上賜婉兒昭容的封號；而另一項則是，武三思從即日起可以進宮覲見皇帝皇后。這等於是引狼入室。而引狼入室的後果是聖上自己不知道的。

只是李顯對婉兒的感情越來越深，他想不到婉兒其實是爲了別的男人而取悅於他的。他只是覺得抱著婉兒的時候總是很冷。他不知道婉兒的身體是不是屬於他的。當然也就更不知道婉兒的心了。

婉兒的心其實也是傷痛的，因爲她不知道爲了救活一個武三思，將自己雙倍地犧牲出去是不是值得。她既要忍痛將自己的男人送進別的女人的宮闈；又要用自己的身體去取悅聖上，要聖上給武三思一條生路。

婉兒便是這樣犧牲著，努力著。果然李顯的陣線被一層層地突破，以至於最終土崩瓦解。一旦武三思走進後宮，走進韋皇后的幃幄，武姓勢力的發展就勢不可擋了。李顯面對武姓勢力的強勁攻勢可謂是節節敗退。幾乎是轉瞬之間，滄海桑田。武三思從幾乎被李家王朝徹底摒棄，到搖身一變，就成爲了堂堂李唐王朝的司空，爲三公之一，正一品，是名副其實的大唐帝國首席宰相。甚至在某種意義上，成爲了掌握朝廷實際大權的幕後天子。

便是這樣，武三思通過有權勢的女人們而獲取了權勢。而他的本錢僅僅是他男性的身體。那麼，這和被誅殺的張氏兄弟向武則天邀寵又有什麼不同呢？三思奸亂竊國，始作俑者是婉兒。而神龍革命的果實也就是這樣通過皇室女人的淫亂而重新落入武氏一族的掌握之中。是中宗拱手將他的王朝送給婉兒進而送給韋皇后的。他送給了這兩個他無法離開的女人，也就是送給了武三思。

武三思的迅速升遷自然使武氏一族蠢蠢欲動。首當其衝的就是大唐名正言順的太平公主。和李家沒有任何直系關係的武三思尚可進拜司空，那麼大唐公主的附馬爲什麼就不能尋拜三公呢？武三思就像是一個突破口。中宗李顯擋不住婉兒和韋皇后的武三思，自然就更擋不住自己親妹妹的丈夫武攸暨。於是三思升遷不久，在太平公主的又哭又鬧的糾纏下，武攸暨也進拜司徒，正一品，亦爲三公之一。至此，除太尉之外，三公中便有兩席被武家強佔了去，而且都是實實在在的權位。事實上，此時的中宗已經被皇室的女人們架空了。說起來依然是李家的王朝，李顯也依然是大唐的皇帝，而決定朝政大事任免國家大臣的，已經不是中宗，更不是那些擁戴中宗的李唐忠心耿耿的朝臣了。江山不知道什麼時候改變了顏色。不僅三思、攸暨飛黃騰達，就是那些小字輩的武崇訓、武延秀，甚至武氏更遠一層的親戚宗楚客、宗晉卿等，也都不斷被左遷，且都身居要津，實權在握。

早知今日，「五王」還何苦要「發變」，何苦要冒著生命危險把李顯扶到那個李唐王朝的皇位上？

就讓武姓的女皇直接傳位於那個武姓繼承人武三思得了，何苦繞那個政變的圈子？既然朝廷最終要聽武姓調遣，李顯又何苦要枉擔那個大唐天子的名義呢？爲何不像他的兄弟李旦當年那樣，提出遜位把王朝交還，而他也就一了百了，乾脆徹底地將王朝禪讓於武三思得了。

武三思還從來沒有像今天這樣志得意滿過。他想不到在大唐的王朝他竟能如此地大權在握。李唐的神器就如此又落到了武氏家族的手中，他們甚至比女皇在世的時候更囂張，也更肆無忌憚。太輕而易舉了。這或許是因爲李顯太軟弱，太在乎那個韋皇后和上官昭容了。這就是典型的女人禍國，所以史書上便毫不猶豫地把李唐王朝的這一次大權旁落歸結爲以淫蕩操縱政治的韋皇后和婉兒。而在這兩個干預朝政的女人中，最關鍵的一個還是婉兒。因爲是婉兒有計劃有謀略地安排武三思接近韋皇后，武三思才得以保全性命，又不斷升遷的。婉兒是清醒的，也是狡猾的，而那個韋皇后充其量僅止是個風騷淫蕩的女人，她甚至不清楚婉兒爲什麼會把自己的男人拱手讓給她。

如此說來，婉兒當然就是這場宮幃之亂的罪魁禍首了。這也是爲什麼歷史永遠不能夠原諒她的原因。

而當初，婉兒把武三思送給韋皇后僅僅是爲了救武三思一命，她並不想就架空李顯，更不想李唐王朝就這樣不明不白地落入武三思的手中。問題是，當賭盤一般的局勢轉動了起來，一切就由不得婉兒了。後來武三思和韋皇后眞正徹底地攪在一起，這也是婉兒所料不及的。或許是他們眞正的臭味相投一丘之貉，他們又是那樣地利慾熏心，貪得無厭。武三思當然不能只滿足於活命。韋皇后給了他野心的土壤。而他俘獲了韋后，當然就意味著他要俘獲整個王朝。

這就是朝中爲什麼會有人將武三思類比曹孟德。他們看出武三思甚至比曹操還要狠毒。他一朝權在手，就急不可耐地將李唐的斥黜者紛紛引復舊職，甚至責令百官修復則天大法，一派復辟武周的猖狂氣象。

三思掌制，距「神龍革命」不到一年。倏忽之間，這權力就由周到唐，又由李復武。如此將社稷兒戲般扔來扔去的責任，又該由誰去負呢？武三思？韋皇后？上官婉兒？亦或是那個沒有主見的中宗李顯？

總之武三思便在這輾轉騰挪中幾乎榮登皇帝的寶座。他儘管不曾坐上那眞正的龍椅，但是他卻是那個連垂簾也不用的眞正的幕後天子。他從此威權日盛，如日中天，連眞正的眞龍天子都奈何他不得。武三思如此起死回生且劫取天下說到底還是女人相助。而他征服了女人的唯一武器也就是他的陽器。武三思先是用他的陽具刺穿了婉兒寂寞的心，然後又將王朝中位置最高權力最大的女人伺候得舒舒服服。這樣說來，在有女子參與朝政的朝廷中，一個男人擁有偉岸的陽具多麼重要。他侍奉的是女人，而他得到的卻是權力。可謂無本萬利。

武三思之能夠類比曹孟德，是因爲他確實具有曹孟德那樣的凶狠和毒辣。三思在不曾握有大權的時候，他人性中惡劣的品質還不能盡情盡性地表現出來。但是一旦有一天他握有生殺大權，那些曾反對過他的人就不會有好結果了。他必欲置他們死地而後快，那政變的五王就是他首先要報復的。

眼見李唐王朝的大權這麼快就落入武三思手中，當時還勉強留在朝中做宰相的張柬之就多次勸諫中宗誅殺諸武，否則後患無窮。而早已被韋皇后和婉兒挾持的李顯根本就聽不進張柬之的提醒，他甚至覺得張柬之是杞人之憂，是庸人自擾，逼得張柬之只能大聲疾呼，陛下，請千萬警覺。當年武周建立之際，李氏宗室幾乎被殊殺殆盡。現陛下仰賴天地之靈，重返皇位，而武氏諸人卻依然官爵如故，甚而繼續左遷，這能使天下心悅誠服嗎？望陛下能將諸武稍加裁抑，以安天下之心。

聖上依然我行我素。

而張柬之等勸諫中宗貶殺諸武的消息一經傳到武三思耳中，他便首先找到了婉兒。張柬之的勸諫幾乎話音未落，婉兒便翩然出現在李顯的面前。她也憂心忡忡地直言皇上，如今柬之諸人恃功專權，恐怕對社稷不利吧。

於是李顯被夾在了中間。每日被那兩股相互敵對的勢力擠兌著。一開始李顯還十分尊重那些將他擁上王位的臣相們，但是久而久之，英雄難過美人關。到了後來，被婉兒蒙住眼睛的李顯竟然也覺得張柬之們太居功自傲，以勢壓人，甚至對朕不恭了。

於是，此時已身爲司空要職的武三思便乘勢而上，更是對中宗李顯獻上了一味誅殺五王的靈丹妙藥，他提出爲將王朝的隱患消滅在萌芽之中，就必得當機立斷，將張柬之等人封爲郡王，看似加封晉爵，實爲削奪其執政之權，唯有如此，才可能外不失尊寵功臣，內可固社稷之安。

如此狡詐陰毒的計謀，雖出自武三思之口，但百官皆知以武三思的粗莽愚鈍，他是萬萬想不出如此精妙的萬全之策的。

還是婉兒。

不知道婉兒爲什麼要如此死心塌地地把自己捆綁在武三思的那條戰船上，在驚濤駭浪中，隨那條大船起伏顛簸。她或許是太忠於已經仙逝的女皇了。她是因忠於女皇而忠於女皇的後代們，她不忍心武家的後代從此被斬盡殺絕，而從此不再有人能在武家的嗣廟中爲女皇進香供奉。不知道爲什麼婉兒跟定了武三思。她不僅把她的身體給予武三思，還把她的智慧也無條件地送給了他。進而讓迷惑中的李顯覺出武三思確實是一個智勇雙全不可多得的人物。所以他寧可討伐張柬之等爲他打下江山的諸大臣宰相，也要死死留住武三思。他寧可相信皇后和婉兒，因爲她們才是他的親人，他的親人怎麼會加害於他呢？

中宗李顯最終決定將五王趕出朝廷，其實還因爲他知道唯有這種選擇，他的後宮才能合家歡樂，皆大歡喜。不但皇后、女兒不再和他糾纏，就是婉兒也會對他笑逐顏開。十多年來，他所受的苦難太多了，他深知一個祥和美好的家庭對他來說意味了什麼。他太看重他身後的那個家庭，也太看重那些令他賞心悅目、怡然自得的嬪妃了。他何苦要爲了那幾個恃才傲物的朝官，而得罪了他要朝夕相處長相廝守的那些女人呢？

於是，果然，五王均罷其政事，被封予了郡王的遠離朝廷的閒差。然而，就是如此地貶黜了張柬之等功臣，武三思還是不肯善罷甘休。他曾大言不慚地宣稱，我不知世間何爲好人，何爲惡人，凡巴結我的就是好人，而反對我的就是惡人。依照這個原則，張柬之們自然是壞人了。於是武三思對反對他的人就絕不手軟。結果不久之後他就一不做、二不休地又羅織出了一個關於張柬之們的罪名，說洛陽的天津橋上有揭露韋皇后淫蕩行爲的字條，上面籲請皇上將這個污穢的女人罷廢。

這個僞做的字條是武三思拿給聖上的。而韋皇后當時正煞有介事地坐在聖上的身邊。韋皇后聽到那字條上的污言穢語之後就哭哭啼啼了起來，她抽泣著說，這天下眞是不太平了，今天他們能廢了我，明天他們就一定敢殺了聖上。武三思也趁火打劫，說一定是張柬之等人所爲。他們被廢黜之後心有不甘，便來指斥皇后的所爲。以臣之見，聖上必將這些人貶謫嶺南，或許方可保證聖上、殿下的平安。

韋皇后坐在一旁獨自垂淚，她說我招誰惹誰了，他們要把對聖上的不滿發洩在我身上。我清清白白，十幾年跟隨陛下顚沛流離，歷盡艱辛，才度過了那苦難的歲月。如今好不容易坐在這皇后的位子上享幾天清福，還要被那些惡人說三道四，攻擊謾罵，那讓我在這朝廷之上後宮之中怎樣做人？莫不如陛下就廢了我吧，不然我就死在這裡，用我的頭去供奉那些無恥之徒，用我的血去封住那些小人的嘴……

韋皇后說著就去抽李顯侍衛腰中的刀。她一邊歇斯底里地喊叫著，一邊拿著刀就要砍自己。韋皇后的表演顯然很逼眞，以至於連中宗李顯都坐不住了，和武三思一道費了很大的力氣才把韋后手中的刀奪過來。

韋皇后依然大呼大叫、不依不饒、尋死覓活。弄得李顯一點辦法也沒有了。加上武三思又在一邊旁敲側擊，李顯只好帶著他們親自去找婉兒，要婉兒起草將張柬之們流放嶺南的詔書。張柬之們可能直到此刻才意識到他們是多麼地大度和大意。他們悔不當初在誅殺二張的時候沒有將諸武一道幹掉。如今的武三思如惡狼反撲，他們才不會像張柬之們那般手軟呢？而中宗李顯也絕不會站出來救他們，於是張柬之們只能慨嘆大勢已去，無可奈何了。

婉兒睜大眼睛驚異地看著李顯。顯然這一齣要清君之側的鬧劇不是婉兒導演的。婉兒為了武三思，可以想方設法竭盡全力地將張柬之們趕出朝廷，甚至趕出都城，但是婉兒導演不出如此下作的表演，為了將仇人陷於死地，竟然不惜將自己的私事醜事抖摟出來將罪名嫁禍於人。婉兒不相信這世間還有如此沒有廉恥的人。但是她一聽就知道這一定是韋皇后拙劣的苦肉計。一個出身於小小參軍家庭的庸俗女人所想出的最無聊無恥的主意。而聖上怎麼能屈就了那個女人和那女人背後的武三思呢？

婉兒拿起筆，但馬上又放在案台上。她搖頭。她說她不能下筆。她看著李顯時的固執的目光。她說陛下，就憑著這一紙骯髒污穢的字條，就要把郡王們發配嶺南？奴婢實在不懂。

你要懂什麼？這是朕的意思。

陛下眞的這樣決定？

朕決定了。

那麼，陛下也知道嶺南意味了什麼嗎？

那是他們罪有應得。

就是說，陛下要張柬之死？

李顯被婉兒大膽的責問逼得有點無地自容。他說不，朕也不知道。李顯有點猶豫了。甚至惶惑，甚至想收回他的旨令，想偃旗息鼓，不再追究。

而就在李顯的身後，很快追來了武三思和韋皇后。韋皇后一副搔首弄姿的樣子，和武三思當著聖上和婉兒的面就卿卿我我，輕薄放肆，令婉兒無比厭惡。韋后走近案台，就發現詔紙上還是空白，她於是勃然大怒，轉身對著李顯大喊大叫：怎麼回事？爲什麼詔令還不發出？莫非陛下改變了主意？

李顯支吾著。婉兒不知道李顯爲什麼會如此懼怕韋后。她眞的不願再看一個帝國的君主竟會被皇后如此欺壓。

韋皇后於是更加變本加厲，更加惡毒地問李顯，難道對我的侮辱不是對朝廷的侮辱嗎？

殿下怎麼能等同於朝廷呢？婉兒不得不站了出來，義正辭嚴地反駁韋后。

但至少也是對聖上的侮辱。

奴婢懂，你們是想將張柬之誅殺，但是這方法實在太拙劣了。皇后殿下這是在羞辱自己，是在授天下以柄，也是在將聖上推向受世人取笑的境地，難道殿下不覺得？

婉兒你到底是在哪一邊？你到底是什麼意思？誰羞辱聖上了？怕是你在使聖上蒙羞吧？一個小小的昭容，竟敢頂撞起我來了。你知道我是誰嗎？陛下，三思，你們看她……

行了行了，朕不管了。你們愛怎樣就怎樣吧。

陛下不能不管。武三思終於挺身而出。他走過去，站在婉兒的面前。他拿起筆，遞給婉兒。

武大人這是在逼我？

五王不除，必爲後患。還請昭容娘娘以大局爲重。倘若昭容娘娘這般心慈手軟，姑息養奸，最後，怕是連你也在劫難逃。你難道還看不清朝中的局勢嗎？

武大人眞的要斬盡殺絕？

看來只能如此了，不是他們死，就是我們死。

大人是在挾天子以令諸侯？

誰又不是挾天子以令諸侯呢？

大人主意已定？

寫吧，這明明也是陛下的意思。

武三思斬釘截鐵。婉兒便不再猶豫。她接過筆，轉瞬之間就寫好了那份將張柬之等貶黜嶺南的詔令。然後婉兒扭轉身離開了。她知道她已經做完了他們所需要她做的一切。她不知在誅殺五王的罪惡中，是不是也將她的那一份罪惡加了進去。她想從此她也是這慘案中的罪魁禍首了。她將被天下和後世所不恥了。但是她別無選擇。她唯一的選擇就是離開，離開這一樁她已深深陷入其中的罪惡。

婉兒所擬制的詔書是將張柬之等神龍革命的功臣貶至嶺南。一旦陷入嶺南那瘴濕之地，通常是很少有人能活著回來的。所以貶黜嶺南其實就是等於是死刑。是要讓那些被放逐的官吏，在那個可怕的地方慢慢地死。但是這慢慢地死，似乎也不能使武三思們滿足。不久便傳來消息，說那五位朝中要官，剛剛抵達流放之地，就被廣州刺史周利貞一個一個地逼迫身亡了。這是婉兒不曾想到的。她從此就看到了末日。

婉兒很憤怒。這是她不想也不願接受的現實。就彷彿是她親自殺了五王。就彷彿是她的手上沾滿了五位神龍革命功臣者的血。滿朝文武都已經把斥責的目光投向她。甚至天下都在議論著她歹毒。但是婉兒確實不知他們爲什麼會那麼殘酷的被毒殺於流所，爲什麼會一個不剩地被貶殺殆盡。是武三思陷婉兒於不義之地。婉兒知道她是在爲武三思，爲韋皇后，甚至是在爲懦弱的皇上承擔著罪名。不，憑什麼？憑什麼要讓她代他人受過？她當然知道她自己也很壞很惡毒，但是，她無論怎樣險惡卻不曾去追殺那五個無辜的朝臣。

婉兒氣沖沖地來到武三思的司空殿。她只想問問清楚，究竟是誰下令追殺五王的，她要他洗淨她手上的血，她絕不枉擔這個莫須有的罪名。她眞的很生氣。她一走進大殿就開始大聲喊叫。她覺得她有這個權力。她要武三思出來。她想不出那個被她叫出來的年輕人是誰。

他爲什麼不出來。

這會兒他不在。

是不是又去皇后那兒了？

請昭容娘娘息怒。這裡是政務殿，不是聖上的後院。

你是誰？你在指責我？

微臣不敢指責娘娘。只是，娘娘出言如此不愼，不像娘娘一向的風格。

你還是指責我的，那麼你到底是誰？

娘娘眞的不認識我了？

你是……婉兒直到此刻才睜大眼睛認眞地看著眼前的這個年輕人。她不期地與那個熾熱的目光相遇。一種似曾相識的感覺從婉兒的心中油然而生。是誰呢？那麼遙遠的記憶。她拼命搜尋著那已經被醜惡和陰謀擠滿了的大腦。她覺得在這個年輕人的面前，擁塞的記憶正在裂開一道明亮的縫隙。她想啊想啊。你是……婉兒覺得她就要想起來了。她確實見過這個優雅英俊的年輕人，是啊，誰呢？

微臣崔湜，娘娘眞的不記得我了。

是崔湜，崔湜……婉兒當然是記得崔湜的。只是她不敢想那個依然留在武三思身邊的年輕人會是崔湜。她記得女皇還活著的時候，武三思曾對她說起過，他的處境之所以艱難，就是因爲有張柬之派來的崔湜，每天盯著他，伺其動靜，以在他不軌的時候對他動手。記得婉兒那時候對崔湜的作爲還很不解，因爲婉兒畢竟是讀過崔湜的詩作，婉兒不敢相信一個詩寫得如此好的人會做盯梢之類無聊下作的事。就像是婉兒當初不能理解崔湜這樣的年輕詩人爲什麼要參與政治，投靠五王；婉兒更不能理解這個崔湜爲什麼依然能繼續待在武三思的身邊。如今五王不僅被流配，而且早已匆匆殞命，照理說身爲五王耳目的崔湜也早該被武三思誅戮，他怎麼還能如此悠閒地滯留於敵手的營壘中呢？

於是婉兒驚愕地站在那裡。她看著那個對她滿懷崇敬和仰慕的年輕人，問他，你怎麼至今還在武大人的身邊？

崔湜爲什麼不能和司空大人在一起呢？

你究意是什麼人？

我是武大人手下的中書舍人。

我不記得你什麼時候被晉升了。你不是那個小小的考工員外郎嗎？

娘娘眞的不知？微臣全憑武大人的栽培。

他怎麼會栽培你？聽說，他並不是你眞心的主子呀？

昭容娘娘大概忘了，當年爲武皇帝修撰國書和《三教珠英》時，司空大人的班子中一直都有我，而且他也是一直欣賞我的。

你值得他欣賞嗎？在他欣賞你的時候陷他於死地？

聽說昭容娘娘也曾非常欣賞微臣的詩。

那倒是眞的，只是你爲什麼不去做詩了？而要做這種被人不恥的貳臣。如此在兩個主子之間奔來走去，你還有做詩的心情嗎？

就是說，娘娘也鄙視我？

我只是可惜了你的才華。多一個走狗對朝廷微不足道，而少一個詩人卻令人扼腕嘆息。

我有那麼重要？

不，我不知道。

但我知道。我知道一個人有時候不能爲了某種莫須有的虛名，就將自己的才華乃至於性命搭上。那不值得。而我們生活在現實中。在現實中就要很實際。就要最大限度地實現自己人生的價值，不管要通過怎樣的渠道。

婉兒看著崔湜。她不願相信這種話是從一個很性情的詩人嘴裡說出。她進而慨嘆人心的莫測，她說，儘管崔大人說得很含蓄，但是我懂你的意思了。人各有志嘛。

娘娘眞懂了微臣的意思？

我只是覺得崔大人出身書香門第，又辭采風流，本來是可以引爲知己的，想不到做卑劣勢利的人竟會有那麼大的吸引力。而改換門庭又能夠如此輕而易舉。武大人不在，我走了。

娘娘有什麼要留下來的話嗎？

好吧，既然你們是實際的人，那我就問問他，究竟是誰下令要將張柬之、桓彥範他們殺死的？是誰這麼窮追不捨，非要讓自己的身上濺上他們的血？張柬之已經八十二歲了，把這樣的一個老人貶黜嶺南還不夠嗎？用不了多久他們就會客死他鄉，爲何要追著去殺他們，眞有那麼必要嗎？那不是我做的。我不曾指派過任何人去追殺他們，是誰讓我枉擔了這千古的罵名？

崔湜看著婉兒，聽著她發洩對武三思的不滿。他思前想後，竟然撲通一聲跪在婉兒腳下，嚇得婉兒向後退了好幾步，她說你……你要幹什麼？

崔湜滿臉的懊悔。他說娘娘千萬不要怪罪武大人，是崔湜陷娘娘於困境之中，是崔湜讓娘娘枉擔了不義的罪名，也是崔湜不曾體諒娘娘的苦衷……

你到底在說什麼？

聽了娘娘對武大人的責難，微臣才知道娘娘的心裡有多苦。是我建議司空大人對張柬之們窮追不捨的。這朝中風雲變幻，所以微臣擔心一旦桓彥範、敬暉他們這些年富力強的朝官有一天獲得赦免，返回京都，勢必對司空大人造成威脅。所以我建議一定要將五王盡殺之，以絕其歸望。娘娘在朝多年，想能理解微臣的憂慮。朝中你死我活，如此處置該在情理之中。做一個不恰當的比喻，當年五王發變之時，不就是因爲不能將諸武同時幹掉，而遭至今日殺身之禍的嗎？有前車之覆，武大人自然應當引爲後車之鑑。而微臣既然侍主，就必得對主子的安危負責。所以出此下策，要司空大人乘勝追擊，想不到連累了娘娘，微臣眞……

不要說了。想不到你的心也如毒蟲一般。原以爲你一個風流才子，只知吟詩做學問的，沒想到你的主意更惡毒，不知道後世會不會把你的這筆血債也記下來。

可是娘娘，這朝中的宰相哪個不是文人出身。之所以能成為文人，最要緊的便是他擁有智慧的大腦。文人用智慧的大腦和狂放的天性去參與政治，自然整起同僚來就更是喪心病狂。崔湜從不諱言這點。如果說是崔湜的建議使娘娘蒙受不白之冤，那是崔湜罪該萬死。但是，誰能保證五王不會有翻身昭雪的一天。而如若眞有了那一天，怕是連娘娘也性命難保。所以崔湜至今不悔。崔湜這樣做，也是爲了娘娘。

你這樣毒如蛇蠍竟然是爲我？你竟想得出這樣的理由爲你自己開脫。我看你還是爲你自己吧。你曾是五王派在司空身邊的耳目。你那時候是他們的走狗。是因爲他們革命成功，擁立了聖上，又做了朝中的大官。然而你慢慢看出他們的前途渺茫，而武三思恩寵漸厚，且升任了司空。而在三思和皇后的影響下，聖上也開始漸漸疏忌五王。於是你便見風轉舵，投靠三思。你用對五王落井下石窮追不捨作爲你轉投新主子的見面禮，這朝中還有比你更卑鄙的文人嗎？

微臣從不曾知道卑鄙爲何物？那不過是一種做人的技巧罷了。微臣以文翰居要官，是因爲微臣知道，大丈夫必得要先據要路以制人，豈能默默受制於人哉？

這就是你的人生哲學嗎？

娘娘這些年來，不也是這樣生存的嗎？微臣親眼所見，娘娘在李、武之間的左右搖擺。大臣中也不是沒有人議論娘娘的左右逢源，詭計多端。但是微臣從來對那些對娘娘的攻訐都嗤之以鼻。微臣一直以爲人格在政治中是一錢不值的。所以微臣一直敬佩娘娘。認爲娘娘才是天下第一聰明智慧的女人。何況娘娘生而不幸。僅僅是因爲生存就付出人格的代價。這對娘娘來說是怎樣的艱辛。而娘娘還能用智慧爲自己殺出一條生存的血路，這是怎樣的偉大。

你眞是這樣看我？

崔湜敢說，微臣是世間最能理解娘娘的人了，也是最傾慕娘娘的。

好了，我了解你了。看到你我才知道做詩與做人是怎樣地差之千里。你的詩寫得那麼好，那麼愁腸百結，感慨繫之，讓人不能不爲之動心動容，而做起人來，卻又是如此地無毒不丈夫。你這種人眞是太令人難以理喻了。好了，你起來吧。其實我也知道你說得有道理。但有些道理是不能說的，一說出來就令人毛骨悚然。好了我們不說這些了，說說咱們有多久不曾見過了。就是爲武則天編纂《三教珠英》也有七八年了吧。還記得你跑來找我聲討張氏兄弟嗎？你那時是年輕氣盛，一身的傲骨。你可能根本就不會知道那時候女皇是怎樣爲你惱火的。不過這一切全都過去了。不僅張氏兄弟煙消雲散，就是女皇也已經魂歸乾陵。那一切就像是上輩子做過的事情。人間的事情就是這樣，改朝換代。滄海桑田。輪盤來回轉。讓你我在今天又能彼此相見。

這是崔湜畢生的夢想。

你也做夢？你不是一個很實際的人嗎？

但唯有娘娘。唯有娘娘是崔湜畢生的夢想。

是因爲你太美化我了。

微臣知道，如若繼續做詩，就必得在心中爲自己留一塊夢想的地方。

但以我之見，既然崔大人要做官，就不要再做詩了。

我會繼續做詩的，哪怕單單是爲了娘娘。

不，別這樣。不値得。我眞的要走了。

娘娘能將微臣引爲知己嗎？

誰知道呢？也許我們又會七八年不能相見，知己不知己又有什麼意義呢？

婉兒離開司空府。她周身有一種倏然的狂喜，一種想飛的慾望驟然之間包籠了她。她抬起頭便看到長安城上碧藍的天空。她忘了她已經有多久不曾抬起頭看這讓她身心愉悅的藍天了。她覺得她眞的被壓抑得太久了，她需要讓她那鐵板一樣的心裂開一個能看見藍天的縫隙。她要看見藍天看見白雲看見房簷上墜著的那一串串玉石的風鈴。她要聽到風鈴清脆柔和的聲音要聽到鳥兒的鳴唱。她不記得有多久了她一直荒疏著那美妙的大自然。她只是被不停地糾纏在政治中。那是怎樣地枯燥和無聊，又是怎樣地在滅絕著她的靈性。終於，一道清新的風吹過來。彷彿萬事萬物都在復甦。那是一種從未有過的心情。那麼嶄新的。那種婉兒所預感到的新生活。

婉兒想著，那些她曾與之親近乃至於做愛的男人。那所有的。以往的和眼下的。她知道在她與他們做愛的時候，就不曾有過一絲的輕鬆。總是在政治的夾縫中，總是在朝不保夕的尋求與交流中，總是在謀略與策劃中。那是種怎樣的無奈。那是種怎樣不堪忍受的身體的重負。她把她的身體給予別人，卻總是千方百計地要從她所給予的那個男人那裡拿回些什麼。什麼呢？生的保證，抑或是更高的權力。除此她還要什麼？不，她什麼也不想要了，只想要那種眞正純淨的愛情，不夾雜任何野心任何目的任何利益的。

便是這個崔湜。

婉兒意識中的那道迷人的閃亮。

他讓婉兒疲憊的心靈驟然裂開了一道清新的縫隙。那麼明媚的。婉兒想，這個才華橫溢的年輕人竟是如此地理解她，竟是她遍尋天下也不曾找到的眞正的知己。婉兒想他是那麼年輕那麼英俊那麼風流瀟洒。婉兒從此便對這崔湜晝思夜想，她想她對這個年輕的貴族公子唯一不滿意的地方就是他那昭然若揭的勢利之心。但是婉兒馬上又想到，難道她就不勢利嗎？她甚至更勢利更醜惡更陰毒，那麼她又有什麼權力指責那個崔湜呢？既然大家都是在朝廷裡混的人。而崔湜如若不狠毒，他又怎麼能以文翰而居要官？而如若崔湜不能混進朝中，她這個緊鎖深宮中的女人，又怎麼能見到他呢？他如若不背叛五王，婉兒也就無從與他有剛才的一番對話了。如此這般，婉兒想來想去，她竟然要感謝崔湜那惡劣的品格了。便是那惡劣，才成全了他們這兩心相與。這是婉兒夢寐以求的。她喜歡這個年輕的詩人。她曾經忘記他。她曾經不知道這世間還有這個男人在精心地等著她。但是，那迷人的閃亮的感覺猶在。就照耀在她的期待中，直到，崔湜再度出現她的眼前。

總之婉兒很欣悅。一種莫名的激動始終在困擾著她。她幾乎每個時辰都期待著與這個年輕人不期而遇。她想再度見到他。想和他說話。儘管她並不奢望和這個年輕的男人親近，但是她只要一想到他，她的身體都會充滿了慾望和期待。

不久，又有武三思的一紙奏文擺在婉兒的案台上。竟然是武三思要將崔湜左遷爲兵部侍郎。婉兒不知道這個崔湜是怎樣劫獲武三思的心的，婉兒也不知道武三思何以會如此輕信這個狡猾陰毒的年輕人。大概就是因爲崔湜幫助他徹底滅掉了那些處處與他作對的神龍英雄們。他從此高枕無憂。他可以盡情與他的韋皇后交歡了。於是，他當然不能虧待他的屬下。他提拔他們。讓他們死心塌地，成爲他的黨羽。武三思可能是眞的欣賞崔湜的。他想他控制天下是離不開崔湜這種足智多謀的智囊人物的。於是他籠絡他。誘他以高官厚祿。這時候武三思並不知道婉兒在想什麼。也不會知道她的那種潮濕的願望是怎樣地強烈。

婉兒當然絕不遲疑。

她一揮而就，轉瞬就寫好了左遷崔湜那份詔書。

以後的日子變得越來越激烈。

在淫亂中。朝上和後宮的男人和女人們都變得寬宏、大度，平和相處，其樂融融。那是李顯時代的一段空前的淫亂與奢靡。幾乎後宮所有的女人都有情人，而朝中的男人們也差不多個個都有本不該屬於他們的女人。在淫亂中，男人和女人們盡情享受著性的歡愉和刺激；在淫亂中，大家心平氣和，相安無事，足見淫亂還是有凝聚力的。

在這段時光裡的崔湜，可謂平步青雲，一路攀升。在很短的時間裡，他就從中書舍人到兵部侍郎，不久，又尋拜中書侍郎、檢校吏部侍郎同中書門下平章事。崔湜的一路左遷，簡直就像一個神話。誰也說不清這個曾經是五王爪牙的年輕人，怎麼會一躍就成爲了武三思最紅的大紅人。如果說崔湜最初的升遷是因爲他曾爲之屈節的武三思；但是到了後來，他的飛黃騰達就不能說和婉兒沒關係了。

婉兒便是懷著某種欣賞的心情在聖上李顯的面前爲崔湜這種才華橫溢的年輕人遊說。

婉兒毫不遮掩她對崔湜的欣賞，她說崔湜的才華在朝野確實是有目共睹、有口皆碑的。就連被中宗李顯所起用的兵部侍郎張說都對崔湜的年輕有爲自嘆弗如，而朝中所需要的，就是崔湜這樣年輕而又有魄力的朝臣。婉兒進而把對崔湜一類官吏的任用，提高到朝官整體素質的高度。那時候婉兒爲崔湜的遊說，也許確實是沒有什麼私心的。她只是眞心覺得李顯該重用崔湜這樣優秀的出類拔萃的年輕人，而不要輕信韋皇后所推薦的那些與韋氏家族相關聯的勢利小人們。如果這種無知且無能的昏官遍佈朝廷，不但辱沒了大唐的名聲，如若眞的遇到國難，聖上也將捉襟見肘，無能爲力。

如此中宗不再認爲崔湜升遷得太快。於是崔湜的升遷令便每每獲得聖上的敕許，結果崔湜這個無名之輩莫名其妙地就被左遷進了宰相的行列，成爲了朝中最年輕氣盛也是最博學多才的宰相。大概唯有崔湜最清楚他是怎樣獲得聖上如此賞識的。他知道那其實是武三思力所不能及的，而他又不曾有機會當面向婉兒表達謝意。於是他只能悄悄地寫下幾首讚美詩託人轉交給婉兒。那是他由衷的讚美。他並不奢望昭容娘娘能應答他，他只想讓婉兒知道他的心意。他是知恩報恩的。

後來，就有了婉兒召見崔湜的那個夜晚。那個他們的第一個夜晚。

其實婉兒並沒有想她會和崔湜怎樣。她是在政務殿她辦公的那個房間裡召見崔湜的。那時候，她和武三思還有著若即若離的性關係。而在極其偶然的情況下，她也會同聖上度過一個十分晦暗的良宵。所以她確實沒想過和崔湜怎樣。那也是她的處境所不允許的。在這個夜晚她只想和那個年輕人談談他的詩。他的那些感情深邃而又熱烈的詩，確實讓她非常感動。讀著那些詩，她就彷彿觸碰到了那個年輕詩人的心。多麼美好。那是婉兒在四十歲之前，從未享受過的一種來自年輕男人的精神的愛慕。那是怎樣的震撼人心，讓她從此情牽魂繞。那詩的力量實在是太大了。單單是憑著那眞情數行，婉兒就愛上了那個年輕人。而那種精神的訴說，又恰恰是婉兒所最最看重的。因爲她已經很久不曾找到那種能夠用精神對話的摯友了，也許，她一生都不曾找到過。所以，婉兒才更加珍惜崔湜的那一份精神的友情。於是，她便也寫了幾首和詩，作爲精神的禮尙往來。一種似是而非又萬般無奈的心情。被婉兒的律詩寫盡。她的閨中的愁苦，人生的困惑，情感的傷痛，以及她近來的那種無以言說的激情和思念。

於是在暮色中。

崔湜走來。

婉兒遠遠地看見那個風流倜儻的年輕人，她竟然驚慌。她簡直不知道該怎樣形容當時的心情。就在崔湜向她走來的那個瞬間，她想了很多。很多很多。她想到中宗李顯，想到武三思，甚至想到那個早已逝去的章懷太子李賢，但是她馬上就得出了結論：崔湜是最好的，最漂亮的，也是最浪漫的。

崔湜拜見婉兒。也顯得有點緊張。他說昭容娘娘的大恩大德，他將永世不忘。

婉兒反而平靜下來。是崔湜的緊張平息了她的緊張。她知道她已經擁有了這個男人。她絕不再放過這個機會了。於是她親切地對崔湜說，不要謝我，那是聖上愛才，朝廷確實需要你這樣的年輕人來打破平庸。好了我們不說朝中的那些事了。我是想說，崔大人的詩是怎樣地打動了我。

娘娘眞的喜歡？

是的，我被深深地感動。

那實在是微臣的幸運。

聽張說大人說，他常見你暮出端門，緩轡賦詩，那是種怎樣動人的景象。可惜婉兒不曾見過。那詩中所言盡是崔大人的夢想嗎？

世間總有些得不到的東西，這就是爲什麼會有詩。

如果有一天你得到了，大人的夢想是不是就破滅了呢？

臣不知道。但那也許是另一重更加完美的世界。畢竟你得到的是最美好的也是你最最想得到的。

我這裡也有幾首寫給你的詩，就算是個應答吧。那詩中所寫也是我的夢。而我深知我的夢是永遠不能實現的。這朝堂中到處是腐敗的乏味，我又何嘗不願沖決這窒息呢？但腐敗就像是我的呼吸，我已經無處可逃，我可能至死都不會有一個清新的歸所了。

娘娘何必如此悲觀。你無論怎樣都是天下最優秀的女人。

你怎麼能這樣恭維我呢？不論是後宮還是市井，都有無數漂亮的女人。聽說大人的妻子就很美，是長安城裡有名的美人。

但微臣深知那是一種浮汜的僅可供人欣賞的美。美的種類繁多，而我最欣賞的是那種深邃的動人心魄的能將人靈魂穿透的美。那樣的美才是美中之絕美。那樣的美才能感召一切，懾人心魄。那是崔湜夢寐以求而又可遇不可求的一種絕美。那美使我心懷恐懼，娘娘能理解那是怎樣的一種美嗎？能知道那美又是怎樣地誘惑著我嗎？

崔大人你看，這暮色正漸漸逝去，長夜也將被黑暗吞噬，是大人該步出端門，賦詩回家的時候了。

那麼娘娘呢？再回到那寂寞的後宮？

叫我婉兒。我還從沒有離開過後宮。從長安到洛陽，又從洛陽到長安。婉兒總是獨自一人，看那後宮無聲的殺戮。後宮就是我的歸處。唯有暮色中的那一縷亮麗的金紅。

請娘娘不要辜負了這良辰美景。

不，崔大人，你要做什麼？

要這夢，我不想你永遠在寂寞中受苦。

誰告訴你我是苦的？我有男人。武三思。那是朝野上下人盡皆知的，大人難道沒聽說過嗎？

朝野也盡知武大人早已上了皇后的床。還知道你早已經被他拋棄了。

不，他並沒有拋棄我。那麼有人知道是我慫恿他走進皇后的宮闈的嗎？

拋棄也好，慫恿也罷，總之你已經不是他的了。

崔湜你怎麼能這樣對我講話。我是聖上的昭容，這也是朝野人盡皆知的吧。你該知道昭容意味了什麼。我是後宮的嬪妃。是聖上的女人。聖上的女人怎麼會苦呢？那是天下所有女人的夢想。

婉兒你不要再自欺欺人了。我知道你不是對我不在乎。

是的崔湜我在乎你，可是你看不出我已經老了嗎？我比你要整整大六歲。離開我吧。誰會喜歡一個老女人呢？

那麼張易之和張昌宗呢？他們已經可以給女皇做孫子了。他們固然是女皇的男寵，但是女皇老了之後，不也是他們兄弟在盡心竭力地照顧她嗎？你能說他們沒有感情嗎？你能說年齡是他們之間的阻礙嗎？

你是這樣看待張氏兄弟的？這樣的看法我還是第一次聽說。

是的，這是張易之親口說的。那時候他們兄弟已經岌岌可危。他說世人總是誤解他，說他照料女皇是有所企圖。他說他是眞的愛女皇。那是一種肺腑的愛。他的愛是沒有人能夠理解的。那是他和女皇之間的事。只要他們相互能了解對方就可以了。我相信他說的話，就像是今天，此刻，我相信我自己。

崔湜，告訴我，你敢保證這不是你一時的迷亂嗎？

我從來就沒有懷疑過。

你敢保證你取悅於我，不是爲了更快地往上爬嗎？

如果是那樣，我相信我完全可以擊敗武三思，踏進皇后的宮闈取悅於她。她早就對我另眼相看了，但我沒有那麼下作，我並不想通過女人在這個世界上招搖撞騙。

可是崔湜，不，你別過來，我還沒有想好，我還不知道今後我們該怎樣相處，我還……

崔湜逼著婉兒。他一直把婉兒逼到牆角，婉兒已經沒有退路。於是她只能伸出雙臂，頂住崔湜不斷地逼近的身體。她說不，你眞的不要過來。別這樣。這是一時的衝動。今後怎麼辦？你想過沒有？今後……

我不管今後。只管現實。婉兒，答應我，婉兒，告訴我眞的是你嗎？眞的是我朝思暮想的女人嗎？

終於，崔湜脫光了婉兒所有的衣服，他就讓這個四十歲的女人將她已經開始衰落的身體暴露在政務大殿的這個隱秘的小屋中。婉兒是那樣地無地自容。她用雙手抱住她的裸露的胸膛。但是崔湜拿開了婉兒的手。他用婉兒的裙帶將婉兒的雙手捆在她的身後。崔湜就讓婉兒那樣裸露著。站在他的面前。他甚至不去碰她。而只是遠遠地看著。他囁嚅著說，這是最完美最聖潔的。他說這是上天的賜與是不容褻瀆的。他說這是大自然的造物是無比倫比的珍寶，我怎麼敢碰她呢？他說婉兒救救我吧，我怕我承受不了這夢中的完美。告訴我，我能夠擁有這天下的絕美嗎？它能夠是我的嗎？我能夠進去嗎？

崔湜慢慢地靠近了婉兒。他把他的手放在了婉兒的肌膚上。然後他就開始在那身體上不停地撫摸，當他觸碰到婉兒的乳房時，他突然跪了下來。跪在婉兒赤裸被捆綁的身體的下面，把他的頭埋在了婉兒乳房中間的那個溫暖的峽谷中。

他說不，我不能。他說我已經受不了了。娘娘，你到底要我怎樣？你感覺到我這世俗的慾望嗎？行嗎？讓我碰嗎？

婉兒被反綁著，任崔湜在她的身體上撫摸著親吻著。在她的身體上，到處遍佈著那個男人輕聲的吟唱和那詩一般的頌歌。她被吸吮著揉搓著而她卻動轉不能。依然是身體中的那種渴望。她不能不動，而她又逃不出那個年輕男人所給予她的衝動。一開始婉兒拼命地躲閃著拒絕著。她緊閉雙眼不看眼前折磨著她的這個瘋狂的青年。但是她已經不能不扭動。她正在被那個她喜歡的男人帶走。她奮力拉扯著自己，她想崔湜是個典型的風流才子兼勢利小人。她想他是利用他的美姿儀表和稀世才情在攫取皇室女人的寵愛。她想她是個明智的經過風雨的女人。

她想她絕不能上這個僞君子的當，她想她要掙脫他，她要……但是婉兒終於……她大聲喘息著，她求著崔湜，她說來吧，進來吧，快點，來吧孩子，你不要再問了，來呀，我的身體就是你未來成長的沃土……

然後崔湜官拜中書侍郎。

然後崔湜累遷檢校吏部侍郎同中書門下平章事。

再然後，崔湜就大搖大擺地走進了聖上的嬪妃上官昭容的家。

崔湜通過給予婉兒無盡撫愛而獲取高官厚祿是不難理解的。而聖上李顯竟然允許他的嬪妃們有情人，就實在令人難以理喻了。不知道李顯作爲聖上是怎樣處置他和後宮的關係的。或者他不願意他的後宮一片恐怖，或者他沒有能力駕馭他的女人們。總之後宮一片混亂。女人們各行其是，各得其所。而後宮的唯一男人心甘情願爲她們服務，讓她們擁有一切。

武三思和韋皇后一唱一和，他們基本上控制了朝中的大局。他們之所以能夠這樣自由自在，如魚得水，得益於韋皇后流放時所得到的一個中宗李顯的許諾。

史書上說，韋皇后曾在中宗李顯被廢黜流放的那十四年間與之同甘共苦，披肝瀝膽，相濡以沫。所以李顯在當時就感激涕零地許下諾言，一旦日後我能重見天日，我將不會對你有任何的限制，所謂的「一朝見天日，不相制」。所以對皇后和武三思的種種曖昧，李顯就只能是睜一眼閉一眼假裝看不見。他不僅要恪守諾言，還要討皇后的歡心，以至於將他這個皇帝以下最大的官，都給了皇后的情人。他也是出於無奈。他又能怎麼樣呢？而爲了反抗這一不正常也是不平等的局面，中宗便自己也放浪淫蕩。他不僅自己胡來，也不管朝臣們胡來。他對於任何朝官的放浪行爲都不聞不問，於是在中宗任上，男女之間的性生活就顯得很開放。如此，原本是後宮的那股淫靡之氣，很快就浸潤到了朝廷，又因這些朝官，而湮蝕到了民間。

既然父皇和母后都如此荒淫無度，那麼住在宮外有著屬於自己的豪華莊園的安樂公主，又何必要恪守那令人壓抑的爲婦之道呢？何況她又是那麼美，那麼年輕呢。而她所無比眷戀的那個武延秀，又是她從小就深深愛著的男人。如果說一開始，安樂公主還要借助婉兒的幫助與武延秀躲躲藏藏、遮遮掩掩地去幽會，到了後來，她就可以在自己的家中和每每來拜訪的武延秀公開地眉來眼去了。甚至爲了討公主歡心，駙馬武崇訓也經常將這位從突厥歸來的堂兄請到家中。在酒酣耳熱之時，那個被突厥囚禁六年之久，已大有胡人之風的武延秀便會引吭高唱突厥的歌，並瘋狂表演胡旋舞，那舞姿優美得叫人不能不欣賞。

於是席間榻上，花前月下，安樂公主便會與武延秀勾肩搭背地風流狎暱，有時候乾脆把他們自己鎖在一間誰也找不到的房間裡，做著他們想要做的那些事。一開始武崇訓對此很憤怒，但是安樂公主痛斥他的父親勾引她母親，便把武崇訓打擊得無言以對。到了後來，當他自己也被安樂公主專門為他安排的歌女舞伎們弄得神魂顛倒，他就不再去管武延秀和安樂的事了。他聽之任之，他尤其知道唯有聽之任之，才能保住這駙馬的位子。而這位子顯然比他頭頂上的那個綠帽子重要得多。

於是安樂公主與武延秀公開地私通。後來幾乎成為長安街頭的一個骯髒的秘密。其實，這曾經是安樂公主自少女時代就有的一個十分美好的秘密。在武延秀被擄西域的整整六年中，她一直小心地守護著這個儘管渺茫儘管悲傷但卻異常淒美的秘密。如果武延秀最終不能回來，或者被茫茫戈壁所掩埋，那麼安樂公主這美麗的秘密就會伴她一生，讓她始終擁有那一份美麗的憂傷，她也許就不會變成這樣一個風流放蕩、被長安街頭巷尾的長舌婦們嚼著的風騷女人了。可是武延秀回來了。當然如果不是宮中淫靡成風，武延秀即使回來，武延秀即使愛著安樂公主，安樂公主即使也愛著武延秀，他們的這種曖昧也只能深深地藏在心裡。而唯其不能隨心所欲，才能使心裡的那一份深邃的愛以淒美的方式保存下來，伴他們終生，那又會是一番怎樣的境界。

但是武延秀回來了。而宮中又是一片淫靡。似乎後宮中的女人安分守己就不是一個正常的女人。情人幾乎變成中宗時代後宮的一種時髦。當然尋根的話，首先就是那個淫蕩的武皇帝。是她為後宮的女人們樹立了一個骯髒的楷模。於是太平公主、上官婉兒爭相效仿。接下來又是韋皇后、安樂公主急起直追。一時間後宮的女人們似乎再沒有別的什麼事情好做，所有的人幾乎都在那裡急急渴渴地尋找著情人，如此又怎麼能要求那個美麗的安樂公主呢？

從此後宮的女人們忙於在她們身邊尋找男人。而這時女人們要找的，已經不單單是只爲了解決她們性饑渴的那種薛懷義或是張氏兄弟那樣的男寵，而是要尋找到那些能夠和她們志同道合並彼此提攜的戰友。即是說，她們要找的是那些和她們身分地位相當、智力水平相當、有著共同語言和共同利益的，又能滿足她們情感和身體需要的男人。這無疑對男人的要求是很高的。但是這樣的男人還是被找到了。譬如，婉兒的欣賞崔湜。韋皇后的取悅於武三思。安樂公主的迷戀於武延秀。太平公主的私通胡僧惠範。無疑這已經是很烏煙瘴氣，然而到了後來，只找到一個情人，似乎已經不再能滿足這些聰明美麗的皇室女人多方面的需求。於是婉兒在與武三思藕斷絲連的同時，又是中宗李顯名正言順的嬪妃；而當婉兒做了昭容之後，她也絕不放過那個風流瀟灑的年輕詩人崔湜的追求。而韋皇后亦是身爲大唐的皇后，卻要屢屢與司空武三思在宮中升御床，來羞辱大唐的尊嚴。至三思歿後，這個荒淫無度的韋后竟然又復私武延秀。而武延秀那時早已是安樂公主的囊中之物了，不知道她們母女是怎樣共享這個異域情調的男人的。

總之，這就是中宗李顯時代的後宮。無恥之尤，混亂不堪。而在這場風靡一時的放浪之中，最清醒的那個女人恐怕還是婉兒。她儘管已經深深地陷入其中，但是她的頭腦是清醒的。婉兒儘管失去了三思，但那是爲了保全三思，所以武三思清楚他是欠了婉兒的。而婉兒在中宗李顯的心目中，始終擁有著那個舉足輕重的位置，這是無論怎樣也不會改變的。而在表面上，韋皇后和武三思看似已經脫離了婉兒，但是他們到底是懼怕婉兒的智慧和她在朝中一言九鼎的地位的，所以他們實際上也很難跳出婉兒的手掌心。

於是婉兒便這樣，在清醒中不動聲色地將朝中最有勢力的三個人：皇帝、皇后和武三思控制在了她的掌握中。與此同時，婉兒也繼續在李、武兩姓的勢力中，進退自如，左右逢源。無論她想靠近誰，都會有足夠的理由和進退的餘地。她的武器就是，她手中幾乎握著她身邊每一個人罪惡的把柄。她了解他們的一切，包括他們的隱私。她握著它們，並隨時準備以此爲武器還擊對方。她於是便能立於不敗之地，將所有企圖傷害她的人首先打倒。她是以子之矛，攻子之盾；她是以眼還眼，以牙還牙。

婉兒就是這樣，在宦海中沉浮著。她始終清醒地知道自己所處的位置，並在這位置上盡最大努力地發揮自己的智慧和才能。她知道在什麼時候該取悅於誰，或是該對誰冷淡疏離。她就是這樣不卑不亢，而又合適得體地將他人握在自己的手中並讓他們心悅誠服。她就是這樣不動聲色地駕馭著他們指揮著他們調動著他們，讓他們爲她所用，而又渾然不覺。

婉兒就是擁有這樣的天賦和能力。她儘管生存得很低調，但是她的骨子裡其實是極富進攻精神的，而且也是很激越的。特別是當偉大的女皇謝世，朝廷中女人的光彩幾乎被婉兒佔盡。她不僅威嚴凝重，讓所有的人不得不敬重；也還風情萬種，能將朝中那些舉足輕重的男人統統拴在自已的裙下；她同時還是個平和親切、樂於助人的女人，特別是她知道日後會用上的那些人，她幾乎有求必應。她的眼光很遠很長，她絕不會為眼前的利益而與他人爭一時之短長；她還會對那些暫時失勢的人體恤幫助，獲得他們的信任和好感。這樣，她在一方受到冷落的時候，就立刻會得到另一方的支持和援助。於是她便總是可以用一些人打擊另一些人，或者用一種勢力挾制另一種勢力。反正所有的人都在她的手中。白棋黑棋，任她自由擺佈。結果是所有的人都懼怕她。因為懼怕，所有的人又都千方百計地巴結她。婉兒便是在這樣的夾縫中實現了她自己。她當然從不主動出擊，從不主動招惹別人，但是她手中的那些把柄便是她防身和出擊的王牌。婉兒做到了，所有她所能做到的一切。她甚至利用她手中的這一張張王牌，營造了一種她自己眞心喜歡的那種宮廷的氛圍。

婉兒究竟是個怎樣的女人？

這個女人實在是太深不可測了。

婉兒將武三思送入韋皇后帳中，果然使武三思以及諸武的勢力重新抬頭，進而諸武幾乎壟斷了整個朝廷。而此間婉兒對武三思最大的幫助，就是在武氏如日中天的時候，急流勇進地提出將武氏降爵，將他們由國王降為郡王或者縣公。如此看上去是削弱武氏的力量，而實際上是退一步，進兩步，以避天下耳目。使武氏不再那麼惹人嫉恨，從而使武三思在朝中更加如魚得水，步步為營。

而後隨著武三思與韋皇后打得火熱，他就更是得意非凡。一度，他幾乎已無須通過婉兒擴大他的勢力了，他只需在某個夜晚在韋皇后的枕邊稍有暗示，轉過天來，這個被武三思侍候得神魂顛倒心滿意足的女人就會立刻跑到李顯的身邊，向他提出各種非分的要求。而中宗李顯以他的儒弱和他對韋皇后流放十四年間所形成的那種依靠，大概是害怕後院起火，所以他明知韋后的要求是過分的，他也盡量一一敕許。因爲韋后畢竟是皇后。而皇后畢竟是和那個握有朝廷實權的男人攪在一起。李顯甚至覺得他自己的傀儡位置都已經岌岌可危，說不定哪一天逼急了，韋皇后會和武三思聯合起來推翻他。所以他只能對韋后聽之任之，盡可能地滿足她的所有要求。

於是某一天，韋皇后又向中宗提出了一個十分過分的要求，那就是請求聖上允許包括婉兒在內的那些被聖上寵愛的近嬖們，和公主們一樣統統在宮外營建宅第。中宗被這個實在離譜的請求弄得手足無措。他思忖再三，因爲古往今來，聖上的嬪妃們跑到宮外去住，去購築莊園的事情實在是前所未有，聞所未聞的。中宗不知道皇后的這一番請求包含著怎樣的禍心，於是他只好去向婉兒討教，他該如何拒絕韋皇后這不著邊際的請求。

中宗不知其實這是婉兒的請求。婉兒當然不能也不會對中宗直接提出她的願望。這願望強烈極了，而且是越來越強烈。自從她與崔湜有了那種莫名其妙的使她興奮激烈的關係後，她就越來越想離開後宮，到宮城以外的地方與她的新情人幽會。儘管婉兒在宮內的宅第已經十分奢華，但是在這裡畢竟不可能與崔湜會面。崔湜不可能像武三思那樣隨便出入後宮，因爲武三思和韋皇后畢竟是有一層親家的關係爲他們遮掩。於是婉兒如熱鍋上的螞蟻。她能夠見到崔湜的機會實在太少了。而她又太想太想見到這個年輕的男人了。於是他們在煎熬中，只能通過那往來唱和的詩文來寄託他們無望的思念與愛情。

婉兒既然有足夠的智慧和才能對付政事，她當然也能想出拯救他們的愛情的計策來。於是婉兒找到韋后，勸導她既然做皇后就要效仿武則天。而武則天最大的特點就是爲天下姐妹鳴冤叫屈，並努力提高女人的地位。於是婉兒慫恿韋后上表，要求天下士民百姓爲母親也要服喪三年。婉兒還投其所好地要求韋后提出要提高公主的地位。視公主與皇子平等，也要分別設府並置署官。婉兒如此建議是因爲自重潤被殺之後韋皇后就沒有親生兒子了。而只有將公主的地位提升到和皇子一樣，韋皇后的日後才可能有保證。

在婉兒如此這般的點撥之後，韋皇后果然豁然開朗。她覺得婉兒的建議確實是爲她著想，婉兒是眞心在幫助她。何況韋皇后也不是一個沒有權力慾的女人，她也有日後某一天稱帝的野心。所以她做皇后時就應該有所建樹，爲登基的那天鋪平道路。於是韋皇后對婉兒的建議言聽計從，她覺得如若眞有她能稱帝的一天，她也是需要婉兒的。

婉兒便是在勸誡韋后追隨武則天的時候，很委婉地有點閃爍其辭地提出了後宮的女官們也應到宮外去購置宅邸的請求。那時候，大唐的幾代公主們在長安城中大興土木，修建豪華住房的舉動正蔚成風氣。從太平長公主到韋皇后所生的安樂公主、長寧公主，她們個個爭相建造浩大的宮殿、莊園，以顯示她們尊貴的身分。她們彼此攀比，爭奇鬥豔。她們的每一座豪宅都是極盡奢華。她們並且在豪華的宅邸中，不斷舉行各種宴會，一時間能出席公主府中的宴會，也成了朝中宮吏們的一種榮譽。宮外燦爛的生活，當然讓那些皇上的近變們不得不動心。而她們雖然得到了聖上的恩寵且腰纏萬貫，但深鎖深宮的生活卻讓她們的錢不如一張紙。何不讓她們走出宮門去開闢她們作爲女人的新生活呢？

婉兒的請求全部是站在後宮女官們的立場上。她不說她自己是怎樣渴望走出去，怎樣渴望到宮外去擴展自己的勢力，怎樣渴望在宮外與崔湜長相廝守。婉兒不說這些。她代表的是更多女人的利益。所以在提出請求的時候才能顯得理直氣壯，她甚至還笑裡藏刀地暗示韋皇后，當年還是她將武三思引薦給韋皇后的，而她同武三思的關係已經由來已久，或者，武三思至今也還不是皇后一人所有，如果她願意的話……

於是婉兒的請求出宮修建宅邸自然就帶了一種要挾的味道了。但是她很快又話鋒一轉，暗示韋后其實她又有個新的情人了。她是爲新情人才想遠離宮闈，遠離聖上，甚至遠離武三思的。婉兒說著這些的時候顯得異常眞誠，彷彿她同韋皇后也是那種無話不談的閨中密友。彷彿她們是能夠肝膽相照的。

韋皇后本來根本就不想讓婉兒這一類嬪妃走出後宮，享受和公主們一樣的無憂無慮、逍遙自在的生活。但是也許她太需要武三思，也實在不情願再任由中宗李顯繼續被婉兒控制。於是，她寧可婉兒早早離開，寧可她遠離後宮這權力的中心。於是韋皇后極爲熱衷地爲婉兒爭取這個離開後宮的機會。她後來果然獲得了聖上的恩准。其實韋后並不知道，聖上之所以同意婉兒離開，是因爲婉兒告訴了聖上，她只有離開，才能夠擺脫韋后的監視，更多地和聖上在一起。

唯有當武三思得知婉兒要搬出後宮時，一股無名的怒火油然而生。他莫名其妙地在韋后面前大罵婉兒無恥。他說誰知道這個女人又在搞什麼鬼。

你這可是頭一次罵她。韋皇后有點悻悻地說，她又能有什麼鬼呢，無非是想在宮外建一座房子罷了。

可是誰聽說過皇帝的嬪妃不住在宮裡等著侍候皇上，而跑到宮外去風騷的呢？

你怎麼知道她跑到宮外就是風騷去呢？

我不管她是不是風騷，只是這有失大唐皇室的體統。

聖上都恩准了，又有你什麼事？如果要說有失體統，那麼武大人每每不辭勞苦地跑到當朝皇后的寢宮裡就成體統了？有什麼了不起的，不過是跑了幾個奴婢，於你於我又有什麼妨礙呢？你何苦要發那麼大的火？值得嗎？

她一定是又有了什麼野男人。

她有沒有男人關你什麼事，聖上都不吃醋，你來什麼勁？莫不是你還在想著她？你不是說你和她已經徹底斷了嗎？你若是還在想著她，那就去找她好了，以後不准你再來我的寢宮。

我不是這個意思。

你當然就是這個意思，你以爲我看不出來？

這根本不是我個人的恩怨，而是有關皇室的榮譽。身爲當朝宰相，我怎麼能容忍如此禮崩樂壞，無法無天呢？

你還是先管好你自己吧。你身爲公卿，與皇后私通，難道就沒給皇室抹黑嗎？爲什麼皇后可以有情人，而嬪妃們就不能有相好呢？這實在是不公平吧？

我沒法和你說了。你該知道我們是離不開婉兒的。我們需要她的智慧她的計謀，可她一走，我們就沒法控制她了，誰知道她又會成爲哪股勢力的幕後主謀呢？

算了吧，武大人，別想那麼多了。畢竟皇后是我，不是她上官婉兒。未來究竟怎樣處置她，還不是你我一句話。再說是我爲她爭取到這個機會的，她怎麼會知恩不報呢？

後來韋皇后就添油加醋地把武三思的百般阻撓告訴了婉兒。她可能是想挑撥婉兒和武三思的關係，進而讓婉兒徹底離開武三思。韋后的意圖婉兒當然一目了然。同時她自然也了悟了武三思對她的那深情厚誼。於是，婉兒在爲朝廷所做的制敕中，更加推崇武氏對朝廷所做的貢獻，使三思在朝中的位置得到了進一步的穩固。當然婉兒這樣做，是無須向武三思表白的。那是有目共睹，昭然若揭的。他們儘管已經很疏遠很冷淡，甚至路人不如，但是他們其實都知道他們的心是相通的，有著一種常人所難以理解的深刻的默契。

不久，婉兒果然如願以償地搬出了幾乎窒息了她一生的那個壁壘森嚴的後宮，在長安市區群賢坊的東南側修建了一座異常典雅漂亮的住宅。住宅的設計全依了婉兒的心願，充滿書卷氣。廳堂中可謂卷帙浩繁，那才是婉兒眞正喜歡的境界。

與婉兒一道搬出後宮的，是與女兒一道在晦暗中囚禁了幾十年的母親鄭氏。鄭氏終於因女兒的扶搖直上而脫離了苦難，這是何等的感慨。可能唯有到了此時，才相信當年她懷著婉兒時，那個夢中占卜的預言是怎樣地準確：當生貴子，而秉國權衡。婉兒雖然是女兒，但她終終還是專秉內政，位極人臣了。無論其中經歷了怎樣的磨難，那就是婉兒的命。鄭氏是戰戰兢兢地離開後宮的。她不敢往回看，更不敢往回想。當年她經歷了滿門抄折後帶著不滿周歲的婉兒被配進掖庭宮做奴婢時，又怎麼會想到日後的某一天，她會因爲女兒而重新顯貴起來呢？甚至比原先更顯貴。此時位同宰相、爵同諸王的上官昭容已經是朝廷炙手可熱的人物，而她在宮中的位置也已經舉足輕重，於是，辛苦了一生的鄭氏也被聖上封爲沛國夫人，與女兒同顯同貴了。她是怎樣的欣慰，這是唯有苦盡甘來的她自己才最清楚的。

自從婉兒同母親搬進她們的新家，這座極盡風雅的宅邸就立刻成爲皇親國戚、達官貴人們爭相拜訪的地方。特別是在婉兒遷居的那一天，竟然是皇上皇后雙雙前來恭賀，如此，便更爲這座房舍增添了一層皇室的光輝。從此中宗李顯每每帶著朝中的公卿大臣們，來婉兒的宅邸遊宴其中。後來這簡直就成了聖上的一個放肆奢靡的文化遊樂場所，他時常帶人在婉兒這裡吃喝玩樂，吟詩作賦，當然也免不了放縱淫亂，狎侮穢褻。有時候李顯在醉生夢死之後，乾脆就留在婉兒家中過夜。大概是因爲聖上的常常賜幸，聖上才覺出婉兒的宅邸還不夠氣派。於是他又派人擴建婉兒的居所，穿池築岩，修建庭院，窮極雕飾，使婉兒的豪宅儼然成了聖上在長安市區的行宮。

中宗李顯對婉兒可謂是傾其所有了。那是中宗對婉兒這個女人的一種少年夢想。他要將所有的夢想變成現實，他要給予婉兒他所能給予的一切，他還要盡可能地滿足婉兒的所有需求。他對婉兒從來是不遺餘力，不計代價的。只要是婉兒想要的，婉兒最終都能夠得到。

而婉兒對於李顯的慷慨，則採取了一種樂而受之的態度。這是她精心為自己選擇的一種立場，即是說，她接受聖上。雖然她從來就沒有眞正愛過李顯，但是她知道李顯只要在位一天，她就需要他一天。婉兒是很理性地選擇李顯的，當然他們之間還有一種從少年時代就開始的很深的友情。這友情確乎是存在的，所以婉兒也就能夠接受她偶爾會和這個皇帝同床共枕的現實。儘管性和愛之間隔著心，但是為了某種友情甚或某種利益和一個不愛的男人睡覺，又有什麼不可以呢？而婉兒如今擁有的這一切，又全都是這個一如既往愛她的男人給她的，她為什麼就不能把她的身體給他呢？哪怕僅僅是為了報答。

婉兒這座典雅住宅的眞正的意義和眞正的本質顯現，就是那個崔湜。那說法是婉兒覺得她終於獲取的眞愛。

婉兒怎麼能不快活？

從此崔湜就能夠頻繁造訪婉兒的家了。

那時的崔湜在朝廷已經身居要津，所以，他才能成為聖上每次帶來婉兒家中賦詩唱和的大臣中的一員。他總是積極地參加由聖上主持的詩歌競賽中，而婉兒在評定這些詩詞的優劣時，又常常是推舉崔大人的詩，總是讓他在眾大臣的詩中拔得頭籌，進而獲得聖上的賞識和聖上賞賜的絹帛、金爵一類。那時候，朝廷上下的吟詩作賦已蔚然成風，這和婉兒對詩詞歌賦的喜愛和提倡是分不開的。而婉兒所以提倡詩文，在某種意義上也是因爲崔湜的才華橫溢，辭采風流。而她要舉薦崔湜，自然就要提倡崔湜的所長。崔湜無所長，唯有詩詞歌賦。於是婉兒便每每諫奏聖上，廣置昭文學士，盛引詞學之臣，爲的就是要崔湜這種文人在朝中有用武之地。婉兒以一己之愛好，使朝廷上下詞賦盛行；而崔湜於這樣的文學濫觴中，自然就成爲非常搶眼的人物了。

當然婉兒勸諫皇上重視文化之人，也許並不單單是爲了文人崔湜。她可能是覺得朝中的臣相們實在是太粗鄙了，沒有任何文化的修養，如此下去，將不會給中宗的王朝留下任何蹤跡。

不論婉兒是出於私慾還是出以公心地提倡這種文化的氛圍，畢竟她所倡導的是一種很精神的生活。聖上和朝臣們之間用詩辭的方式往來唱和，傳遞心意，不管怎麼說這是一種很美好的追求。至少比韋皇后和武三思那種幃幄之中的骯髒交易要高尚了許多。當然崔湜也是在這場造文的風氣中應運而生，因爲很快他就大紅大紫。不僅僅是聖上的紅人，而且以他的美姿和詩才，成爲了婉兒的文學沙龍中貴婦小姐們迷戀的男人。他成了她們大家的漂亮朋友，不論是太平公主還是安樂公主都對他另眼相看。她們也都很喜歡他。只是她們知道他已經是婉兒的情人了，所以只能是扼腕嘆息，相見恨晚。

當那些由聖上賜予的遊宴結束，聖上或者留下，或者起駕回他的甘露殿。婉兒自然要按照聖上的去留來安排自己的生活。有時候，哪怕是她和崔湜已經約好曲終人散之後的幽會，但如果李顯突然決定留下，婉兒也只能戀戀不捨地看著崔湜悻悻地離開她的家。有時候崔湜竟然會非常固執地不肯離去，他就徹夜守候在婉兒的庭院中，只要婉兒回來，他就會從山石的背後跳出來，像強盜一樣地將婉兒劫走。他吻她，強迫她在花前月下和他做愛。不管聖上是否在等待著婉兒，他就是不肯放她回去。他總是問著婉兒爲什麼爲什麼。婉兒說你明明知道爲什麼還要問。但是，爲什麼？崔湜還是不停地問。後來婉兒生氣了，她說，就爲了他能給我這個宮殿，能讓我的生活裂開一道縫隙能讓我喘一口氣，能讓我有一個屬於我自己的地方，能讓我和你在一起。懂了嗎？這就是爲什麼你現在必須走，而我必須立刻回到他身邊。他在等我。我不能讓他等我。他是聖上。沒有他就沒有我的一切也就不會有你。走吧，崔湜。我們來日方長。但是崔湜還是狠狠地鉗住婉兒。他說告訴我，他在你的床上能讓你滿意嗎？婉兒奮力掙脫了崔湜，她說是的，他不能讓我滿意，他已經很老很虛弱他已經力不從心而我的快樂和滿足都是你給我帶來的，但是，你能給我這美麗的宮殿嗎？你能讓我遠離後宮的窒息嗎？當然你已經是朝中的大宰相是聖上身邊炙手可熱的人物，但是你對我來說也還是一無所有。你不能給我半點自由，也不能絲毫改變我的生活。甚至連你的一步步升遷，也是要靠我，靠我在聖上那裡爲你美言。是的我愛你，我當然願意和你在一起。我只有和你在一起時才能眞正地感受到那種愛和被愛，也才能享受到你的詩情和才情所帶給我精神的慰藉。但是，說到底你我還都是他的臣民他的奴僕。我們不敢也不能在他的面前有絲毫的造次。否則稍有不愼，就會毀了我們歷盡艱辛、費盡心思才爭取來的這個我們能相見的機會。崔湜，別固執了，也別再問爲什麼了，走吧。聖上不會總是住在這裡的，因爲今晚他高興。他高興的時候已經太少了。他也很不幸。他也是値得同情值得安慰的，而我是他的昭容。走吧，別毀了這一切，如果你眞的愛我也眞的愛你自己……

崔湜悵然而去。

然後，婉兒和聖上糾纏在那勉爲其難的慾望中。無論在這樣的關係中婉兒是怎樣地不舒服不愉快，有時甚至覺得噁心，婉兒都是盡力而爲。因爲她知道和任何其他的男人比起來，李顯對她來說都是第一重要的。她一定要把李顯緊緊地拴在她的裙帶上，她要李顯無論在朝廷上還是在床上都離不開她。她要因此而能夠掌握李顯控制李顯乃至於指揮李顯。因爲她知道她一旦放棄了她對李顯的這一份權力，李顯就會再度滑落到韋皇后的控制中，那麼她將危在旦夕。所以婉兒寧可捨棄那一份愛情而來呵護李顯。其實那也是戰鬥，是她在和韋皇后爭奪她們對當朝天子的控制權。她怎麼能爲了奢侈的愛情而從保衛生命的戰鬥中退下陣來呢？

從此便是，婉兒不斷地在她的家中舉行盛大的遊宴。有聖上行幸的時候，婉兒就盡力侍奉聖上；而當聖上起駕，崔湜便自然會乘虛而入。爲了崔湜，婉兒在庭院的深處在一片樅樹林中，專門爲自己修建了一個讀書的房間。那裡很幽靜。有蜿蜒的池水。那是婉兒不會讓任何人去的地方。但那裡當然是屬於崔湜的。有他們兩人獨自的床。婉兒徹夜在那裡等候崔湜的到來。崔湜不來，她便在《綵書怨》中寫道：葉下洞庭初，思君萬里餘，露濃香被冷，月落錦屏虛。欲奏江南曲，貪封薊北書，書中無別意，唯悵久離居。

這就是婉兒的心情。

從此婉兒住在宮外。宮官居於宮外，自古以來，婉兒是第一人，也算是開了先河。而婉兒敢於提出她要離開後宮，其實也是在當時皇室女人權力日盛的大背景下。始作俑者當然是那個天下第一的武則天。一個女人連皇帝都可以做，那麼女人還有什麼事不能做呢？女人可以做女官。公主可以和皇子平等。公主進而可以和皇子一樣要求繼承權，可以在宮中置府。於是，如婉兒般的聖上的嬪妃當然也就可以掙脫後宮的鎖鍊搬到城裡來住了。總之女人的權力變得越來越大，她們甚至可以統治男人可以超越性別的界限，在皇宮裡爲所欲爲。

譬如武三思雖然可類比曹孟德，但事實上他在朝廷中大權獨攬的局面，也是通過婉兒的引薦和通過與韋皇后睡覺得來的。而中宗李顯也是因爲他在困難時期的一句「不相制」的諾言，和他對婉兒的少年夢想，而乖乖地將他手中的權力拱手送給婉兒和韋皇后以及她的情人。這便是女人的作用。從此朝廷竟是在她們的發號施令之下，被她們擺佈著，她們甚至根本就不把大唐的朝官們甚至不把皇帝放在眼中。

總之女人們對權力的慾望越來越強烈，而她們中的最偉大者，在武皇帝仙逝之後，應當說就是上官婉兒了。唯有婉兒，能充分地運用她的智慧和才能，成功地將天下所有最重要的男人和女人握在手中，特別是女人。婉兒一方面努力提高這些女人的地位，一方面又牢牢將她們控制在手中。這才是婉兒的雄才大略，她是通過提高女性地位的階梯，使自己不斷向權力的頂峰攀登。

婉兒其實就是這樣對待韋皇后的。她不斷向韋后進言提高婦女在社會和政治中的地位，她告訴韋后唯有如此，才能爲她未來也成爲女皇鋪平道路。如此，婉兒將韋皇后稱霸的野心點燃。婉兒當然知道韋皇后和武則天是不能比的。韋后的夢想成爲女皇就彷彿是癡人說夢。但是婉兒更加知道，如韋后這樣愚蠢的女人，只能是野心越大，她的末日就越早到來。

婉兒還不斷請求提高公主們的地位，這一方面是爲了取悅於韋后，投其所好；一方面是爲了籠絡住公主們的心。如今的韋后雖貴爲皇后，但她已經沒有可以繼承王位的兒子。而公主們如若不能像婉兒提倡的與皇子平等，她們無論怎樣顯貴，也無法擁有未來。既然是女人能做天下的皇帝，那麼女人爲什麼就不能做王位的繼承人呢？婉兒的如此引導無疑使安樂公主那樣的女人躍躍欲試，希望由公主繼承王位也開天闢地，成爲現實。從此安樂公主堅信她是能夠繼承皇位的。儘管在她的父親中宗李顯的名下，還相繼有重俊、重茂兩個皇子，但他們畢竟不是當朝皇后所生，所以這就給皇后所生的安樂公主成爲皇太女提供了一個無限可能的空間。

始作俑者仍是婉兒。於是婉兒就更加成爲安樂公主的知己。這還不單單是爲她開闢了成爲皇位繼承人的道路，而是安樂公主在她與武延秀的關係中，就曾因婉兒的幫助而將她視爲知己了。隨著皇室中女人地位的提高，安樂公主在她的家中也變得越發地飛揚跋扈不可一世。她的那個平庸的丈夫武崇訓，雖貴爲朝中大宰相的公子，但因爲安樂公主從骨子裡就看不起武三思，崇訓便也跟著被安樂嫌棄。在安樂公主的心目中，一個男人無論怎樣位卑，但他只要堂堂正正，就是値得尊重的。但是如若一個男人是通過他的性器去取悅於女人並換取權力和地位，那麼這個男人無論是誰，都是安樂公主所不恥的。而尤其讓安樂公主不能忍受的是，這個武三思不但是個男寵一樣的男人，他竟然還是母親的情人。這就讓安樂公主雙倍地蒙羞了。她所以很久以來恨母親，恨武三思，當然也恨父親的無能和懦弱。於是父親的可恥也牽連到了兒子。武崇訓在安樂公主的心中越來越醜惡。在這種淫亂的家庭還有什麼婦道可言。是武三思徹底破碎了安樂公主關於純潔的夢想。後來發展到安樂公主一看見武三思就噁心。她想她反抗這個無恥男人和她無恥的母親唯一方式，就是也像他們一樣地無恥。她想唯有如此，她才能狠狠地報復公公和母親。她就是要傷害武崇訓，就是要在眾人面前公開地和武延秀狎暱放浪。她想這就是以毒攻毒之策。你們亂來，那麼我也就亂來。一報還一報，其間最倒楣最無辜的還是武崇訓，他就是當面看著武延秀和他的老婆調情賣俏，也只能是聽之任之，不敢有半句微詞。

安樂公主在生活上墮落，在政治上卻開始抱有野心。她畢竟是當朝天子最心愛的女兒，這是眾所周知的，所以當時安樂公主的地位可謂是權傾朝野，整日裡門前車水馬龍。朝拜的人們都希望能通過結交安樂公主而巴結當今聖上。這種眾星捧月的狀態就更讓安樂公主覺得她做王位繼承人不是不可能的；因爲她是父皇母后的最愛，又是握有實權的武三思的兒媳，從種種不同層面中，她都會獲得朝野的擁戴。安樂公主野心勃勃，她所以才會請婉兒爲她的未來論證。婉兒對安樂公主所懷的，是一種異常殘忍的喜愛。她知道她實在是不能不喜歡這個孩子，就像那些王公大臣們不能不喜歡安樂公主一樣。因爲她實在是太美了，是那種光豔動天下的美，也是一種人世間罕見的美，一種無法拒絕的美。所以婉兒喜歡這個年輕的女人。一種想將她佔爲己有想呵護她同時又想毀滅她的喜愛。正因爲喜愛，婉兒才沒有極力慫恿安樂公主關於皇太女的野心。她對她說，這當然不是不可以，但需要時間，需要從長計議。畢竟聖上還在。要給他時間考慮。你萬萬不可過於急切，那樣也許會把一切弄糟。婉兒可能是眞心地爲這個涉世太淺的女人著想，她確實不希望安樂公主早早就被她不恰當的政治野心所毀滅。

婉兒之所以沒有鼓勵安樂公主去奮力爭奪那個王位繼承權，事實上是，婉兒所提出的公主與皇子應同等待遇，是適合於所有公主的。偌大一個李唐皇室，不僅安樂一個公主，還有同爲韋皇后所生的長寧公主，和那些非韋后所生的李顯的其他女兒們。然而，婉兒眞正希望由此而得到權力的一個人，其實還不是李顯的這些氣焰萬丈的女兒們，而是那個如今已成爲長公主的太平公主。婉兒最希望的就是太平公主的家中能設府並置署官，使公主的待遇如親王一般。婉兒之所以這樣做，其實也是有著一番良苦的用心。她希望由此而保持與太平公主之間那幾十年來盡在不言中的默契和友情，而更爲重要的，則是要在籠絡太平公主的同時，籠絡住所有李姓的子嗣們，特別是籠絡住已成爲相王的李旦，因爲婉兒看見李旦的五個英姿勃勃的兒子們都已經長大。他們對朝廷的一切冷漠而疏離，但是婉兒感覺到他們其實已經在磨刀霍霍，虎視眈眈了，他們遲早有一天會起事。

所以婉兒要緊緊拉住太平公主做她的盾牌。爲了這一層保護，婉兒在她爲皇室所制定的任何一項策略中，都不曾傷害過太平公主的利益。就是說，在制定政策之前，她總是要反覆掂量太平公主在其間的位置。就是在那些推崇武氏而排抑李唐的詔令中，婉兒也沒有損害過太平公主，因爲太平公主的丈夫就姓武，且在婉兒的精心運作中，在武三思榮任三公之一的司空後不久，武攸暨就當上比武三思的官位還要靠前的司徒，位於宰相第二，僅次於首席宰相的太尉。儘管朝中的大權在武三思手中，但至少在名聲上，武攸暨是優武三思一等的。所以太平公主對婉兒貶抑李家的策略並沒有太大反感。而婉兒提出的提高公主地位，同樣使太平府的位置大大提高。而且在所有的公主中，獲利最大的恰恰就是太平公主。不僅她的附馬是當朝的宰相，而且她也和她的哥哥相王李旦享有同等權力，這是前所未有的，太平公主當然感激婉兒。而如果公主能擁有皇位繼承權，太平公主自然也會當仁不讓。其實這也是太平公主早有的野心。從母親在世時，女皇對她所剩的兩個兒子都不滿意，太平公主就懷有了那種對皇權的慾望。既然母親能做皇帝，她爲什麼就不能做皇位的繼承人呢？從此太平公主便積極參與朝政。她不僅自己親自參與，還讓她已經長大成人的兒子們成積極參與。特別是在誅殺二張的神龍革命中，她也曾表現出極大的熱情，並積極參與策劃。於是當革命成功之後，她作爲有功之臣，被封爲「鎭國太平公主」，這無疑是對她參與政治鬥爭的一種獎掖、肯定和鼓勵。於是對未來的朝政，太平公主就更有了一種要參與進去的信心和鬥志了。她不能做旁觀者，她也要做母親那樣的偉大的女皇。特別是，當事後通過武三思開始參決朝政之後，太平公主更躍躍欲試，決心與韋皇后一決高低了。

因爲她堅信，那個粗俗愚蠢的韋皇后根本不是她的對手。與其讓這個野心勃勃的女人做女皇，那當然還不如她先把那個皇位搶到手。於是，太平公主與韋皇后覬覦皇位的明爭暗鬥開始。她們以爲皇權可以是武曌的，也就能夠是她們的。她們根本就不管那些男人們，不管李顯依然坐在皇位上，不管李顯還有兩個能夠繼承王位的兒子，不管相王李旦和他的五個英姿勃發的兒子也擁有繼承李唐天下的可能。她們不管。她們對皇室中的男人們視而不見。她們以爲風水輪流轉，天下就該是女人的。

所以婉兒提高公主地位的策略對太平公主來說等於是及時雨。如此，她們之間的那種姐妹般的友情自然就更深厚了。特別是當婉兒搬出了後宮，她們之間的交往就更多了。她們彼此之間頻繁地相互拜會。除了遊宴作樂，絲竹之聲，她們自然也會時常談論起朝中的政務，以及韋皇后的種種動向。她們的關係極爲密切而複雜，她們甚至是相互利用相互牽制的。婉兒所需要的，是和李家千絲萬縷的聯繫；而太平公主所羡慕的，是婉兒能將皇帝皇后以及武三思全都牢牢控制在她的手中。婉兒服務於聖上以及聖上的家人，但是婉兒同時也眞心實意地爲太平公主出謀劃策。她總是不厭其煩地爲太平公主籌劃各種宴會，她告誡太平公主，這是招攬朝中人士，拉攏黨徒的最好方式。日後，太平公主確實因此而羅織了一大批忠心耿耿的黨羽，爲她日後爭權奠定了堅實的基礎。

婉兒便是這樣盡其所能地幫助她身邊的那些有權勢的女人們。無論韋后，無論安樂公主，也無論是太平公主。而這所有的女人，在婉兒的幫助下，都拉攏了一批朝官並形成了她們自己的勢力。她們每個人的山頭都越來越高，每個人都各自爲政，勢不兩立，修築城池，整裝待發。也許這恰恰就是婉兒想看到的。她知道她不用再親自動手，那些女人自己就消解了自己，自己就形成對自己的牽制了。太平公主作爲女皇的女兒，她當然瞧不起韋氏母女也不能容忍她們如此囂張的氣燄；而韋皇后與安樂公主在對太平公主的懼怕之餘，也視她爲最凶惡的敵人，並不遺餘力地在中宗李顯的耳邊叨嘮太平公主的壞話，伺機將這個壓在她們頭上的不可一世的女人打倒。而就是在韋皇后和她號稱最愛的女人安樂公主之間，那隱隱的看不見的爭權鬥勢中爭奪著中宗李顯的愛。韋后用她與中宗長久以來一直恪守的「不相制」的諾言，而安樂公主則以父皇對她的那近乎情人般的父愛。

然而，就在這三個彼此爭鬥互不相讓的女人的心目中，一個非常奇妙的現象是，她們竟然每一個人都把婉兒當作了她們最好的朋友最好的同僚最好的參謀，甚至，唯一的支撐。她們不約而同地依賴婉兒，她們甚至覺得沒有婉兒就活不了，就動轉不能，就不知下一步該怎麼走，該怎樣進攻才能徹底削弱對方的勢力。婉兒怎麼會就成爲了這樣一個女人，這樣一個操縱著全局的軍師？她可以任意地把棋子擺來擺去。她可以想叫誰敗就叫誰敗，想叫誰出局，誰就在劫難逃。

這就是婉兒。

這就是婉兒的智慧。

她在她所從事的這一套智能遊戲中，可謂出神入化，遊刃有餘。她玩得太好了，太嫻熟了，也太天衣無縫了。就彷彿鬼斧神工，不留絲毫人工的痕跡。一切的天然自然。一切的流水落花。

婉兒不僅能在爭權奪勢的女人們中間魚兒般地游弋，她還能在有權勢的男人們中間穿梭往來，進退自如，且獲得他們的尊重和愛戴。不說她和聖上，和武三思那唇齒相依的關係，就是朝中那些舉足輕重的文官武將們，對昭容娘娘也欽佩得五體投地。他們不僅佩服她的才學，而且佩服她的謀略。那時候其實誰都知道，無論是朝廷還是後宮，其實都是上官昭容一手遮天的。事實上，是這個女人在總攬天下大權，是這個女人在指揮天下的一切。

而就是這樣一個本質上統治天下的女人，在感情上還是有她很執著的追求的。這就是婉兒在四十歲之後，爲什麼還會如此鍾情於那個比她小六歲而又才華橫溢的崔湜。這已經是一個成熟女人的愛情了。這愛情中不單單有她對感情對肉體的追求，同時，這也是一份鑲嵌在政治中的愛情，是唯有通過政治才能長久的愛情。

顯然婉兒是十分看重她中年以後的這段愛情的。她覺得此生中能有此愛是命運所給予她最偉大的賜與。她與崔湜的關係是從詩詞歌賦開始的，這就讓婉兒覺得這愛情很像愛情了。這樣的愛情不同於以往她和任何別的男人的關係，以往她和他們總是政治纏繞，總是建立在各種各樣的利益上。因爲那些男人不是爭奪繼承權的太子，就是角逐於李、武兩姓勢力爭鬥中的子嗣。唯有這一次不同。唯有這一次。崔湜不是皇室中的人，一開始，甚至也不是朝中的宰相。婉兒認識崔湜時，他不過是一個參與修編《三教珠英》的無名小輩。婉兒純粹是因為讀了崔湜的詩，純粹是因為他的才情而欣賞他，進而傾慕他的。婉兒對崔湜無所求。崔湜不能帶給她任何利益。崔湜唯一能改變她的，就是她正在變得麻木的精神世界。那個詩的世界。生命中那所有最美好的世界。

也許婉兒初見崔湜時，並沒有想要和這個年輕的詩人上床。她只是欣賞和喜歡他的詩，為他詩中所表現出來的那一份愁苦和浪漫所傾倒。這就是詩的力量。大概唯有詩才能把婉兒打倒。因為婉兒太現實了，而朝廷中的一切也太現實了，所以婉兒才會被那浪漫的虛幻所迷惑。被那張崔湜撒出的詩情畫意的網所俘虜。婉兒便是這樣走進崔湜的懷抱中，她完全忽略了崔湜對她可能是有所企圖的，她甚至視而不見崔湜在她的身邊是怎樣平步青雲的。

然後崔湜回到了現實中。

現實中的崔湜很卑劣。不能說詩中的崔湜不眞實，無論是詩的浪漫還是人的醜陋都是眞實的。這就是眞實的崔湜。所以歷史中總是有人在說，崔湜的文與人實在是相差太遠。崔湜的文辭聲名昭著，而崔湜的為人卻狠毒詭險，雖毒蟲不若也。而婉兒所看到的就是那多情的詩文，她已經不願去顧及崔湜是怎樣毒如蛇蠍，陷害他人了。可能這也是婉兒為了欺騙自己，因為她只想生活在詩的境界裡。

於是，便堅持著這一份詩的愛情。依然的往來唱和，依然的歌賦傳情。婉兒每每將那個暗夜中偷偷潛入她書房的崔湜迎進芙蓉帳裡，在浪漫的想像中和這個年輕人盡情歡愉。

崔湜不是那種勇武的男人，因而他沒有強健的體魄。他是清瘦的修長的精敏的輕飄的，如水如雲如霧般的，所以他沒有衝擊力，不能長驅直入，甚至不會瘋狂不會拼死地突進。他是那麼柔弱那麼纖細那麼隱隱約約若有若無，但是婉兒全都應允了他，因爲婉兒所要求他的，不是那種瘋狂的慾望的滿足，而是，他的詩所給予她的那種前所未有的精神的慰藉心靈的富有。婉兒覺得，那才是她這種女人眞正的所要。那種精神的飽滿之於婉兒，是遠遠勝於那精液噴湧的。那才是婉兒眞正的幸福眞正的歡樂。是婉兒的至愛眞愛是爲了永遠的擁有而不惜犧牲自己的愛的。這彷彿成了婉兒一貫的伎倆，她總是把她最珍貴的東西交給別人去保藏。

便是在一次輕柔的完成之後，婉兒輕輕搖著昏昏欲睡的崔湜，對他說，明晚，我要把你送給太平公主。

太平公主？崔湜頓時睏意全無，他睜大眼睛看著婉兒，看著婉兒在燈下的那柔和的臉龐和那若隱若現的墨跡。你這是什麼意思？是要拋棄我？就像你當年拋棄武三思？

婉兒撫摸著崔湜瘦弱的胸膛，她說你看你如紙般的胸膛能抵得住怎樣的毒箭？我當初把武三思送給韋皇后，是爲了救他一命。事實證明我不僅救治了他，而且讓他如此權及人主，如日中天。你說，難道我不該拋棄他嗎？

是因爲你愛他？

和愛沒關係。我想那是政治。他那時已經危在旦夕。

可是，爲什麼要把我送給太平公主呢？難道我也將遭遇什麼滅頂之災嗎？

你難道還不覺得嗎？你在武、韋的勢力中已經耽擱得太久了。滿朝皆知你是因武三思的權勢日盛而背叛「五王」倒戈於他的，所以人人都知道你是武三思最忠實的爪牙。但是，憑直覺，我彷彿已經聞到了血腥的氣息。這種終日喝酒吟詩、醉生夢死的生活已經不會太久了。我也隱隱覺出了來自李旦和太平公主那道聯盟的反抗勢力正在枕戈待旦，他們不久就會發動叛亂了，推翻李顯……

你也是要我做密探？

不。我不是張柬之們那樣的蠢人。有什麼用呢？你不還是投靠了三思？我是爲了你。爲了你這個人。爲了你的生存。去靠攏他們接近他們。因爲遲早有一天，當今的聖上會不得善終，韋后也將遭到殺戮，大唐必然要回到眞正的名副其實的李家手中。我希望你早早去依附太平公主，成爲她的黨徒，日後對你一定沒有壞處。這樣，就是有一天我死於非命……

婉兒，你千萬不要這樣說……

但這是事實。我看得很清。我在這武、韋勢力之中已經陷得太深，難以自拔了，但是你不同。他們會接受你。特別是你的兄弟崔澄是臨淄王李隆基的摯友，這對你來說，就是你走進那條陣線的通行證。而隆基是李旦的是五個兒子中最有出息的，他自幼便有帝王之相，一旦他發動政變，就一定會成功，你何不爲自己找到一個未來的位子呢？

可是婉兒，那太平公主一向盛氣凌人……

這已經是你自安的唯一捷徑了。湜，別再猶豫。相信我，她會喜歡你的。我了解她，儘管她盛氣凌人，但是她最喜歡的就是你這種風流瀟灑的文弱書生了。特別是如今她處於劣勢的情勢下，她更會無條件地接受你。

婉兒你眞的要我離開你？

我又何嘗不願與你長相廝守。崔湜，相信我，正因爲我是那麼愛你，視你爲我意識中的閃亮生命中的珍寶我才會如此忍痛離開你。唯其珍貴，才會是易損易碎的。我就是害怕失去你，才會把你送給那些能保護你的人。我之所以這樣做，是爲了更加珍愛你，是怕有一天我不再能保護你，是怕你跟我在一起，會與我一道隨風而散。我不想牽累你。你還那麼年輕，你的才華不該過早地隕滅。拋棄你是爲了拯救你，我已經這樣救過一些男人了。這一次，讓我試著來救你。答應我，盡力去取悅那個女人，如果她需要，去滿足她，她的所有的需要。湜，我也不願這樣做，我只想讓你知道我有多愛你。去吧，我的寶貝，如果眞的有一天，我沒有了，如煙如縷，我只希望你記得我，記得這個晚上，記住我對你的愛。

崔湜淚如雨下，滿心悲傷。他緊緊地抱住婉兒，抱住了那個依然美麗的女人。他抱緊她親吻她。那千種風流，萬般感慨，將那恩重如山的不眠之夜度過。

第二天晚上，婉兒果然把崔湜帶到了太平公主的府邸中。太平公主雖然早已聽說過崔湜的詩名，甚而知道崔湜是婉兒的情人，但是她卻從未見到過這位風流才子。太平公主初見崔湜，就有了一種相見恨晚、一見如故的感覺。她也立刻意識到，如若有一天她眞能從政，那崔湜就一定是她最得力的輔政大臣，她的左膀右臂。不過此刻太平公主對崔湜的那種感覺，不過就是停留在這政治的層面上。那時候，她並沒有想崔湜能成爲她的情人。因爲畢竟，她知道崔湜是婉兒的，她可能還無意爭奪婉兒的情人。或者，她對婉兒還有著幾分懼怕。因為天下畢竟還是中宗的，而婉兒又是中宗最信任最依賴的女人，婉兒還在強有力地控制著整個朝廷。

只是後來，在婉兒的慫恿下，崔湜開始越來越頻繁地獨自前往太平府去求見太平公主，並每每送上他為太平公主所寫的那些近乎情詩的頌詩。那離愁別緒。那相思之苦。崔湜儘管遮遮掩掩，閃爍其辭，但是那私附之意卻躍然紙上。於是太平公主直言不諱地對崔湜說，是婉兒叫你來的吧？她又看到下一步了？她眞是愛人愛到底呀，連後事都為你考慮好了。你怎麼征服了她的心？你眞有那麼厲害嗎？婉兒為何總是以犧牲自己來保護你們這些男人呢？她這樣太委屈自己了吧。不過既然是婉兒的誠意，我就收留你了。但我們的聯盟是秘密的，你也用不著總是往我這裡跑。告訴婉兒放寬心，局勢還沒有那麼危機，她有點太煞有介事了吧，彷彿驚弓之鳥。眞有人要造反嗎？

婉兒便是以她最後智慧，遊弋於朝中的各派勢力間。她成為了朝中最炙手可熱的人物，她不僅能代人出謀劃策，還能代人吟詩作賦。每每在聖上所賜的遊宴中，在宴席間的詩詞唱和中，婉兒每每要代聖上、皇后以及安樂公主等作詩賦辭，有時候甚至數首並作，且首首詩句優美，被時人所傳誦。婉兒的詩便是這樣被流傳了下來。她的詩名和才華也透過她的詩句被後人所稱頌。但可惜婉兒所遺文集二十卷到《全唐詩》中只剩下了三十二首。這些詩且多爲應制之作，雖詞采華麗，但卻少有性情。而詩若沒了性情，就很難被千古流傳，這就是婉兒三十二首詩中，爲什麼沒有一首是眞正不朽的。這或許就如同婉兒這個人。她留下的只是她在歷史中的存在，卻沒有能留下她的內心。

因爲婉兒的心很斑駁。

還因爲婉兒的心更多地是用在了朝廷和皇室中。淫靡的生活和吟詩作賦不能代替殘酷的政治。婉兒儘管腳踩數條船，取悅於所有權勢之人，但是好的算計也不是天衣無縫的，只是，她沒有想到她竟然會在一條小河溝中翻了船。

朝廷不能沒有一天無太子，於是在神龍革命之後的第二年夏天，李唐的朝臣們在與韋皇后的殊死搏鬥後，終於將皇子重俊立爲了太子。重俊雖然天性穎悟，但因不是韋后所生便多年來不受重視，加之無良師指導，結果李顯的這個兒子便活得渾渾噩噩，不思進取，行事從不遵法度，是那種出身於皇室的典型紈絝子弟，終日只知道和一群皇室的狐朋狗友以蹴鞠、遊樂爲戲，且聲色犬馬、多行不義，所以常常被一些朝官們上疏諫止，或用《孝經義》、《養德傳》等每每對太子重俊進行教育，但重俊皆不能接受，他已經成爲那種眞正不堪造就的太子。他不能好好愛護他的神位，且屢教不改，只能讓那些原本對他寄予厚望的朝臣們心生悲涼。

中宗李顯對他的這個聲名狼藉的兒子也十分不滿，他曾每每訓導他，警告他不要自毀前程，否則他將把他趕出東宮。而韋皇后看著重俊如此墮落則是心中竊喜。她希望李重俊越墮落越好，她甚至每每爲這個不是她親生的太子提供各種墮落的機會。其實韋后心裡很清楚，那就是只有重俊令聖上和滿朝文武徹底失望，她才有可能重演武則天登基的那一幕，她是一直渴望做女皇的。

所以韋皇后從不在聖上面前抱怨或指責太子的爲非作歹，不務正業。她只是在冷眼旁觀著太子的迅速滑落，並由此做看她女皇的美夢。而從來吹毛求疵、容不得其他皇子公主的韋皇后怎麼能對太子如此寬容大度呢？婉兒當然早就看清了所以，她當然不能容許日後有韋皇后稱帝的那一天。於是婉兒在這個問題上，便站在了同樣想搶班奪權的安樂公主一邊。安樂公主面對哥哥重俊的墮落和死不悔改，她也曾多次向婉兒提出，她要請奏父皇廢掉重俊，立她爲皇太女。那時候婉兒總是勸她三思而後行。直到重俊如此地一路墜落下去，韋皇后又在武三思的鼓勵下蠢蠢欲動，婉兒才覺得她必須阻止一下韋皇后了。於是婉兒找到安樂公主，告訴她可以在李顯的面前指責重俊的自暴自棄了。但是婉兒同時又說，以重俊如今的所作所爲，還不足以請廢太子，所以我們還需要齊心協力逼迫他自行退出歷史的舞台。婉兒並沒有點明就是擠掉了太子重俊，還會有你的母親在王位繼承權上與你一爭。婉兒想她們母女在請廢太子的問題上至少是站在同一條戰線的，她不能消解掉她們一致對外的力量。婉兒只是悄悄地找到了武三思，和她的這個舊情人進行了一番私下的會晤。她對三思曉以利害。她要求他不要總是慫恿韋后登基了。她說韋皇后和武則天不能同日而語。你可以幫助武則天登基，因爲她是天下最偉大的女人；然而你卻不能幫助這個庸俗淺薄的韋皇后。你覺得她眞能坐在那把龍椅上嗎？你這樣做會貽笑大方的。即或是想推舉一個與你親近的能聽你調度指揮的人做太子，也該推舉那個不諳世事的安樂公主。畢竟你的親兒子是公主的駙馬，唯有安樂公主繼承了王位，你的兒子才有出頭之日。而他們又是如此無知如此不懂政治，你不是正可以躲在他們背後做那個操縱天下的帝王嗎？不管大人和韋皇后如今的關係怎樣，但以我的觀察，被皇后起用和信任的都是她韋姓的親戚們。一旦韋氏當政，用不著李家後代，就是韋后的親戚們就足可以讓你下十八層地獄了，大人難道還看不到這一步嗎？但，我希望你能相信我。我的預言不會錯。

武三思到底還是相信婉兒的。於是他便也悄悄暗轉，倒戈於安樂公主了。從此他們沆瀣一氣，恨不能即刻就把太子重俊趕出東宮。爲了盡早地實現這一步，婉兒在她所起草的文誥詔令中，每每推崇武氏而排抑皇家，特別是對太子的行爲頗有微詞，使李重俊氣憤不已。而控制朝廷大權的司空武三思，也對重俊貶抑排斥，甚至不給他一個太子所應當擁有的權力。在皇族的各種聚會中，以皇太女自居的安樂公主就更是不把她這個當太子的哥哥放在眼裡。不要說在她和重俊的血管裡，還共同流淌著聖上的血；就是對一般的宮廷侍從，安樂公主也不曾每每以奴喚之。安樂公主在李重俊的面前，卻驕橫跋扈，氣勢洶洶。她時常當眾羞辱重俊是奴婢所生的奴才，是野種，她甚至又哭又鬧地請求父皇將太子廢掉，她說她實在不能忍受重俊繼續辱沒我們大唐皇室的榮譽了。

這樣一來二去，加之重俊自己不識時務，一時間，朝廷中竟眞的颳起了一陣請廢太子的風潮。這當然是武三思、韋皇后、安樂公主和陰毒的上官昭容所爲。大約就是因爲這籲請廢黜太子的浪潮波濤洶湧，鋪天蓋地，使那個年輕的太子終於從聲色犬馬之中驚醒了過來。他於是恍然記起了他的伯祖父承乾和他的伯父章懷太子李賢是怎樣在恣意妄爲中自毀前程而落得出師未捷身先死的。於是重俊警醒。於是重俊振奮。他當然不能步這等先輩的後塵，更不能再任武氏、韋氏那群勢利小人的宰割，更不能再聽憑他的親姊妹如此地凌辱他了。他也不能再忍受那個心懷叵測的上官昭容對他的貶抑排斥了。他知道眞正的罪魁禍首就是這個女人，無論是在父皇的耳邊吹風，還是在他們原本親愛的兄弟姊妹之間挑撥，他知道就是這個禍水般的女人，他與她將不共戴天。

任何人的忍耐都是有限度的。何況已經被擠兌到絕路上的李重俊。於是重俊找來了那些平時陪他打馬球，陪他嫖娼喝酒的小哥們弟兄們，滿懷悲忿地傾訴他多年來的壓抑和苦悶，並表示了他決心起兵造反的心意。於是，重俊的決定立刻獲得了那些小哥們的擁護和贊同。因爲和重俊在一起的，也多是李唐皇室的飄零子弟，在韋、武把持的李唐的天下，他們也全都感到了壓抑和忿悶，他們當然想學習他們的爺輩們，以造反來改變他們這種被排擠被冷落甚至被監視的被動處境。他們大概還想一鳴驚人，青史留名，只要重俊成功，不僅王朝能歸還李家，他們也能在重俊的王朝撈一個顯赫的官位，何樂而不爲呢？

於是這些沒落家族的子弟們很快聚集了起來，他們以他們些微的能力和正義的招牌即刻擁有了羽林軍三百多騎。他們知道夜長會夢多，於是他們當夜便發兵突襲了武三思的王府。這是他們的第一站。這也是他們最恨的最想幹掉的一個人。他們在神不知鬼不覺中就衝進了梁王府。而重俊的突然發兵，當然是以爲可以高枕無憂的武三思所想不到的。所以驟然之間面對高頭大馬上那些英姿勃發的李氏子嗣們，武三思毫無準備。他甚至還沒有來得及想應戰的方式，就已經被刀砍於重俊的馬下，一命嗚呼。緊接著他們又斬殺了武三思的兒子武崇訓。他們想不到竟會如此神速地告捷，那麼繼續殺掉韋后、上官昭容，要求昏庸的李顯交權想必也不是什麼難事。

於是這些被勝利鼓舞的公子哥們乘勝追擊。他們過關斬將首先殺進了肅章門，並將所有的宮門封鎖起來。然後重俊就帶著羽林兵士直抵宮內婉兒的官邸。想來李重俊是恨透了婉兒。他覺得他所有的不幸都是來自這個女人。所以當他的飛騎一突進肅章門後，他就高聲喊叫著索要婉兒，他發誓要把這個女人碎屍萬段。

而此時的婉兒恰好在李顯的大殿中與韋后、安樂公主一道陪著聖上博戲。自從聽到那遙遠的李重俊的吼聲，婉兒便立刻知道，她所預感的那一幕終於拉開了。她只是沒有想到這叛亂會來得這麼快，這麼突然。她也想不到首先發兵的這個人竟會是李重俊。她覺得她錯誤地估計了這個年輕人。她竟然沒有想到狗急了還要跳牆呢，何況被逼的是一個皇太子。

肅章門外叛軍的吼聲一浪高過一浪，且馬蹄嗒嗒地逼近了聖上的後宮。頓時之間，李顯和他的妻女們已經抱成一團，不知道門外究竟發生了什麼事。緊接著李重俊高聲叫道，他們已經殺掉了逆臣武三思和武崇訓，爲李唐皇室除了禍患，他們現在便是索要婉兒，唯有殺了這個禍國殃民的女人，才能眞正光復我李唐天下……

那一陣接著一陣的吼聲和敲門聲。

三思父子的被殺就像是晴天霹靂，炸響在已經抖成一團的人們的頭頂。韋皇后和安樂公主立刻癱倒在地上。因爲假如眞如叛軍所說三思父子已慘遭殺戮，那麼她們便也在劫難逃了。於是她們又哭又叫。她們緊緊地抱住李顯，請求著，陛下救我。聖上救我。父皇救我。

面對如此的急風暴雨，特別是看到韋后和安樂公主抖得像一片風中的葉子，李顯的臉上一片絕望，此刻，內心同樣充滿了恐懼，甚至已經到了崩潰邊緣的婉兒反倒鎮定自若了下來。她知道重俊是在索她。她便不再害怕。她想反正是一個死，她又何不死得智慧，死得英勇呢。當獲得了死的勇氣，婉兒反而急中生智。那是因爲武三思的死。當然在那種千鈞一髮的危急時刻，她是顧不得痛恨她從前的情人的。她只是由三思父子的死，推想到重俊定然不會放韋皇后和安樂公主的。她不知道重俊是不是也會逼他的父親交出皇位，但是至少，在此刻，她和聖上，和皇后，和安樂公主是站在同一戰壕中的，他們全都危在旦夕，他們必得團結起來對付叛軍。

於是鎭定的婉兒微言大義，她說如此看來，太子是先要我死，然後再依次弒殺皇后和陛下，要讓我們同死於你的刀下。

於是李顯大怒。

他當然不肯依著重俊的索要而交出婉兒。

這是李顯的第一次男人氣概。當然，這也是婉兒將她的生死與李顯捆到一起之後所獲得的一種來自君王的保護。

在重俊叛軍的窮追猛打中，李顯帶著婉兒和他的妻女匆匆登上了玄武門，以避兵鋒。在玄武門城樓上，李顯大概是有生以來第一次挺起了他的胸膛，庇護了他身後的那些女人們，顯示了一代君王的臨危不懼。他首先派右羽林軍大將劉景仁速調兩千羽林兵士，屯於太極殿前，閉門自守。當叛軍來到玄武門下，他便依照婉兒情急之中不顧尊卑的指令，向門下的叛軍高聲喊道：你們都是朕的衛兵，爲何要脅從叛逆來討伐朕？如果你們能立刻歸順朕，殺死那些叛軍的首領，朕不僅不會追究你們，還要賞賜你們榮華富貴……

站在玄武門城樓上的，畢竟是朕。

朕畢竟是李唐王朝的眞正天子。

而重俊發兵所要討伐的，畢竟不是他的父皇。他要殺的，只是那些羞辱他欺侮他的仇人。他不想殺他的父親。但是他不知道他的父親是怎樣和他的仇人們攪在一起的。殺了他的仇人就等於殺了他父親。重俊捶胸頓足。他眞的不知道他是不是該弒君了。

然而就在重俊猶豫的片刻，那些終於不敢背叛「朕」的羽林兵士們突然紛紛倒戈。畢竟，那個大唐天子就在玄武門上。畢竟，他們也確曾宣誓要效忠他。而李重俊又算是個什麼人呢？於是羽林軍們反身殺掉了叛軍的首領，將李多祚、李承況、李千里等李唐宗室們斬於玄武門下，斬於聖上的眼皮下。一時間玄武門下血流成河。永遠血流成河的玄武門，多少兵變都是發生的這血色的城門下。當孤軍奮戰的李重俊見大勢已去，便只好帶領那所剩不多的百餘騎兵從肅章門殺出了一條血路，落荒而逃。

一場虛驚之後，仍有餘悸的李顯疲憊地從玄武門下來回他的寢殿。他累極了，也害怕極了，他不知道爲什麼他自己這個親兒子會起兵反對他。他明明已經力排眾議，說服了韋皇后和武三思，把太子的位子給了重俊，他已經是大唐王朝最合法的繼承人了，他爲什麼還要起兵造反呢？究竟誰逼他走上這毀滅的道路呢？李顯只有仰天長嘆。

三個被李顯保護過的女人也跟隨他一道回到了李顯的寢殿。她們廝守在一起，一夜未眠，焦慮地等著追兵捉拿重俊的消息。她們很怕不能緝拿到逆子的首級。她們知道只要重俊東山再起，捲土重來，她們就再也逃不掉殺戮之難了。

女人們哀哀地哭著。只有一切平靜下來，她們才能回頭去想剛剛發生過的那場災難。她們慶幸她們的死裡逃生，但同時她們也開始去想梁王府所遭遇的血腥洗劫。安樂公主很害怕，她不敢再回梁王府。而韋皇后則幾次派人去梁王府探聽虛實，當得知三思父子確實已被叛軍斬殺的消息後，韋后母女都禁不住大哭了起來。安樂公主雖與武崇訓已經疏淡，但是她畢竟和他生活了好幾年，沒有了愛情還有親情，他還是她孩子的父親呢。像一種貫性，安樂公主已經不適應沒有武崇訓的生活了。是因爲崇訓死了，安樂公主才開始懷念他，覺得他其實是一個那麼好的男人。她爲他的死而悲傷。那悲傷中甚至有很多的自責。

安樂公主的悲傷是能夠控制的。而大難不死的韋皇后在確知武三思永遠離開了她後，那悲痛便是難以控制的了。她開始大哭大鬧。她不再想遮掩什麼。她哭武三思。三思畢竟是與她有著肌膚之親的男人。她是那麼愛他。那麼離不開他。她本來是要三思和她們一道博戲的，但是武三思推說很累就沒有來。韋后想倘若武三思來了就能逃過這一劫。她邊哭邊罵三思，你爲什麼就不來，你是要在家裡等著讓那個逆賊去殺你呀。韋皇后哭著哭著便會暈厥了過去。醒過來後就立刻會問，有沒有抓到李重俊，她要千刀萬剮那個逆賊，她要割下他的頭來祭梁王。

在哭聲罵聲和唉聲歎氣中，只有婉兒遠遠地坐在一邊，滿臉的冷漠和麻木。在經歷了那場叛亂之後，她已經欲哭無淚。她想若不是她挾持了聖上，若不是聖上這一次的勇敢，而是把她交給李重俊，她可能早就和武三思一道成爲李重俊的刀下之鬼了。重俊誅殺三思之後，反身即要索她，婉兒才知道她已經被李唐宗室們仇恨到什麼地步了。婉兒睜大枯澀的眼睛。不知道此刻依然活著依然坐這裡等候著捉拿重俊的消息究竟是禍是福。但是有一點她是知道的，那就是她清醒地知道遲早有人要起來結束由中宗統治的這一切。不是太平公主，就是相王李旦，或是旦那些生龍活虎的兒子們。但是婉兒沒想到，首先起兵的這個人竟是一向驕奢淫逸被家族和滿朝文武所不恥的李重俊。她沒有想到重俊竟然有如此的勇氣和風骨，竟然有如此的號召力。她想不是重俊，也還會有別人來推翻這一切的。這一切已經爛到了底。沒有人願意看著這個王朝爛下去。所以這是遲早的。即或是暫時平息了這場兵變，也不能夠保證未來不會有再度揭竿而起。同時婉兒也清楚地知道，她不是死於這場叛亂，就將死於另一場叛亂。總之她已朝不保夕。她只能平靜等待著那個她早已看到的終局。

婉兒就那樣冷漠地坐在那裡。聽聖上的長嘆和皇后母女那絕望的哭喊。看他們一家人緊抱在一起的樣子，就彷彿又回到了那被廢黜之後漂泊如轉篷的日子。婉兒想他們至少還可以相依爲命，而她已孑然一身，世間已沒什麼她可以留戀的了。她唯一的親人母親鄭氏已經仙逝。那麼她如若辭離人世還有什麼難捨的呢。如果說還有什麼她心中的難捨，婉兒想也就是那個住在宮城之外對這裡的事變可能一無所知的崔湜。崔湜是她唯一的懷念，而她已經將他託付給能保護他的太平公主，所以她就是死也無憾了。命運將怎樣安排她，她都將聽之任之。她聽天由命，任由命運把她帶到哪兒。上天如果要她死，她就陪著武三思一道去做鬼。好在兩個惡鬼在一起不會寂寞，他們說不定在地獄之中，還能燃燒出一團惡的火燄。所以她對武三思的死，說不上悲傷也說不上淡然。她只覺得那個必然就像她遲早要死去也是個必然一樣。她想以她的品性，死去後恐怕只有和武三思那樣的人長相守了。她不配和她眞心愛的那些男人在一起，不能和章懷太子李賢在一起，那只能是她下輩子的修煉了。但是如若老天留下她呢？婉兒想，那就說明她和崔湜的緣分還沒有盡。那麼她就活著，和她深愛的男人盡歡。遠離這皇室的禍端，遠離朝廷的殘暴。他們走。私奔。往山林中。去過那最愛的，最寧靜的，也是最後的生活。永遠不再回來。哪怕長眠於荒郊野嶺。

清晨，丟盔棄甲的李重俊逃至長安與終南山之間鄠西的山林中。他的兵馬一路散失，來到這荒林中的時候已所剩無幾。重俊本來想由此逃往突厥。但畢竟從午夜就開始的叛亂已經使他們人困馬乏。重俊便只得在這密林的深處停了下來，他躺在了草叢中。他想稍作休息就立刻前進，但轉瞬之間，他的頭顱就被跟隨他的士卒砍了下來。如此重俊的青春和生命就消逝在了這茫茫的荒林中。他不知道他的隨從們爲什麼要殺了他，更不知道他的頭顱是被懸賞緝拿的，而那緊閉著雙眼的頭顱正被後悔了的叛軍帶回長安，將功折罪。

這就是太子重俊的狐朋好友們。足見他們的友誼是建立在怎樣脆弱的基礎上。本來重俊發兵就有些意氣用事。儘管有著清除韋、武的大背景，但重俊畢竟是爲了洩私憤，就如同惡少的街頭鬥毆，所以既缺少計劃謀略，又沒有理想目標。僅憑著一時衝動就大打出手，到頭來似乎也只能潰不成軍，以失敗結局。以重俊的遊戲人生，怎麼能堪此重整李唐山河的大業？而追隨他的，又多是投機的勢利小人和酒肉場中的朋友。在重俊的叛軍中，沒有忠誠可言。所以才會有如此迅速的倒戈發生，而起事者重俊的頭顱被自己的黨羽割下，自然也就不足爲奇了。

當重俊的手下提著重俊的首級回到朝廷邀功請賞，依然在驚恐之中的中宗李顯竟然掩面不敢看他的親兒子的那張已變得烏青的臉。他只是擺擺手，說傳朕的旨令，將這逆子的頭供於太廟之前，讓他自己向先祖懺悔吧。於是這顆不安分的青春的頭顱，又流轉於太廟祖宗們的靈位前謝罪。

而在太子重俊兵敗被殺的當日，中宗李顯便攜皇后親臨梁王府爲他的愛卿武三思弔唁。此前安樂公主已在姐妹的陪伴下回到了梁王府，爲三思父子服喪。梁王府被黑色的陰魂纏繞著。那一份悽慘是可想而知的。誰也想不到位及人主的武三思竟會在不經意之間死於一個小小的太子之手。他是從未將重俊放在眼中的，而他就在這大意和疏忽中命歸西天。其實武三思能活到今日已經是他賺的了。早在神龍革命的時代他就本該與張氏兄弟一道遭到誅殺的。是「五王」的心慈手軟讓武三思從此耀武揚威。「五王」是以性命爲代價爲後世留下了慘痛的經驗。如此，才使這作惡多端的武三思在人世間又滯留了三年。三年的光陰說起來不長，而武三思在三年中竟爬到了權力的巔峰。武三思是在巔峰上跌下來死於非命的，所以也算得上死得其所了。

這是武氏家門中的大不幸，所以前來弔唁的朝中百官和各方人士絡繹不絕。但是眞正悲哀的是沒有幾個，就是韋皇后見到棺槨中已經斷了氣息的武三思也控制住她的悲傷。她只是遠遠地看著。默默地流淚。畢竟聖上還在，她當然要維護聖上的尊嚴和面子，何況，三思死了，她今後只有靠李顯了。

人們列隊來瞻仰當朝大宰相的遺容。他們做出很嚴肅很沉痛的樣子，其實在他們的心中所湧動的是一種慶幸。他們覺得反正重俊也不是個合格的太子，用他來交換一個誤國毀國的大奸臣的生命實在是兩全其美。

大概是韋皇后和安樂公主感覺到了人們的幸災樂禍。於是她們憤怒，瘋狂，以至於逼迫聖上敕許，從太廟取來李重俊的首級祭於武三思父子的靈柩之前，然後懸於朝堂示眾，直到腐爛，被烏鵲叼啄，朝野上下，竟無一人敢去爲重俊收屍。如此解了韋皇后母女的心頭大恨，但是她們卻還不滿足。在她們的強烈逼迫下，中宗迫不得已，終於向天宣告廢朝五日以祭悼武愛卿。並追贈武司空爲武太尉，追封已被婉兒以退爲進降爲郡王的武三思爲梁王，謚曰宣。

至此，中宗李顯已經不知道他所做的都是些什麼了。他只是盲目地聽從著韋后母女的指揮。當然這樣也算爲他的妻子女兒伸了冤，昭了雪。但是他將自己兒子的頭懸於朝堂之上示眾的現實，從此便讓他寢食不安。無論如何，這一次又是通過他自己的手殺了自己的兒子。不管韋后和安樂公主怎樣地逼迫，最後還是由他簽署了剿滅重俊的旨令。無論重俊是否造反，但重俊到底是他的兒子。他儘管在韋后面前要千方百計做出對他這個親生兒子不聞不問的樣子，但是重俊到底是他的骨肉，是他不能不在乎的。所以重俊的死對李顯的打擊很大很沉重。打擊是比當年重潤的死還要致命的。從此，他便只有唯一的兒子年幼的重茂了。而重茂依然不是韋后所生，這就讓李顯對重茂的未來懷了更深的憂慮。李顯在重俊死後悲痛欲絕。他才更深地體驗到中年喪子是怎樣的一種人生的悲哀。他不能夠接受他的兒子們一個個死去的事實，更不堪忍受他親愛的兒子們竟都是死於他手。他想他是在被母親逼著，在被韋皇后乃至於在被他最愛的女兒逼著，去殺他自己的兒女的。他已經枉爲人父，他甚至都不是人，全然滅絕了人性。是女人把他逼到這罪惡的絕境的，所以他從此恨這些女人，也恨這個冷酷殘暴的宮廷和朝廷。

這時的中宗已經心灰意冷，頓生去意。他已經無心再管那些朝中的事了，他也不想在殘酷無情的夾縫中尋找正義和良心了。因爲他自己就不是正義的，就沒有道德和良心，就是個殺死自己親人的劊子手。他已經被那些他愛著的女人們逼上絕境，他已經無路可退，他還有什麼權力談論正義和良心呢？他甚至都不配用他骯髒的佈滿親人血污的大腦去想這個純潔和神聖的字眼。

在廢朝五日長長的寂寞中，李顯把自己關在寢宮中誰也不見。其實他此刻還是想見一個人的，那就是婉兒。但是侍從說，昭容娘娘當天就回她宮外的宅邸去了。她說她病了。她的頭在劇烈地疼。中宗知道那是婉兒不願見他。婉兒已經兩度目睹他是怎樣殺兒子。但這一次在某種意義上他也是爲了保護婉兒。他怎麼能把婉兒交給重俊去屠戮呢？不，他寧可用兒子的頭去交換婉兒的生命，那是他的誓言，他答應過婉兒也答應過自己，要好好地保護婉兒。今生今世。除非有一天他魂歸西天。不允許任何人傷害婉兒，當然也包括不准他的兒子。所以當他的兒子想冒天下之大不韙，傷害自己最心愛的女人時，他當然要，殺無赦。婉兒的病讓中宗李顯很不安。他很怕這場劫掠會讓婉兒從此一病不起，畢竟他們已經都不再年輕了。中宗本來很想拖著他疲憊的身心去探望婉兒。但無奈舉國哀掉梁宣公的時候，那個瘋子般的韋皇后緊緊地看守著他，讓他動轉不能。於是他便打消了去看婉兒的念頭。他不僅僅是打消了去看婉兒的念頭，而且打消人生一切積極的念頭。讓一切隨風而去，就連他自己，就連看他頭頂上的那帝王的皇冠。他已經無所謂。他已經心如死灰。他想他才是一個眞正的傀儡，一個女人的傀儡，他的生死冤家韋皇后的傀儡。他初爲天子時，就是被這個女人逼迫著，爲她的參軍父親討天下，結果失了王位而在荒涼之地流放了十四年。如今，他重新登基，再度成爲天子，依然被這個貪得無厭的女人擺佈著。是她要讓她的情人武三思位及人主，那麼他就順從地離開，把王朝交給諸武。他想就是因爲這個女人才導致了這場重俊的叛亂。結果是兩敗俱傷，他不僅失去兒子，也失了宰相。李顯不知道時至今日，那韋皇后是不是滿足了，他也不知道她們是不是還有更高的目標。更高的還有什麼呢？那就是他的王朝，他的皇位。李顯於是想，不就是要王朝要天下嗎？那麼就拿去吧。朕給你們。連朕的這頂皇冠，連「朕」的這稱呼，統統拿去吧，朕都給你們。

唯一沒有前去爲武三思哀悼的，是婉兒。

婉兒眞的病了。她知道她已危在旦夕。當婉兒得知聖上要見她，她還是拖著病弱之軀，來到了李顯的床榻前。李顯拉住了婉兒的手。還沒開口，他們便已經熱淚縱橫。這時距他們共同草擬將太子重潤和永泰公主賜死的詔令已經整整七年。中宗拉著婉兒的手。他問她，爲什麼總是要你和我一道承擔罪惡？是誰逼我去殺我的兒子？是你嗎？婉兒？不，不是你。可是你的兩鬢怎麼一下子全白了？朕可能已經很久沒有認眞看過你了。婉兒流著眼淚說，不是陛下沒看過，而是重俊發兵的那一夜，奴婢的頭髮就突然全白了。如此，婉兒始知憂懼，始知奴婢的命數已盡，不會有多久了。

婉兒你不要說這些。朕經歷過多少苦難、多少血腥的殺戮，不是還苟延殘喘、委曲求全地活著嗎？

陛下，只是奴婢預感到，重俊起兵不過是一個前奏，眞正的兵變還沒正式開始呢。只是在等候一個契機。但奴婢也不知那是個怎樣的契機。但這是遲早的。最終逃不掉的。而我們已經老了。我們已無招架之力，只能承受，只能聽之任之。

那一次婉兒和李顯的會面很短暫。李顯本來是想從婉兒那裡獲得生存的勇氣的，但是他沒有想到婉兒的心竟然要比他還晦暗。連一向進取的婉兒都如此頹敗，那麼王朝還有什麼可留戀的。他從此去意已定。他決定放棄。這一回是他自己決定的。從此，他將在這個傀儡的位子上當一天和尚撞一天鐘。等待著婉兒所預言的那場風暴的來臨，他將在那場風暴中告別。

婉兒在舉國哀悼武三思的那段日子裡眞的病了。她發燒，她昏迷，她時常被血腥的噩夢驚醒，她想，可能唯有死亡才是人生最寧靜最平和也是最安全的境界。婉兒在病著的時候，在她依然活在人世間的時候，她最想見到的那個人就是崔湜了。

婉兒是劫後餘生。她不敢想像她還活著，但是她確實還活著。當活著成爲了現實，婉兒當然就特別想念現實中的崔湜了。她堅信崔湜在得知那場午夜的叛亂後，一定也非常地惦念她，於是她便讓她的家奴趕快到崔湜的府上去傳信，就說她已經回家了，她希望崔湜能來看望她。或者說，婉兒就是爲儘快見到崔湜而回到市區家中稱病的。按理說，宮廷發生這麼大的事變，婉兒是應該留在後宮，應該陪伴在聖上身邊的。但是婉兒逃了出來，在這死裡逃生中想見到她最最心愛的男人。她只想讓他抱著她，只想向他訴說，在重俊索要她的時候，她是怎樣地絕望和恐懼，她以爲今生今世再也看不到崔湜了。

於是婉兒等候。

每一個白天和夜晚。每一個等待的時辰。

然而令婉兒傷心的是，一連幾天過去，崔湜卻不曾來探望過她。躺在病榻上的婉兒輾轉反側。她不知道崔湜究竟發生了什麼事。她就是那樣一個時辰一個時辰地盼望著。她對未來的每一個時辰都充滿了希望和期待。然而時間一天一天地穿越。每一個時辰從開始時的希望轉化成終結時的失望，甚而絕望。

終於，廢朝的五日過去。無論婉兒怎樣思念，崔湜終是沒有來。

如此，婉兒才意識到人情的冷暖。她不知道崔湜爲什麼要逃避，但是她卻看清了，這原本就是虛幻的愛，其實也就是那即將到來的那個徹底毀滅的一部分。她只是想不到這愛的終結的到來是這麼早，這麼絕情和乾脆。就是說，這幾年來她給予崔湜的愛和她給予他的一步步向上的官階事實上都已經付之流水。那本來就不堪一擊的情感的紐帶，想不到在一場動亂中就破碎了。婉兒孤苦一人地面對這人情冷暖，世態炎涼，她想她還能說什麼呢？

但是婉兒不怨恨崔湜。她想那是她自己的問題，怎麼能遷怒於別人呢？何況她已經死之將至。當她能夠平靜地面對死亡，她還有什麼不能接受的。她並不會爲崔湜的背叛而做出什麼有失大家風範和優雅氣度的事。不，婉兒不會。婉兒的痛苦和絕望是深藏於心的是連她自己都看不到的。她不是那種瘋狂的不管不顧的女人。婉兒是中庸的是和諧的是包容的是內斂的圓融的。婉兒爲什麼要指責別人。成敗生死都將是婉兒自己的，與他人無關。

婉兒在這樣的對自己深切的關照中。

她開始平靜地收拾行裝。廢朝的五天已過，她作爲朝中女官，準備明早進宮上朝，在如常的日子中等待著死期。就像是婉兒已經病入膏肓，而她死去的心就是她的絕症。

婉兒平靜異常。她不再對任何人和事抱有奢望。到了很深的夜晚。窗外是很蕭瑟的冷風。終於有人來叩響婉兒的大門。婉兒不知是誰。但不論是誰婉兒都已經坐懷不亂。她異常冷靜地走過去打開門。她想不到，在這半夜三更來探望她的竟是太平公主。

太平公主開門見山，她一來就說是我讓他避避風頭的。你不是要我保護他嗎？他如果爲你而遭到株連，你覺得值得嗎？他是個可以有大作爲的男人。在未來的爭鬥中，他是個可派上大用場的人。

你是說崔湜？婉兒冷淡地問著太平公主，你眞的覺得他會那麼有用嗎？

起碼我需要這樣的人。太平公主直言不諱，而恰好你又給了他那麼高的官。

就是說他已經向你表過忠心了？

放心吧婉兒，我知道他是你的人，我也並沒有和他上床。我只是告訴他我是信任他的。我要讓人們看到了他已經私附了我，已經是太平府的黨羽了。這樣一旦發生政變，他便能安然過渡。我是在爲你而收留他。你難道眞想拉他殉葬嗎？你想想一旦你死了，而他依然很好地活在人間，紀念你，這難道不好嗎？

好啊。當然好。我只是覺得這一切不該毀滅得這麼快。

那也是你們把重俊逼得太急了。否則，我們完全能謀略得更漂亮。徹底清除韋氏一族。而崔湜也不至於這麼快就不得不離開你。

倒不是因爲他。

那麼是因爲我啦？

我只是覺得李顯已經危在旦夕。這是我越來越不放心的。韋皇后和安樂公主爲了搶班奪權喪心病狂，李顯怕是已經等不到壽終正寢的那一天了。

那麼李顯的死期剛好就是我們誅伐諸韋的日子。這一天我們實在是已經等得太久了。

但李顯畢竟是你的哥哥，他已經受盡磨難。

但是她縱容武、韋，也是他罪有應得。

那也是我罪有應得了？

這和你有什麼關係？我們是姐妹，相信我婉兒，無論發生什麼，我永遠不會出賣你。

好了，把他拿去吧。

你是說誰？

他。他是你的了。但你要好好待他。他是這世間唯一給了我精神之愛的男人。我是那麼愛他，看重他。只是這一切結束得太快了。不過我無悔無怨。今後，我不會再要他到我這裡來了。

在朝廷上，你也要盡量遠離他。否則一旦事發，他就只能陪你一道去死了。

好了。你不用威脅我。他是你的了。你走吧。你還要怎樣剜我的心呢？你回去就可以和他睡在一起。他值得你睡。

就是那麼簡單。在和太平公主的幾句你言我語中，婉兒就中斷了她和崔湜的那段深入靈魂而又深入骨髓的至愛。在提早到來的她與崔湜的訣別中，婉兒只和崔湜有過一段輕描淡寫的對話。那是在政務殿婉兒辦公的房間裡。那時候婉兒和太平公主已經有過了那段關於崔湜的討論。那天是崔湜給婉兒送來需要她整理的奏摺。崔湜將公事處理完之後卻依然不肯離去。

於是婉兒問他，崔大人有什麼事嗎？

婉兒，我……

別叫我婉兒。這是朝廷，叫我昭容娘娘。

是的昭容娘娘，我確是身不由已……

這些我都知道。你不用解釋什麼了。

只是……

崔大人還有什麼事嗎？如果沒有，就退下去吧，我要做事了。

不，你要讓我說，我是愛你的。你說我還能有什麼選擇？

你不要說這些。我知道你我該以大局爲重，我並沒有苛求你什麼呀？走吧。

不，我要讓你知道，今生今世，我只要常常能在這朝堂上看到你就不枉今生了。

你退下去吧。我知道你的心意了。你還要我怎麼說？說我很快樂很……婉兒哽噎了。

她不再說。她緊鎖在眼眶中的淚水馬上就要流出來了，她趕緊低下頭。

崔湜轉身向外走。他也早已是熱淚盈眶。他已經走到門口，才聽到身後婉兒那再也抑制不住的哭泣聲。於是崔湜停住了腳步。他想返回來。在這政務殿。就抱住婉兒。告訴她，他再也不能離開她了。沒有婉兒的生活不是生活。他寧可爲她而死，寧可……

不，不崔湜，你別轉過身來。聽到了嗎？別回來。求你了。向前走。推開門。我們就算告別了。行嗎？

直到那冷酷的關門聲傳來。婉兒才抬起頭。她的肩頭一直在抽動著，但是她擦乾了眼淚。婉兒想這樣的告別很好。她沒有在意那個詩人不枉今生的表白。她欣賞崔湜走得很堅決。她知道崔湜其實是嫌棄她的。他不能忍受叛軍高聲索要著她並且要殺掉她。難道叛軍恨我你崔湜就要離開我嗎？那世間還有所謂眞誠的愛情嗎？

婉兒才知道她是眞的不能夠擁有那種所謂眞誠的愛情。她的任何愛情都是被鑲嵌在變幻的政治風雲中的。她將永遠被政治所左右。

但是婉兒沒有對崔湜說這些。往事如風流雲散，而婉兒的心從重俊在肅章門高聲索要她的那一刻就已經變得麻木而冷酷。她不再關心他人，她甚至不再關心她自己。因爲她知道她的命運已經不再掌握在自己手中。剩下的，就是苟延殘喘，逃過一劫算一劫，直到千回百轉，萬劫不復。

重俊事變後，崔湜倒眞是不枉了今生。因爲婉兒幫助他獲得的宰相身分，已足以讓他時常在政務殿中見到婉兒了。他們之間，有著很多無法避免的政務的往來。但是從此，婉兒恪守了她對太平公主的諾言，對崔湜永遠是一副公事公辦的樣子。就是他們偶爾單獨在一起，婉兒也是只談政務，不言其他。其實並沒有人在監視他們。那是婉兒自己在約束自己。她知道一切都已經完結。她不再想那些不再屬於她自己的東西。

後來不久，朝中就風言風語，說崔宰相已改換門庭，他已經不是上官昭容府上的常客，而成爲太平公主的黨徒。傳言者還指責崔湜是勢利小人，忘恩負義。人們都還記得崔湜的宰相是上官昭容舉薦提拔的結果，曾幾何時，他就把那個倒楣的女人拋至九霄雲外了，眞是個背信棄義的男人。

婉兒聽之任之。

後來又聽說，每每太平府中有遊園歌會，都會有崔湜爲太平公主賦詩填詞。於是太平公主總是賞賜豐厚。崔湜已經成爲太平公主的座上賓了。

婉兒依然聽之任之。

再後來，那傳言就變得有點污穢不堪了。說太平公主和崔湜總是過從甚密，狎暱親熱。每每與太平公主私通於太平府上。那淫蕩放浪已令人不恥。

婉兒還是聽之任之。

婉兒當然知道失去心愛的人是怎樣的一種悲苦。但是此時婉兒的心已經遙遠，她甚至自己都聽不到自己的心跳聲。那心已乘鶴而去。到一個婉兒看不見也找不到的地方。但婉兒知道那遠去的心遲早要帶著她，把她帶到那個她一定要去的地方。

西元七〇八年的深秋，美麗動人的安樂公主在爲她的亡夫武崇訓服喪一年之後，就急不可耐地再度穿上新娘的嫁袍，嫁給了她曾經朝思暮想的武延秀。這也算是一段至愛至美的天賜良緣。安樂公主從未想到她眞有如願以償的一天。嚴格說來，安樂公主對她丈夫武崇訓的死並沒有眞的難過。她只是覺得自己的親兄弟竟敢殺了她的丈夫和公公，實在是對她名譽的侵害和羞辱。然而安樂公主對重俊在百般仇恨之外，還是心存一絲感激的。因爲畢竟是重俊殺了武崇訓，才玉成了她與武延秀這天長地久的好事。

安樂公主在亡夫的喪期未盡就匆忙結婚，是因爲那時候她已經身懷有孕。倘再不快快喜結連理，她腹中武延秀的孩子就將是個野種了。即是說，自崇訓死後，安樂公主在守寡的閨中就從沒有寂寞過。崇訓的祭日一過，武延秀就開始頻繁出入安樂府的大門，他當然也可以隨意爬上安樂公主的大床，只是，在喪期之中名不正，言不順。如果不是一個嬰兒已孕育在安樂公主的腹中，她可能會爲她的亡夫和公公將喪期服完的。但是，那個嬰兒終於等不及了，於是，她的母親便歡天喜地的脫去那一身晦色的喪服，代之以鳳冠霞帔和大喜大慶的婚袍。這是安樂公主的第二次婚姻。安樂唯一遺憾的，是她那早已仙逝的老祖母看不到了。安樂公主與武延秀結婚時，儘管她的身體已經非常不便，但是她還是將她的婚禮鋪排得驚天動地，氣勢磅礴。她並且在婚前就請求她的父皇，將她的新附馬遷升爲太常卿兼右衛將軍，她以爲她從此的生活就是永生永世了。

爲了美好新生活的開始，安樂公主開始大興土木，修建莊園。她的莊園方圓五十里，處處皆水池，最南端竟一直延伸到終南山的腳下。那是怎樣的氣魄。自然皇室的其他公主們也不甘示弱，急起直追，爭相翻修她們還不夠大不夠皇室氣派的宅邸。緊跟在安樂公主身後的，就是她一母同胞的姐姐長寧公主。她也不惜巨資，比照著安樂山莊的藍本，用地三百畝擴建了她的莊園，並別出新裁地在她的家中修建了一個巨大的馬球場，供那些驕奢淫逸的公子王孫們來此遊樂消遣。而與安樂公主的家僅一街之隔的太平公主，當然也不能落在她姪女們的後面。於是太平公主也殫精竭慮挖空心思地重建她原本就無比富麗堂皇的宮殿，使她的家更是典雅壯麗，且夜夜聚集朝中的要官和文人墨客們在此窮奢極慾，醉生夢死，每日門前車水馬龍，那是別的公主們所根本不能比的。

公主們競相大興土木，在殿宇的規模上相互攀比，一爭高低。房子自然是蓋得越來越恢宏，但是如此的耗資巨大便使他們囊中羞澀，有時候甚至捉襟見肘，入不敷出。於是，公主府中爲補充巨大的建築開支的另一種營生便應運而生，那就是「賣」。從安樂公主起，到太平公主，長寧公主，甚至韋皇后、上官婉兒，凡是能從皇帝那裡討得封官敕令的女人們，便全都行動了起來，靠賣官賺錢。如此的皇室是怎樣的一種腐敗。她們這些女人們幾乎是有求必應，不論送錢來買官的是什麼人，不管他們是屠夫還是商販，只要有錢，有足夠的錢，她就能想方設法地從昏聵的聖上那裡弄到一張封官的敕令。特別是安樂公主因爲李顯對她的格外寵愛，對她的請求更是有求必應，她後來乾脆連封官給誰都不再過問，只要安樂的任命書一拿來，他看也不看就欣然御批。而既然李顯毫無原則地給了他女兒這封官的墨敕，那麼他當然就不能不給自己的妹妹，不能不給自己的其他女兒，不能不給婉兒那一類宮變們。於是，一時間這種皇室女人賣官的風氣甚囂塵上。既然賣官這種方式有了堂堂皇帝的支持，和繁榮的交易的市場，求官者便如蝗蟲般鋪天蓋地，踢破了皇室女人們家中的門檻。女人們賺了多少錢就賣了多少官。而她們賣了多少官就將有多少官遍佈於朝野。而大唐帝國的精英畢竟是少數，於是烏合之眾就擁塞了朝廷和大小衙門，這就是歷史上中宗時代赫赫有名的「斜封官」。公主們的貪得無厭自然該遭到斥責，但眞正禍國殃民的不是別人，而是大唐的皇帝，是皇帝在自毀他的天下。

從皇室女人們的荒唐墮落，就可以看出李顯的朝廷是怎樣地不可救藥了。整個王朝就彷彿是坐在火山口上，隨時都會被毀滅。那是種江河日下的頹敗。是王朝覆滅之前的掙扎。其實人人都知道好日子不會長久了，李顯也知道，他便徹底放棄了。自從重俊事件，李顯就像變了一個人。如果說，此前他還有一點想振興王朝的心思，在重俊兵敗後，他就徹底放棄了他作為一國君的所有責任和權力。

此後的李顯，徹底成為一個與世無爭的和事天子。特別是對來自韋皇后那邊的要求，他幾乎無一不允諾。他已經不想和那個女人爭了。既然是，他已經被那個女人逼到了今天。他甚至不在乎韋皇后的親戚們被不斷地封以高官，掌握權力。在他看來，反正大權早已旁落。那麼那實權究竟交給誰，是交給武三思還是交給韋皇后的哥哥韋溫，那就會都是她自己的事了。李顯之所以如此頹廢，如此放棄，最重要的可能還是因為婉兒從此消極的態度。李顯之所以當年意氣風發，勵精圖治，其實是因為有婉兒與他相伴左右，為他指點航線。而一旦婉兒退出，再沒有體己的人輔弼他，李顯當然知道他是沒有能力戰勝韋后的。於是婉兒一人出局，便即刻全線崩潰了。連婉兒都放棄了，他還有什麼可留戀的呢？

當然到了那種境地，李顯也已經覺出了命數將盡，來日不多。所以，他也可能有了一種關於生命的覺悟，一種人生得意須盡歡的了然。儘管他丟了王朝，卻依然擁有著最高享樂的權力。所以李顯從此盡情沉湎於各種各樣的吃喝玩樂。他想朕憑什麼不能這樣？朕已經在流放中失去了十四年美好時光，朕憑什麼就不能用生命中所餘不多的時間把過去的那些補回來？

從此，李顯的後宮不僅終日絲竹之聲不斷，夜夜有遊宴，他自己還親自設計可供他遊樂欣賞的各種荒唐的遊戲。譬如，他盛邀親近大臣們陪他一道登玄武門觀看由他組織的後宮宮女們的拔河；又譬如，他令宮女們假作開設店肆，而大臣公卿們扮作商旅，相互進行買賣交易，討價還價，以至忿爭不已，大打出手，而中宗韋后則坐在一邊，親臨觀看這假戲員作，並以此爲樂；再譬如，中宗在長安光化門以北的黎園球場，命朝中三品以上文官武將分兩列拔河。三品以上的拔河者自然盡是年邁的宰相，他們年老體弱，不堪其負，便會隨繩倒地，長久爬不起來，如此殘忍的遊戲，竟能引得中宗韋后手舞足蹈，仰笑不止；還譬如，元宵節中，他與韋后喬裝改扮，行至長安街市觀看花燈，特別是放宮女數千人出遊，致使眾多不堪後宮之苦的宮女們一去不返，使後宮空前地陷入了混亂和空虛。

李顯便是如此荒淫無度地消費著他所餘不多的生命。婉兒看在眼中。婉兒儘管對當今王朝已不抱任何希望，但她還是不忍中宗如此糟蹋自己。她也曾婉轉地諫止過中宗，她說，倘章懷太子李賢的荒淫無度是可以原諒的，那麼陛下的窮奢極慾就是不可以原諒的了。

李顯於是詰問婉兒，爲什麼同是作樂，偏偏他可以原諒？

章懷太子自暴自棄，是因爲他的母親在逼迫他。他已經沒有退路。他既然不願直接與母后對抗，便只能選擇自毀前程。而陛下呢？有誰在逼迫你放棄天子的權杖和責任嗎？

在盛世太平中，唯有及時行樂，朕這樣沒有錯。

那麼陛下就可以和荒淫無度的隋煬帝類比了。

我怎麼會是隋煬帝？隋朝因他而亡……

以陛下今日之狀態，唐朝就不會亡嗎？如今的天下，絕非盛世太平，陛下難道看不見外戚的勢力正在迅速膨脹嗎？這是王朝之大忌，陛下必欲明察秋毫。

你是說皇后？朕已經管不了那麼多了。朕的命數已盡。這天下自重俊起兵的那一日起，就已經不是朕的了。朕不知道未來的天下會是誰的，但反正不是朕的了。皇后的？或是相王的？抑或是太平公主的？朕不知道。但不管是誰的，朕都聽之任之。朕的心已經死了。留在這朝中的不過是個空殼。你又能要求一個空殼有什麼作爲呢？

就是說，陛下已經心甘情願將王朝拱手交給皇后了？

你怎麼知道未來的天下會是皇后的？不一定吧？但是，婉兒你難道就沒有責任嗎？爲什麼要遠離我？回來吧。你如果回來或許我們能挽救這王朝。你以爲我眼看著王朝在我的手下一天天衰落，我就不痛心嗎？回來吧，婉兒，答應我，我會給你更大的權力，我會讓你做貴妃，僅次於皇后，唯有你能戰勝她，你有智慧才華，你是無往而不勝的，婉兒……

不，陛下，已經晚了，婉兒只有死路一條了。婉兒不能。婉兒……

那麼你就走吧。朕的事，你今後也就不要管了。

李顯拂袖而去。

李顯依然堅持著他生命中的最後的也是最淫靡的掙扎。他緊閉雙眼，不看身邊發生的一切。

李顯每每遊樂，身邊雖然都有韋后陪伴，但韋后卻從沒有和李顯一樣眞的及時行樂，醉生夢死。韋后是眞的懷有野心的。她從來就沒有放棄過一旦李顯過世，她就效仿武則天登基的夢想。她並且一直在爲她的這個夢想積極準備著。特別是武三思死後，她便急不可耐地粉墨登場。她開始搜羅黨羽，排除異己，特別是在很短的時間裡，就把她韋氏的兄弟子姪們，全都安插在朝中的各個部門中，甚至將她的哥哥韋溫任命爲太子少保，同中書門下三品，可謂身居要津。而一旦政變，韋氏的力量就能即刻控制朝廷各部，將權力牢牢掌握在他們的手中。

與此同時，韋皇后還開始效仿武則天，明目張膽地為她的登基造勢。她先是要她的黨徒帶領百官籲請皇上，為皇后加封「順天翊聖皇后」的尊號。緊接著，又裝神弄鬼地要宮人謊稱看見了韋皇后的衣裙上竟然有五色雲起。於是中宗即刻詔令，將這象徵著皇權的五色祥雲繪成圖形，頒發百官。如此，韋后還覺得她登基前的輿論準備還不夠充分，於是又指使她的黨羽們奏請聖上，希望能夠將他們炮製的那首歌頌韋后的《桑韋歌》十二篇編進樂府。

韋后的這一切都在暗暗地、有條不紊地進行著。韋后的用心已經極為明顯，朝中稍有政治常識的人都知道這是皇后在準備搶班奪權了。不錯，歷史中確實已有女人登基的前例，但則天登基，也是在李治仙逝七年之後。朝中還不曾有人見過，當朝的皇帝還健在，皇后就開始緊鑼密鼓地準備繼位了，而當朝皇帝竟聽之任之，這真是天下的奇聞，令人髮指。

沒有人知道李顯真正的心思。他或者糊塗到已不辨是非，或者，他根本就是想把他身後的王朝送給韋皇后的，因為無論皇后怎樣遭世人攻擊，他都堅信，唯有皇后才是他的親人。

婉兒靜觀著朝中風雲。她知道無論是韋皇后還是太平公主，都已經開始集結她們各自

的兵力。戰鬥就要打響了。而只有臨戰的前夜，才是最寂靜的。是那種黎明前的黑暗和覆滅者一道毀滅。她知道這將是一場決定歷史的戰鬥。她只是還不知道這場戰鬥的時間，導火線是什麼，她在其中充當什麼樣的角色，她還能逃過這一劫嗎，或者，她會怎樣地死。

婉兒面對這一切。

婉兒的心情很平靜。

但是後來婉兒平靜的心情被一個突發的事件攪亂了。

在一個無比寧靜的夜晚。那時候婉兒已經睡下。她是被一陣她非常熟悉的有節奏的敲門聲驚醒的。她以爲那是夢。她的心怦怦跳著，周身是汗。她披散著已經開始變得灰白的頭髮，她穿上衣服，點上燈，聽著門外那熟悉的她不敢相信的聲音在呼喚著她。

那麼急切地。

那早春的寒冷。

在午夜。婉兒不能不去打開門。那呼喚太殷切了，一直穿透她的心。

崔湜？

是崔湜。崔湜一走進婉兒的寢室就跪在了她的腳下。婉兒趕緊去扶他，說崔大人午夜來訪，一定出了什麼事？

於是崔湜流著眼淚，他說，是他做國子監司業的父親崔挹因收受賄賂，剛剛爲御史押往監獄。是要我救你父親？

不，不是。

那麼要救誰？

是我。

你怕被株連。

不，是臣下不法，在朝中主持銓選時，我也多有違失……

就是說，你也受賄啦？

微臣罪該萬死。

你怎麼能這樣？

御史李尚隱正在劾奏我，恐怕明早就會下獄，望昭容娘娘救我。

救你？讓我怎麼救你？你怎麼能如此目無法紀？

微臣已知罪。但如果下獄，就將生死未卜。就算是僥倖不死，也會貶黜流放，離開京城……

崔大人，你怎麼會如此不潔？你私附太平，趾高氣揚，我都可以原諒你；但是你怎麼能因此就如此放肆了呢？以至於讓御史台抓住把柄。你活該。是你自己授人以柄，是……不是告訴你我已經知罪了嗎？但事已如此，我只想讓你幫助我。婉兒，崔湜說著便把那個瘦弱單薄周身發抖的婉兒抱在懷中。然後他就不顧一切地親吻著她，他說婉兒，太好了，又抱住你了。我們又在一起了。如果是和你在一起，我怎麼會做出那等蠢事呢？

婉兒拼命掙扎著。很久以來，她一直那麼渴望這個男人的擁抱和親吻，但是她還是奮力推開了崔湜，她喊著，都什麼時候了，你怎麼還這樣？婉兒的心裡是一種說不來的疼痛和憤怒。她一時竟不知道怎樣去幫這個讓她又怨又氣又恨又愛的男人。

為什麼不能這樣。婉兒，過來，讓我抱住你。這才是我夢寐以求的。即或是我明早就要被下獄，就要被砍頭，我也不能錯過這一刻。你才是我畢生的最愛。婉兒。別掙扎。你是我的。你本來就是我的。不管你救我還是看著我死，我都要把你緊緊抱在懷中。原諒我在你最無助最悲傷的時候沒能來陪你。我知道你病著，我也曾無數次來到你的門前在你的院牆外徘徊著直到午夜。如果這一次我眞的死了，你從此不要恨我。我眞心愛你，有這些詩歌爲證。我都帶來了。但是那時候我只能遠離你。我知道，是你要我這樣做的，是你要我活下來，要我活著而心裡永遠想著你，紀念你。我知道那確實是你要我這樣做的。要我忍下身與心對你的萬般慾望，而去和別的女人睡覺，甚至去上太平公主的床。但我的心死了，沒有你，也就再不會有快樂了。那種和你在一起時才會有的快樂。別推我。也別掙扎。我和你說的都是眞心話。我就是要和你說這些。否則我就不會半夜跑來了。我只是沒有想到我會死在你的前面。儘管不夠光彩，但能在死前和你在一起，我便無悔無怨。來吧，婉兒我要你記住我。把我永遠銘刻在你的心上。直到你帶著心上的我去死。來吧。最後一次。我們將永遠屬於彼此。來吧婉兒脫掉你的衣服露出你的身體。讓我進去讓我進去，知道嗎？這裡才是我最後的歸宿。來呀，抱緊我，感覺到了嗎？我們彼此的衝動。我終於知道你是想念我也需要我的，就像我日日夜夜想你懷念你。來呀，這麼柔軟的身體這肌膚的芬芳。今生今世。這一刻如此美好，這一刻將與世長存……

崔湜癱倒在婉兒的身體上。

在這寂靜的午夜。

然後他站起。

離開。

他最後說。我也許並不是想要你救我的。我也許只是想要這一刻。

然後崔湜便消失在午夜的黑暗中。

婉兒追出去。只追上了一片黑暗。她不知道崔湜的牢獄之災，是不是也是她無法逃避的一劫。

第二天婉兒上朝。果然有專門負責監察朝官的御史台御史李尚隱彈劾崔湜父子。他們雙雙身爲朝中重臣，卻無視朝廷聖上，貪贓枉法，辱沒了大唐的尊嚴，故聖上敕令將崔湜父子下獄等候發落。緊接著這發落便有了結果，第二紙詔令下達。崔湜終於免去一死，但被貶黜流配到千里之外做一介小小的江州司馬。

婉兒得知這結果後，幾乎當時就癱軟在地。她是蹣跚著走回政務殿的。她知道江州司馬意味了什麼。那偏遠的江州對朝官來說，是一個怎樣令他們絕望感傷的近乎致命的打擊。貶謫的敕令一經發出，崔湜就要立刻上路。顯然崔湜已無力挽回他自己的命運。而他也根本就見不到婉兒了。從監獄出來他就被士兵押解著，直到他徹底離開了長安城。

婉兒知道崔湜從監獄出來到他離開長安已經沒有多少時間了。她知道一旦崔湜上路，一切就再也不能挽回了。她必得在這瞬間的停留中想辦法救崔湜。她不能對崔湜的苦坐視不管。不，她要救崔湜。畢竟那千里萬里之外的江州實在是太遠了。

於是婉兒像熱鍋上的螞蟻。她調動了她的全部思維，拼命地想著該通過什麼樣的渠道救崔湜，或者什麼人肯去救崔湜。

顯然，她自己親自去爲這個忤逆了聖顏的崔湜去求情，是不合適的。李顯會覺得，婉兒一個堂堂聖上的嬪妃，怎麼能爲一個有罪的朝官去向自己的主子求情呢？這樣，也許李顯會更憤怒，以至於會使崔湜的處境更糟糕。

婉兒知道事到如今，去找太平公主也無濟於事了。也許聖上就是因爲崔湜與太平公主交往過甚才故意將他的罪定得很重，且將他流配到最偏遠瘴濕的地方的。

那麼去找韋皇后，當然更沒有可能。如果說韋皇后在武三思活著時，對崔湜還有幾分情意，當崔湜投奔了太平府後，她對這個年輕人就咬牙切齒了。是因爲韋皇后已將太平公主恨之入骨，她怎麼可能爲太平的黨羽而向陛下求情呢？她是唯恐不能把太平的黨羽趕盡殺絕。幸好崔湜送來把柄。說不定還是韋后慫恿聖上將崔湜流配江州的呢。說不定韋后想將崔湜定下死罪呢。

那麼誰還能幫助她救崔湜呢？婉兒想來想去。她算著時辰。眼看著崔湜就要上路了。而一旦崔湜到任，便是誰也不能救他了。婉兒難道就眼看著崔湜被送上死亡之旅嗎？婉兒越來越焦慮。眼看著時辰已盡。婉兒是在絕望中想到安樂公主的。她甚至都難以理解她怎麼會想到了安樂公主。彷彿是一道希望的光。她知道安樂公主是李顯最親愛的女兒，而李顯唯有對安樂公主的請求，才是眞正有求必應的。於是婉兒立刻決定去見安樂公主。她想，她對安樂公主和武延秀之間的那一份婚外之情還是幫過很大的忙。多少年來她處處幫助照顧安樂，而從未求過她什麼。她想安樂公主也許會給她這個面子，而且婉兒記得，安樂公主對崔湜的容貌和才情一直是很欣賞的，她也一直喜歡和崔湜交往，只是因爲崔湜一頭栽進了太平府，她才不再理他了。

婉兒急如星火地找到了安樂公主。安樂公主儘管越來越盛氣凌人，甚至不把她的母后放在眼中，但是對婉兒，卻始終是尊重的。那也是源於她少女時代的夢想。那時候她還剛剛從流放之地返回。她覺得婉兒對她來說太重要了。她覺得身邊能有婉兒是上天賜與她的幸運。所以就是婉兒老了，被冷落了，她還是對這個女人懷了一種很深的敬佩。

婉兒開門見山說了崔湜的事。

安樂公主也是毫不猶豫地一口回絕，說太平府的事爲什麼要我幫忙？我才不管呢。那是他活該。誰讓他貪呢？都是太平教的。

可是，安樂，這一回你一定要幫崔湜，奴婢求你了。婉兒說著，便撲通一聲跪在安樂公主面前，眼淚也淌了下來，婉兒說，求你幫幫崔湜吧。你幫他就等於是幫了奴婢。

昭容娘娘，你怎麼啦？不就是一個崔湜嗎？竟至如此？不，這不值得。你快起來。

公主，你該知道這天下有君臣之愛，手足之愛，還有男女之愛。崔湜便是奴婢畢生的至愛。其實奴婢知道他是個劣跡斑斑的男人，但又有哪個男人不是貪得無厭，劣跡斑斑。然而崔湜愛我。是那種最最眞誠的深刻的愛。他寫詩給我。他的詩是那麼好，那麼感天動地，沁人心脾。就在事發的前夜，他還專門來到我家，我的床上……安樂你能理解嗎？多少年來我是那麼孤單，我是那麼需要……

他愛你怎麼還會上太平的床？

他絕不是太平的黨羽。那其實是我要他去的。他是不得已。如果那邊一旦有了什麼動靜，他一定會來通報我。我們需要有崔湜這樣的人接近太平公主的勢力。你難道看不出太平公主也是在和他逢場作戲，虛心周旋嗎？說不定這一次崔湜不幸，就是太平公主有意陷害他呢。救他吧，我了解他。我知道他此生眞愛的女人只有我。來看看這些詩吧。從來就沒有間斷過。他說在太平的床上，腦子裡也在給我寫詩。你拿去看看吧。我全都帶來了。去求聖上。求聖上手下留情，至少別將他流配得那麼遠。知道江州意味了什麼？那就是死亡。崔湜多少年來對朝廷還是有貢獻的。去求求你的父皇，就算是爲了奴婢。

婉兒你眞的那麼愛他？

昨天的那個夜晚將成爲永恆。沒有他，奴婢可能早就無意在這虛僞的人間駐足了。

那麼你能保證他是眞愛你嗎？他是不是又在利用你，包括昨天的那個晚上。

崔湜並不知道我到你這裡來。昨天的那個永恆的夜晚僅僅是爲了告別。那是種生離死別，我們都知道可能只有在那邊才能相見了。安樂，看看這些詩你就會明白了，那是他的心。

好了婉兒，你起來吧。我不要看這些詩，那是你自己的事。我可以替你去求父皇。完完全全是爲了你，而不是爲了崔湜。我不知道父皇是不是會答應我，但我會盡力爲你去爭取的。只是，我不知道你爲了這個男人跪在這裡是不是値得……

終於，在崔湜啓程之前，聖上的又一道聖旨追到了崔湜的家中。聖上念及崔湜一家多年來對朝廷的貢獻，崔湜由江州司馬改判爲襄州刺史。這聖上追賜的敕令，無疑改變了崔湜的命運。襄州與京都長安之間就僅有幾百里路了，而崔湜便也是可望可及的了。刺史的官位自然也比小小的司馬高了許多。崔湜當然知道是誰幫助了他。

從此，崔湜在流配期間與婉兒魚雁傳書。他曾寫過很多憂傷的哀怨詩，那聲聲慢慢，爲了他和婉兒之間的那深切的思念。崔湜也許是眞的愛婉兒，但在這愛中，也難說他是不是還在利用婉兒。因爲他知道要想離開襄州返回京都，也只有依賴婉兒。

在婉兒不遺餘力的不懈的努力下，崔湜終於獲得了那個機會。六個月後，中宗祭天，大赦天下，崔湜便被順理成章地赦返長安，不久，竟然又回到朝中升任了尙書左丞。崔湜當然知道是誰在背後爲他嘔心瀝血，設計謀劃。崔湜當然也是感恩戴德，痛改前非。從此對婉兒的指令言聽計從。

此時的崔湜，因爲安樂公主在危難之中對他的救助，而成了安樂府中的常客，甚而他和韋皇后的關係也都有所改善。而同時，他也並沒有因此就疏離太平公主，他只是不再像過去那麼張揚罷了。由此，崔湜的面目慢慢變得模糊不清。他變得中庸，變得圓滑，和誰都接近，又和誰都不過分親近。於是後來崔湜成了一個誰都能接受，甚至誰都想拉攏的人物。特別是些皇室的女人們，都不約而同地被崔湜所吸引。儘管她們知道崔湜很壞，崔湜是在利用她們，但是她們都希望能成爲崔湜的情人。足見崔湜作爲男人的魅力。他是所有女人的漂亮朋友，又是所有勢力爭奪的對象。崔湜如此駕輕就熟如魚得水，其實誰都知道崔湜是被調教出來的。

那個導火線一般的事件終於爆發。

那是誰也沒有想到的。

史書上說，西元七一〇年五月的某一天，一位名叫燕欽融的許州人聲色俱厲地奏稟聖上，說皇后淫亂，干預國政；而安樂公主、武延秀夫婦及當朝宰相宗楚客等人亦圖謀不軌，企圖奪取李顯的天下。

如平地驚雷。李顯遂即刻召見燕欽融，當面向他質問，如此擔憂，來自何方。燕毫無懼色。列出種種跡象。李顯只得沉默不語，黯自神傷。想不到燕欽融剛剛走出宮門，便被提前埋伏的羽林兵士殺死。中宗聞聽，便更是心有鬱結，悶悶不樂，甚而相信了燕欽融的預言。

從此中宗憂鬱沉悶，對韋皇后和安樂公主也開始有所疏離。

這就是婉兒所預感到那場戰爭的前奏，那個眞正危機的時刻。

中宗是聖上。

聖上爲什麼就不可以不高興。

然而聖上的不高興便引來了韋皇后和安樂公主的憂懼和不安。他們不知道誰將殺了誰。她們沒有殺過誰，但聖上卻已經殺了韋皇后的兒子和安樂公主的兄弟。所以她們不能保證有一天聖上憤怒了也不會殺了她們。她們認爲聖上爲了他自己，是什麼樣的至愛親朋、骨肉同胞都能夠殺掉的，何況，她們又是如此勢單力薄的女人們。

誰也不曾知道誰將殺了誰。

更沒有人知道誰會先下手爲強。

大概總是虛弱的一方、罪惡的一方首先舉起屠刀，來掩蓋他們的狼子野心。

結果就在西元七一〇年的六月一日，一向懦弱的中宗突然暴斃。史書上說，那是由憂懼的韋皇后和安樂公主鴆殺而死。而在中宗的信念中，皇后和安樂是他在此世間最親愛的人了。親愛的兩個女人。那一年中宗李顯剛剛五十五歲，便不幸被毒死於自己最親愛的女人之手，那當然也是他自己所沒有想到的，他是那麼愛她們。中宗當然也就不知道他便是這樣以死成了那場未來戰爭的導火索。沒有多久便有人英勇站了出來，還是用他最心愛的女人的血，祭了他不能安息的靈魂。

其實中宗又何嘗不知道他的皇后和女兒是怎樣時不我待地覬覦著他的皇位。

其實中宗又何嘗不願將他的皇位傳給他的女人和女兒呢？

只是中宗，他還活著。他還沒有壽終正寢，沒有想出一個傳位於她們的萬全之策，一個能讓同樣擁有繼承權的相王李旦和太平公主說不出話來的無懈可擊的理由，一個能被滿朝文武和天下百姓接受和認可的時機。然而他的女人和女兒卻等不及了。特別是又剛好有了燕欽融的敢於參透了聖上的心。這便是中宗爲什麼悶悶不樂。那是因爲他的妻子、女兒的心意被別人看破。其實那個被別人看破的所謂圖謀不軌所謂大逆不道所謂陰謀竊國本來就是中宗自己的願望。如果是竊國，那也是當朝天子自己竊國，而一個天子的願望，又怎麼能被一個凡人識識破呢？那不是就識破了天機、識破了天下了嗎？

中宗李顯作爲丈夫和父親對他的妻子和女兒可謂披肝瀝膽，仁至義盡。否則自重俊死後的三年之中，他爲何讓那個太子的位子始終空著。他李顯不是沒有兒子。他還有重茂。重茂雖小，但也是名正言順的兒子，他憑什麼就不能住進東宮呢？李顯只是更珍愛他那傾國傾城美麗光豔的安樂公主罷了。他也知道他這稀世的珍寶般的女兒想要的，其實就是東宮的那個位子。他怎麼忍心不給她呢？只是礙於他的兄弟姊妹還都在世，他們不允許他這樣做，而他如若一意孤行，他知道，那就不單單是安樂公主能否做成皇太女，而是將會爆發一場宮廷的政變，那樣誰輸誰贏就很難說了。所以要等待。所以李顯什麼也不說，因爲他覺得在親人中間有些事是無須說的，僅僅是默契就足夠了。然而他的女人們卻不肯和他有默契。她們無法理解李顯的沉默和等待，她們甚至以爲李顯是站在他李氏家族的立場上，來和他的親人們眞心作對呢。而燕欽融的到來無疑加劇了她們的恐慌和疑慮。於是她們錯誤地判斷了她們的親人，她們鋌而走險，她們先下手爲強。她們就這樣把她們最最親愛的男人毒死了。不知道他是心甘情願爲她們做那個至高無上的傀儡的。她們眼看著她們的親人劇烈地疼痛和抽搐然後七竅出血歸於平靜。她們不知李顯的末日其實也就是她們自己的末日。

中宗的暴死使後宮一片混亂。

婉兒被通知趕往聖上的寢宮，她站在中宗的屍體前淚眼朦朧，她簡直不敢相信成爲第一個犧牲品的竟是聖上自己。

中宗臉上的那黑色斑跡使婉兒一望便知李顯是死於毒殺。李顯的血管在鴆酒的強烈侵襲下瞬間破裂開來，將他的血溢盡。婉兒太了解這種殺人的方式了，多少年來，皇室裡死於這種毒殺的當權者或是繼承人實在是太多了，可是一向和事寬容的李顯又得罪誰了呢，竟也要殘酷被毒酒殺死。婉兒抬起淚眼便看見了韋皇后看著李顯時那驚恐而躲閃的目光。李顯已經死了，她爲何還要如此驚慌和恐懼，婉兒立刻就明白了事情的原委。如此婉兒不再想知道什麼了。她只想問問韋后，李顯給你的難道還不夠嗎？李顯對你們難道還不寬容嗎？李顯究竟怎樣妨礙你了？你何以要如此卑劣置他於死地呢？

婉兒緩步離開了李顯的寢宮。婉兒想這可能是她最後一搏的時刻了。她知道戰鬥就要打響了。李顯的死已足已引發那場政變了。她的最後的一搏絕不是爲了拯救她自己的性命，而是她不能讓韋皇后這個陰毒淺薄的女人輕易篡權。儘管李顯死了，但大唐的江山也輪不到落在她的手中。李顯還有正宗的李家兄弟和姊妹，還有重茂，甚至還有安樂公主。她的登基的美夢將永遠不能成眞。

婉兒將永遠不能夠原諒韋后殺了李顯。李顯已經夠可憐夠不幸的了，韋皇后怎麼還能讓他死於非命。看到李顯滿臉痛苦地靜靜地躺在那裡再也不會起來，再也不會賜宴百官，賦詩填詞，婉兒一想到這些就不禁悲痛欲絕。本來婉兒已經很麻木。本來婉兒已只等著她姍姍逼近的死期。婉兒想不到李顯竟然會死在她的前面。只有當李顯這樣永遠地長睡不起，婉兒才第一次覺出李顯其實是一個多麼好的人。這樣的好人本來是不適宜做君王的。

他太膽小，太懦弱，太沒有尊嚴感和威望，以至於連他的妻子兒女都看不起他，甚至傷害他，欺侮他，以至於最終如此這般地殺了他。

但是李顯是個好人。是個有良知重情意的男人。那是唯有婉兒與李顯有著幾十年友情的人才能眞正體會到的。她想她唯一對不起李顯的地方，就是她從來沒有眞正地愛過他。但是李顯卻幾十年如一日地始終不渝地愛著，並把她當作最好的朋友和最信任的女人，這能說李顯的意志不堅定嗎？又有哪個男人能如李顯一般幾十年如一日地深愛著一個女人並不要任何的報答。她記得幾十年前她用她的心深愛著章懷太子李賢的時候，李顯總是遠遠地觀望著，爲了他的兄長，而把對自己心愛女人的愛深藏心底。十幾年後，當李顯從流放地返回再一次面對他心愛的女人，而婉兒又悔之不及地早已成爲武三思肉體的情人。在後來的日子裡，她仍然是不停地與李顯失之交臂。她就是離開了武三思，竟然也沒有能去愛李顯，而是選擇了那個年輕的風流詩人。她爲什麼又一次錯過了李顯？是李顯不夠好嗎？是李顯不夠情深意切，盡善盡美嗎？婉兒就是這樣不斷更換著她的情人，更換著她的所愛。但是她就是沒有能拿出哪怕是一點點的眞愛去報答李顯。她本來是應當報答李顯的。幾十年來她總是付出總是付出，而唯有李顯才讓她懂得了什麼是獲得。是李顯給了她眞正意義上的榮華富貴，也是李顯給了她名分和官階。上官昭容，這個李顯給予她的封號，才使她眞正擁有她本該擁有的一切。李顯還賜她田地房產，在她的家庭中堆山造池，讓她從此有了一處堪稱豪華典雅的眞正的家。而婉兒更應當感激李顯的，是她的受盡苦難的母親被李顯冊封爲沛國夫人後，終於搬出了陰暗的後宮，在長安燦爛的陽光下安度晚年並壽終正寢。李顯為她做了那麼多那麼多。她本該報答李顯的，但是她卻為什麼總是沒有報答，總是為別的男人的生死存亡費盡心力，甚至，鞠躬盡瘁，死而後已。為什麼會是這樣的？為什麼總是要李顯給予她？為什麼她可以不停地愛上別的男人而不能夠給李顯哪怕是一點一點的愛？而又為什麼李顯卻總是毫無條件地愛著她並且沒有過一絲一毫的計較和動搖？為什麼他們相互對待的態度是這樣的不平等。婉兒想這可能就是他們之間的距離。而這個距離竟然只有當李顯永遠永遠地離開她後才會如此地拉近。

李顯死了，婉兒才知道她其實是愛李顯的。那愛是存在的，以它固有的方式，只是她不覺得，她愛著，卻不以為那是愛罷了。

只是李顯死得太突然也太匆忙太急切了，以至於婉兒再也不能讓李顯知道她的愛了，而且永遠不能。李顯的驟然離去使婉兒的心驟然失落。那種空空蕩蕩，從此漂泊無依的感覺。深入骨髓的。李顯的位置從此空了，無人替代。

婉兒這樣想著，便不禁失聲痛哭。她知道這世間最疼她愛她給予她寬容她的那個男人這一次眞的走了。她就是想報答他也無以報答，無從報答了。

李顯就躺在那裡。從此什麼也聽不到看不到了。

而李顯臉頰上的黑斑，驀然地就激怒了婉兒，她想她唯有誅滅殺害李顯的罪人，才會是對李顯的最好的報答。她絕不放過那些凶手。李顯如此善良無能尚逃不過的他們的毒手，更不要說那些鄙視他們、勵精圖治、僥倖還留在人間的李唐的倖存者了。婉兒當然要保護他們。這就是婉兒在李顯死後，她為自己選擇的立場。

於是婉兒苦思冥想。以她的非凡的智慧。後來她終於想出了一個緩兵之計，她便立即揮筆草擬了一份中宗李顯的遺詔：立溫王重茂爲太子。韋后知政事。相王參決政務。這當然是一個八面玲瓏的立場。是婉兒在那一刻所能做出的最好的選擇了。是遷就了韋氏的勢力，也討好了李氏家族。畢竟是中宗剛歿。婉兒還不想做出單方面的決斷來。婉兒堅信她假托的這份中宗的遺詔，也一定是符合中宗的心意的。

婉兒假托這份遺詔不知道是不是在爲她自己找退路。有史書說，是因爲重俊發兵誅武三思並索婉兒，使這個一向優雅而清高的女人始知憂懼，待中宗暴斃，她才不得不草擬遺詔，引相王輔政，以討好李家。

但婉兒不是這樣的。因爲自重俊發兵，婉兒就已經預感了她的死期。她並不懼怕死期在即，她只是不想在他們這一類人死後，社稷會落到韋皇后那類烏合之眾的手中。那是婉兒所了解並親歷的大唐帝國堪稱輝煌的歷史。從金戈鐵馬打下江山的一代英王李世民，到日後高宗李治以及更加偉大英明的女皇武則天。才有了偌大的帝國偌大的江山。應當說這百年王朝一直是掌握在偉大帝王的手中的。接下來的李顯也許平庸無能，但他也是武則天的兒子是大唐宗室的血親。他的身上流淌的，全都是最偉大的帝王的血。而韋后算什麼？摻雜了韋氏血脈的安樂公主又算什麼？安樂不過是擁有那傾城傾國的美貌罷了。美貌也許對英雄有用，而英雄從此就不再英雄；而美貌對國家社稷來說，卻是一錢不值的，甚至禍國殃民的。

婉兒決心不讓這堪稱輝煌的帝國偉業最終落入諸韋的手中，於是她才能英勇假托了李顯的遺訓，至少能暫時抑制住諸韋篡權，或者，至少是能夠延緩他們篡權的進程，而給李家一個反攻的機會。

立溫王重茂爲太子。韋后知政事。相王參決政務。

這恐怕是唯有聰明的婉兒才想得出的一個最好的策略了。立不是韋后所生但確是李顯之子的十六歲的少年重茂爲太子，可謂天經地義；而聖上駕崩，太子年少，由皇后垂簾聽政，似乎也在情理之中。而對此眞正發揮制約作用的，是相王的參決政務，這就爲李唐皇室的東山再起提供了一個絕好的機會。如果他們能不失時機地抓住這個機會，那麼奪回天下該不是什麼困難的事了。

這便是婉兒的智慧。還有她多年來在政壇的沉浮中所積累的經驗。這是婉兒在當時那種情況下所能夠做出的最好的選擇和決定了。她自己或許能夠從這一紙僞造的遺詔中贏得某種能繼續活下來的機會。可以讓滿朝文武覺得這個每日和昏庸無能的李顯和韋皇后，安樂公主們混在一起，並爲她們出謀劃策的上官昭容其實並不是他們的黨羽。她的眞心所向還是李家，是李氏的那些公子王孫們。但是婉兒眞的不是要逃脫。她早已視生命爲多餘。她只是想能在死前再抵擋一陣。把韋氏一族徹底擋在王朝之外。她深知如果政權眞被韋氏篡奪了去，那無論對李唐王朝，對李世民浴血奮戰創建的這大唐的帝國，還是對歷史、對未來，都將是不公平的。而她面對如此危機而坐視不救，她本來能做而不去做，那她不就成了千古罪人了?也是她的道德良心所不允許的。

婉兒這樣想著將那僞托的遺詔做好。如此她的心便立刻平靜了下來，她覺得她這樣至少就對得起李顯了。她甚至覺得她這樣做是在爲李顯報仇。她發誓一定要將韋氏一族阻擋在朝廷之外。她甚至發誓要殺了韋后，要用她的頭來祭李顯無辜的靈魂。婉兒這樣想著便不再悲傷。她擦乾眼淚並重新整理好頭髮、衣裳。她顯得更加莊重、典雅、肅穆、威嚴。她知道她將要參加的是怎樣的一場戰鬥。她的手裡握著那武器一般的遺詔，緩步向李顯的靈堂走去。

在政務殿寧靜的迴廊上。

婉兒手握著遺詔。離開。她突然聽到了遠處的氣急敗壞的腳步聲。她停下來。抬起來，很快就在迴廊的轉彎處看到了滿臉悲忿和傷痛的太平公主正匆匆朝她走來。那一番討伐的氣勢。

她一定認爲婉兒也參與了那個毒殺天子的陰謀。她甚至更加仇恨婉兒。她一直覺得婉兒應當是他們李家人，就像她的姐妹一樣，她們確實是從小一道長大的，她怎麼能和外人一道合謀殺害自己的兄弟呢？

婉兒便迎著太平公主。

她是那麼鎮定自若。直到走到太平公主的面前，她才停下來。停下來面對著那個準備對她興師問罪的女人。

你竟然能如此平靜？太平公主果然義憤塡膺。她質問婉兒，她說李顯給你的還少嗎？他是那麼愛你。幾十年了。我一直看在眼裡。而你對他又怎樣呢？不是武三思就是崔湜。你不停地換著男人，李顯不僅容忍了你，還讓你做了昭容。天下有這樣縱容一個背叛他反抗他的女人的男人嗎？你不僅自己羞辱李顯，還慫恿武三思和韋后淫亂，把更深重的屈辱壓在李顯的心上。如此還不夠，你竟然還要和那一對喪盡天良的母女合謀毒殺李顯。你們到底想做什麼？李顯怎麼招惹你們了？李顯對你們還不夠好還不夠寬容嗎？婉兒你該捫心自問。你怎麼能對李顯如此殘酷？婉兒我看不透你。我從小就看不透你，不知道你腦子裡每天轉的都是些什麼。全是那些坑害別人的陰謀詭計嗎？你的心究竟是什麼做的？那裡面是不是灌滿了毒汁？你眞是太可怕太令人恐懼了。還要怎樣？接下來還要怎樣？要討伐我們嗎？我們李家的這些後代。還有李旦。還有我們的那些孩子們。要把我們所有的人斬盡殺絕。要將我們的子孫斬草除根。但是我要告訴你，沒有那麼容易。你聽到了嗎？沒有那麼容易，我們是斬不盡殺不絕的。就算是你們殺了我，殺了相王，但你們殺不盡李家的子孫。他們遍佈天下，個個驍勇善戰，早晚有一天他們會殺回來，殺了你們，要用你們的頭去祭我們李唐的宗廟。眞的，終會有一天……

婉兒站在那裡。平靜地聽著太平公主的責難。她眞的心靜如水。婉兒。就那樣大度平和地站在那裡。聽著，並待待著。

婉兒知道太平公主之所以來這裡其實就是爲了來找她。婉兒也知道在這千鈞一髮的危急時刻太平公主需要她。太平所以氣勢洶洶，甚至危言聳聽，其實都是因爲她內心的極度的虛弱和恐慌。李顯的驟然離去，使得她立刻沒了主張。她很害怕，也很慌亂。而凡是在太平如此手足無措的時候，她要找的唯有一個人，那就是婉兒。婉兒太了解這個從小和她一道長大的傲慢女人了。了解她們之間的那種幾十年來情同手足的關係。她從沒有忽略過她和太平公主的這一層關係。她也一直在任何可能的時候努力幫助她。因爲婉兒知道太平公主是武則天最鍾愛的女兒。她也曾答應女皇要照顧和保護好她的女兒。當然婉兒自己對這個總是狂傲自負的公主也確是懷了一份姊妹一般的情意。所以，她等著太平公主發洩她心中的怨恨和恐懼。她知道這個憤怒的、歇斯底里的女人是來向她求救的。因爲李顯的突然死亡而且是死於非命使太平公主看到了她的危在旦夕，而一旦韋后篡權，他們所有李唐家族便將死無葬身之地。這就是政權鬥爭的殘酷和慘烈。於是在這生死攸關的時刻，太平公主便只能來找婉兒。她知道唯有來找婉兒，或許才能獲得一條生路。但是當然，堂堂的太平公主就是來求救，也不能低下她大唐公主、女皇女兒的那高貴而美麗的頭顱。這是她的方式。當然這也是婉兒永遠不會去計較的方式，她實在太了解她了。

於是婉兒心平氣和地等著。

她承受著太平公主的羞辱和詛咒，而就在這一刻，不知道爲什麼婉兒突然覺得周身充滿了力量。是的還有人需要她。還有人比她更恐懼更驚慌，更需要她的保護。那麼她就是有用的了。她就有責任有義務有勇氣站出來，去保護那些需要她保護的人們。

終於太平公主停了下來。

她突然眼淚漣漣，泣不成聲，最後她說，婉兒，這到底是怎麼回事？爲什麼？爲什麼李顯突然死了？今後會怎麼樣？今後還有誰來保護我們兄妹？這一切眞的是太可怕了，我該怎麼辦？

然後婉兒才把她剛剛寫好的李顯的遺詔拿給太平公主看。婉兒說，一會兒，我便會在朝中眾臣和所有皇室成員的面前，宣讀這份遺詔。而你此刻要做的，就是儘快去和相王商議。要想方設法利用這個機會，奪回李唐的天下。否則一旦韋氏執掌了朝政，要奪回政權就不那麼容易了。事不宜遲，你一定要和相王早做安排。去吧。快去。

可是相王早已閒雲野鶴，不食人間煙火，他又能有什麼主意？婉兒還是你說吧，你說我們該怎麼辦？

好吧，讓我想想。聽說臨淄王李隆基剛剛回長安。叫你的兒子薛崇暕趕快去找他。要他儘快在暗中聚結才勇之士，並在聖上親軍之驍勇者中發展勢力。因為聖上的親軍是不會心甘情願地聽韋氏調遣的。去吧。讓那些年輕人趕快行動起來，看來今天大唐的社稷，就只能託付於他們這些少年英雄了。這是個機會。失而將不再復得。讓相王參決政事只是緩兵之計。舉兵宜早不宜遲。這是婉兒為李家所能做的唯一的努力了。你要相信，我沒有殺李顯。我雖然不愛他，但我絕不會去殺他。更何況，我和李顯是有著深深的兄妹般的友情的。死亡，是李顯為他的懦弱和對妻女的縱容所付出的必然的代價。他可能至死也不會相信，殺他的竟是他的最親的人。最狠莫過女人心，譬如韋后。李顯其實早就知道他的命數已盡。他早已心如死灰，在放縱淫亂中等待著這個最後的時刻。也許李顯是對的。也許不是韋皇后毒殺他，早晚有一天他也會自盡的。而我的心也早已和李顯一樣，那心中已是萬籟俱寂，與世無爭。不要說我不在乎李顯的死。我當然在乎他，他死了我才知道，其實是我是愛他的，只是我從沒有對他說過。現在說這些也已經晚了。因爲我無論怎樣說，他也不會聽到了。李顯的死令我傷痛。那是種萬劫不復的悲哀。不久我或許眞的也要隨他而去。李顯死了，作爲他的近嬖嬪妃我也就沒有理由活下去了。隨聖上而去也許才是我最好的選擇。記得後宮曾有個叫徐惠的女人嗎？一個溫文爾雅的才女。後來太宗李世民特別寵愛她，讓她做了婕好。整個後宮唯有她是最最忠誠的。自從太宗駕崩，她便不吃不喝，決心死於節，結果很快就用她年輕的生命，去殉了那個偉大的君王……

可是婉兒，爲李顯去死，不値得。要知道我和相王還需要你，未來大唐的朝政還需要你，你怎麼能就這樣丟下我們，撒手而去呢？答應我，留下來。

婉兒搖頭。婉兒說，臨淄王隆基他們全都長大了，他們有他們的想法，他們的是非，你怎麼知道他們也需要我呢？

但至少我和相王需要你。特別是在這個關鍵的時刻。你一定要和我們站在一起。我們勢單力薄，如今朝廷各個部門已經被諸韋把持，就算是你不爲我們想，也要爲大唐社稷想。爲死去的母親想。母親怎麼希望她經營了幾十年的政權落到韋皇后的手中呢？婉兒，留下來。至少留到我們最終奪取了政權。到那個時候我就不再攔你了。任你隨誰而去。行嗎？

婉兒說，讓我試試。我會盡力而爲的。

西元七一〇年六月一日，中宗李顯在後宮中毒而死。韋后秘不發喪，決意自專政柄。六月二日，韋后火速徵發五萬府兵屯駐京城，各路統領皆爲韋姓。六月三日，韋后將各路宰相及皇室成員召至宮中，知會中宗晏駕。婉兒宣讀中宗遺詔，立溫王重茂爲皇太子。皇后臨朝執政。相王參決政事。次日，宰相宗楚客及韋后兄韋溫等率諸宰相上表，請奏由韋皇后專決政事，遂罷去相王參政之權。致使婉兒假托之遺詔失效，李唐朝眼看著大勢已去。又次日，中宗靈柩遷至太極殿，集百官發喪。少年太子李重茂在靈柩前傳承帝位，是爲殤帝，從此韋后臨朝稱制。

此後，諸韋勢力迅速膨脹。韋后黨羽皆勸韋后效仿則天，將南北衛軍及尚書省各部通通交韋氏一族統領，且廣泛組織朝野內外勢力歸順韋氏。宗楚客等韋后黨羽又秘密上書，授引圖讖，奏請皇后盡早登基稱帝，並密謀害死殤帝，誅殺相王李旦及太平公主。

韋后的篡權運動緊鑼密鼓，只爭朝夕。結果僅僅十幾天中，韋后一族勢力就遍及朝野，大有一呼百應之勢。眼看著韋氏所發動的這場宮廷政變不費一槍一彈就要大功告成。萬事俱備，只欠東風。而這東風就是剿滅最後的李唐皇室及餘黨。風雨飄搖中的李唐王朝已經危如累卵，倘李氏家族再沒有人挺身而出，舉起義旗，先發制人，那百年來的李唐王朝就眞要斷送一盡了。

婉兒心急如焚。

當相王也被諸韋罷去政事，婉兒就更是肝膽俱裂，不知道還有誰能來拯救唐朝了。這時的婉兒孤身一人。她不知道她的未來會怎樣。未來很近也很遠。是第一次，她竟然無法預測未來，無法找到她能走的路。她只能靜觀朝中的局勢。但有一點是肯定的，那就是今後的王朝無論是姓李還是姓韋，她都篤定不參與其中了。她的使命已盡。她知道她輔弼女皇武則天的使命已經完成。儘管她在女皇仙逝之後輝煌了五年，但那只是女皇王朝的延續，是她不得不在這延續中幫助女皇所欽定的兒子。婉兒知道她的政治生命確實已經逝去。早已結束的女皇的政治才堪稱政治。那樣的政治結束了，婉兒也就結束了。她怎麼能在那種淺薄而又腐敗的政治中繼續苟延殘喘呢？

舉國爲李顯的早逝而悲傷。在國喪期間，外府的官吏們也紛紛前來京都長安爲皇上弔唁。於是，那個剛剛派出爲李顯開鑿商山新路的崔湜，便也在修路工程進行了一半的時候被詔回京城爲中宗服喪。其實婉兒早就在前來弔唁的朝官中看到了崔湜。而此時此刻，即或是對崔湜，婉兒也已經淡心無腸了。也許是李顯的暴斃讓婉兒太傷心太滿懷歉疚。所以她對所有的人事都冷落麻木，她甚至在李顯的弔唁大殿中與崔湜擦肩而過，都沒和他講話，她甚至沒有抬起頭看他一眼。

作爲昭容，婉兒自然要在宮爲李顯服喪。每每到夜晚，婉兒總是輾轉反側，夜不成眠。她獨自醒著。挨著獨自的寂寞。她在想現在的生活和李顯活著時有什麼不同。

不再有錦瑟之聲。更不會有歡歌笑語。李顯死了帶走所有的喧囂和享樂。連詩詞歌賦也成往日雲煙。婉兒才知道，那歌舞昇平的一切是怎樣的脆弱。就像是李顯脆弱的生命。當李顯的呼吸停止，那熱鬧的一切便從此一去不返了。

在夜不成寐的時候，婉兒偶爾會想到崔湜。她不記得她已經有多久沒有和這個男人在一起了。自從崔湜被貶至襄州，她就開始獨自一人承受著相思之苦。然而後來中宗祭天大赦，讓崔湜返回長安，他也不曾再來拜訪過婉兒，而是一頭栽進了安樂公主的府上，不再來看她。

婉兒不知道崔湜究竟是個怎樣的男人。她不知道他是怎樣利用他的英俊和才華穿梭往來，於那些女人之間。他很勢利，很忘恩負義，或者說很識時務，所以即使是崔湜從此冷落她，婉兒也從不曾怪罪過他，婉兒甚至覺得他唯有如此，才能在朝中站穩腳跟。

於是崔湜成爲了安樂公主的紅人，進而又成爲韋皇后的紅人。以至於韋后臨朝之後，竟任命崔湜爲中書侍郎，如此的被韋后提拔重用，人們自然又把崔湜當成了韋皇后的黨羽。

面對崔湜的遷升，本來婉兒已經心灰意冷，但是她卻驟然覺得非常不安。雖然崔湜早已不是她的情人，她卻依然對這個男人的安危懷著很深的牽念。她覺得她有責任提醒崔湜。她要讓他知道他目前的這種選擇未必明智。儘管韋皇后看上去已經大權在握，甚至登基似乎也是遲早的事，但是，這也並不意味著未來的天下就是韋后的了。她要提醒崔湜千萬不要目光短淺，她要告誡崔湜狡兔必須三窟，不要在李韋兩派勢力中進退失據，以至於把自己逼到絕境。

婉兒是眞心關心崔湜。

婉兒說不清自己爲什麼非要幫助這個負心的男人。

婉兒對崔湜的感情很執著。她不在乎自己是不是能獲得回報，她只是一如既往地爲他著想。在他迷失的時候，把他從死亡的邊緣拉回來，儘管她自己已經朝不保夕。

於是婉兒在一次與崔湜擦肩而過的時候叫住了他。婉兒說，崔大人能來一下嗎？奴婢有話要對你說。然而婉兒看到的竟然是崔湜不耐煩的甚至是嫌棄的目光。崔湜說，娘娘有什麼要吩咐的？就不能在這大殿中說嗎？

婉兒怔在那裡。

她想到了崔湜會拒絕她，但是卻想不到他竟然會如此嫌惡她。

婉兒的心立刻像冰川融化，一瀉到底。她沒有眼淚，也不再委屈。如果說她這個企圖關照崔湜的願望使她失去了自尊，那麼她接下來的義正辭嚴，又使她找回了自尊。

婉兒說，當然沒有不可以在大殿中說的話。奴婢只是想告訴大人，從此不再來這政務殿做事了。聖上駕崩，奴婢也頓生去意，只是希望大人能儘快找個人來接替奴婢，我這就去向皇后請辭。

這一回輪到崔湜怔怔地看著婉兒了。崔湜還沒有講話，便有韋皇后從崔湜的身後閃了出來，她假惺惺地看著婉兒，甚至冷笑著，然後當即就恩准了婉兒，聖上喪期一過，婉兒就可以回家了。

說到底韋皇后是恨著婉兒的。她怎麼能容忍婉兒這個身分不明陣線不清的女人繼續待在她的朝廷中呢。當然她也可能是被那虛假的泡沫般的勝利沖昏了頭腦。她不再需要婉兒。她以爲她的那些無知也無能的韋氏兄弟子嗣們就足以能撐持她坐天下了。

於是婉兒回到了她長安城裡群賢坊的房子裡收拾衣物。然後回到後宮爲李顯守喪，直到出殯後，她將永遠離開長安。婉兒在冥冥中知道她是要離開的。她只是不知道她怎樣離開，她又會到什麼地方去漂泊流浪。

婉兒回到了自己的家中，突然覺得這裡眞好，眞安靜。她想恐怕唯有在這裡，她才能遠離政治，遠離爭鬥，她的心才能是清淨的。她已經太累了。什麼也不想聽也不想看了。她只求一死，只求能像當年太宗的婕妤徐惠那樣，不吃不喝，陪中宗上路。

婉兒在即將告別她的這個家時，一種依賴的留戀和傷感。因爲婉兒在冥冥中覺出，她可能再也不會回到這裡來了。婉兒想，李顯的喪期結束的時候也就是她的死期。再說李顯已經死了，她也就不該再擁有這房子這庭院了。這裡的一切都是李顯給她的，那麼當李顯已經離開，她還有什麼理由繼續擁有李顯的這座房子呢？

婉兒在離開這裡的時候一一走過這座豪華宅邸的每一個庭院，每一個房間。婉兒停留時間最長的是母親住過的那個庭院。儘管母親早已經離開人世，但很久以來，婉兒只要一走進來，就會覺得母親還在，母親的溫暖還在，就不禁會熱淚盈眶。後來婉兒想幸好母親是走在這即將到來的劫難之前，幸好母親看不到她這萬劫不復的下場。婉兒想到此便很欣慰。她想母親儘管一生受盡磨難，但至少母親的晚年是安寧的，富有的，尊貴的。於是婉兒就更加安心了，她想她對母親算是無愧無悔了，她盡了一份女兒的孝心，她報答她的養育之恩了。

婉兒最後走進的那個最深處的庭院是她專爲崔湜留下的一處幽靜。那個雖然夏季燦爛，但卻依然顯得寂寞荒涼的庭院。婉兒已經很久不來這裡了。她不願意讓這裡的物是人非弄傷她的心。久已不來的庭院已經是芳草萋萋。但是卻依然掩蓋不住那屋簷、廊柱下的凋敝。婉兒想她眞的老了。老了便有一種蒼涼的心境。這裡再沒有愛的氣息。那庭院中所發生過的一切也彷彿已經遙遠。往事哪堪回首。婉兒只想能儘快逃離這一片如歌般的衰敗。

婉兒扭轉身。

在她自己已經不再屬於這裡的最後的黃昏中。

婉兒扭轉頭。那麼神秘的，她竟然就和她此刻所思所想的那目光不期而遇。那麼熟悉的。她曾經無數次在這裡面對那目光。那是婉兒所不敢相信的。她扭轉頭就看見他。崔湜，他竟然就在婉兒的面前。

我看見娘娘的馬車就停在門外。門開著，我就進來了，我想我終於能見到娘娘了。

不，不……

每天離開政務殿我都會從娘娘的門前走過。但每天這大門都緊鎖著。我知道娘娘是在為聖上服喪，娘娘不會回來，但是我就是忍不住每天來這裡等待，我想終會有一天……

這一次婉兒的眼睛浸上來淚水。

崔湜走過來撫摸著的婉兒的臉。崔湜說，我一直想問，為什麼，娘娘的頭髮全白了？

婉兒低下頭用她的臉頰溫柔地蹭著崔湜的手，她無法說出她在那個最後的黃昏時的感覺，她覺得能在告別的時刻見到崔湜簡直是上天的賜予。

婉兒說，崔湜，叫我婉兒。

崔湜便說，婉兒，你依然還是我的嗎？

婉兒說，你能來，真好。

然後，婉兒便被崔湜抱了起來。把她抱進他們曾有過無數風流的那個昏暗的有些潮溼悶熱的小屋。他們像所有的以往那樣，彼此撫摸著親吻著。在那張吱嘎作響的木床上，全不管木樑上早已懸掛了一張張不密不透風的蛛網。他們很投入。很投入的很多次。他們不知道門外的太陽已經落山，而漫長的午夜正悄悄向他們逼近。

崔湜終於不得不離開。他已經筋疲力竭，他也知道他們這是在為最後的愛情送別。他們相互依偎著離開這個凋敗的庭院。他們手拉著手。離開。將那凋敗關閉在身後。當他們再也看不見那凋敗之後，才真正地意識到，那不是磚瓦的凋敝，庭院的凋敝，而是愛情和生命的凋敝。

婉兒在崔湜的懷抱中說過的最後一段話是，你要知道我是怎樣地愛你。所以不要遲緩了，盡快去拜望太平公主和相王李旦。你要知道這朝中的風雲瞬息萬變，遲早臨淄王李隆基會起兵討伐諸韋。而你的兄弟崔澄又一向是隆基的密友，而隆基的心腹心劉幽求也一直將你引爲知已，這是何等地水到渠成。聽我的，去投奔他們吧。你必須去，要想活下來，這恐怕是你唯一的選擇了。告訴他們韋后就要起兵誅殺相王和太平公主了。他們正在密謀，他們已經枕戈待旦。讓崔澄帶你去見隆基。勸他及早起兵，趕在韋氏動手之前，方可贏得天下。這是你唯一的自安之策。有什麼難的嗎？別怕喪失人格，政治本身就是沒有人格的。也不要對韋皇后寄予什麼希望。相信我，他們是一群烏合之眾，一群雞鳴狗盜之徒，又怎麼能把江山坐長久呢？任何偉大的朝代都必得有偉大的帝王統治。在聲名狼藉的政權中做事，才是眞正辱沒了人格。崔湜這是我對你最後的請求了。想想你我在這險惡的官場中走到今日，沉沉浮浮卻依然活了下來，實在是太不容易了。馬上就要到來的那場爭鬥，對我來說已是最後一劫。無論是隆基的兵變，還是韋氏的清剿，我都在劫難逃。這些我已經都看得很清楚，我的命數已盡，盛衰榮辱也只能留待別人去評說了。但是崔湜你要活下去。我要你活下去。答應我，活著。活著。活著想念我。好了，時間不多了。走吧走吧……

可是婉兒，我會想你的。

崔湜緊緊地抱著婉兒。崔湜已經泣不成聲。崔湜說你爲什麼總是幫助我？你爲什麼總是替我想？我不知道今後生活中如果沒有了你，我該怎麼辦？不，婉兒，我不能離開你。是你塑造了我，沒有你也就沒有我，更不會有我的今天。別離開我，婉兒。我也要你答應我，別死。別死行嗎？哪怕僅僅是爲我活著……

崔湜你以爲我不願意和你長相廝守嗎？如今我的命已經不在我手中了，自從重俊在肅章門外索要我的頭，我就知道一切已經全都完結了。去吧，崔湜，我眞的要回後宮爲聖上守靈去了。咱們分手吧。

我還能再見到你嗎？

我不知道。未來之於我已是生死兩茫茫。我不知道以後的任何事。讓我們就此告別吧，如若今後眞的還能見到，那就是蒼天的恩賜了。讓我們祈禱吧。

婉兒……

宮門就要關了。崔大人。讓我走。

婉兒，記住，無論是什麼樣的結局，無論生死，我都會永遠懷念你。

我會銘記的。

還有，如果眞的天有不測風雲，你要等我。等我好嗎？過不了多久，我就會去找你，從此永不分離。答應我，等著……

好。我等你。

他們難捨難分。告別得很艱難。反覆地說著同樣的話。分開了，又會情不自禁地返回來緊緊擁抱在一起。而擁抱過後，又必得分開。分開的疼痛，是永遠不會消滅的。

遠遠近近的長安街頭的打更聲。

寂靜午夜中更人沉重而緩慢的腳步。

怎樣的難解難分。他們死死地糾纏著，執手相看淚眼。

莫不如我們此時此刻就這樣死在一起。就這樣永遠在一起，永遠不分離。

這是崔湜在最後一次擁抱婉兒時的誓言。他還說，反正我們最終都難逃一死。我們爲何不死在一起？我們爲什麼還要如此痛苦地分別？不，我們不再分別，也不再痛苦。讓那些人爲權力去爭殺吧，而我們在一起，我們的幸福對於我們來說才是最最重要的。離開朝廷，談何幸福？除非我們離開。

那麼就離開。我帶著你，我們逃走……

崔大人，讓我走吧。已經晚了。放開我，讓我們告別吧。

最終是婉兒逃脫了崔湜。她跳上了馬車並讓車夫立刻啓程。她流著眼淚。不敢回頭去看那個寂靜長街上孤單的男人。但是很快，迷濛的晨霧升起。婉兒就什麼全都看不見了。

崔湜果然聽從婉兒的勸告，回到家中就找到了他的兄弟崔澄，共商他們兄弟未來大計。而臨政的韋皇后隨時準備對李家兄妹及宗室剿殺的陰謀，也由崔澄星夜趕往臨淄王李隆基的王府通報。到了第二天清晨，崔湜又雙管齊下地前往太平公主的府上參拜，要太平公主再去敦促李隆基盡早發兵，先發制人。唯有如此才能扼住諸韋咽喉，將他們的陰謀扼殺在萌芽中。

崔湜在如此反戈一擊果然即刻獲得了李唐宗室的好感和信任。特別是太平公主對崔湜的回歸更是滿懷欣喜，並許諾崔湜一旦兵變成功，一定會委以重任。崔湜如牆頭隨飄舞的蓬草，朝秦暮楚，四處討好，竟然能被所有的人接受，這也算是當朝的一大奇蹟了。他不僅是婉兒、是武三思的紅人；是韋皇后、安樂公主的紅人；也是太平公主和李隆基的紅人。何以崔湜能在這各派勢力間的進退有據，出入自由？他憑什麼能獲得那所有勢不兩立的人們對他的共同好感？這個崔湜究竟是由什麼做成的？他究竟有什麼樣的本事，讓他在歷朝歷代中不倒？當然崔湜能成爲這樣的人也非常不容易。這需要一個人天生的資質和穎悟。他不僅要有聰明智慧，還要有見風使舵的能力和能夠獲取他人信任的技巧。

在崔湜及時向李唐宗室投誠的同時，大概是韋后的一些黨羽們也慢慢覺出這諸韋終究成不了什麼大氣候，於是棄韋而投李的倒戈者也越來越多。譬如皇宮禁苑總監鍾紹京就背棄主子秘密參與了李隆基起兵的策劃。這位韋皇后的重臣在李隆基起義前雖然突然反悔，拒絕參加政變，但最後還是被他的妻子逼著，跳上了李隆基的戰車。再譬如韋皇后的兵部侍郎崔日用原本是韋后的死黨。但是當得知韋氏將對李唐宗室斬盡殺絕的陰謀時，怕未來殃及自己，便即刻暗中派人向李隆基告密，要求他立即起兵，推翻韋氏王朝。

在如此緊急的情況下，李隆基與他的姑母太平公主以及太平公主的兒子薛崇暕等便開始緊鑼密鼓地策劃。他們歃血盟誓，決意兵變，徹底推翻韋氏王朝。擁相王爲帝，以還大唐本來面目。兵變在即，曾有人提出，要向相王稟告。隆基卻一口回絕，說，我等起兵是爲社稷天下，如若成功，這成果將歸於父親；但若是失敗，我隆基便一馬當先，以死殉國，絕不牽累相王。如若現在報告，相王贊成，就是參與了兵變；而相王不贊成，我們又如何起兵呢？於是，李隆基便決定背著父親李旦，秘密起兵，以他的熱血和生命，與韋氏一族一決生死。

於是在西元七一〇年六月二十日，也就是在中宗李顯暴斃十九天之後的那個夜晚，李隆基等人便身著便服，潛入禁苑埋伏。二更時分，全副武裝的李隆基就帶領他在皇家親軍萬騎中的親信，橫槍躍馬，出奇兵，殺進了韋皇后的羽林營，以迅雷不及掩耳之勢，斬殺了掌管皇家軍隊的所有韋氏黨羽，並當眾宣告：韋氏毒死先帝，謀危社稷，今夕當共誅諸韋，身高有馬鞭長者皆殺之。立相王爲帝以安天下。敢有反對者將罪及三族。

於是一聲號令，羽林將士們便都欣然從命。其實他們原本就是李唐的軍隊，不過是被韋氏統治了十幾天，他們的心依然是屬於李唐的。有了軍隊，李隆基便如虎添翼，風馳電掣般率領羽林大軍出禁苑南門，開始進攻宮城。他們兵分幾路，分頭攻打玄德門、白獸門和玄武門。李隆基的騎兵殺入玄武門後便長驅直入近逼韋皇后所在的後宮。畢竟韋皇后的天下只有十九天，而宮城內的人心所向地依然是大唐的李家。於是宮城的防衛，不攻自破。如坍塌的斷牆，頃刻瓦解。轉瞬之間，後宮裡便馬蹄嗒嗒，火光四起，殺聲一片。

後宮中的韋皇后依然沉浸在她的王朝的夢想中。她可能是過於忘乎所以了，以至於她根本就想不到已被逼到絕境的李家竟然還有反手之力。韋皇后可謂是在自鳴得意中大意失荊州的。她當然沒有忘記要將李氏家族一個不剩地斬盡殺絕，她也開始時不我待地準備這場清剿的戰鬥了，但是她就是稍稍地晚了那麼一小步，以至於她才沒有做成那個韋姓的女皇帝。當然那也是她命中注定。可能還因爲她沒有像武則天那樣起用婉兒。婉兒倘若成了她的謀臣她可能不會如今天那麼匆匆地收場。她太信任她們韋氏宗族的那些兄弟和子姪了。她以爲唯有他們才能爲她的登基保駕護航。於是在中宗剛剛死去，她就近乎歇斯底里地讓那些出身微賤的窮親戚鄉巴佬們一個一個地光著腳走進了皇宮走進了李唐的朝堂，並委任他們那些單單是一聽到就已經把他們嚇得直哆嗦的高官，一副受寵若驚的樣子。而他們這些沒見過世面更不懂得政治的烏合之眾，又能給韋皇后什麼像樣的幫助呢？他們無非是對韋皇后山呼萬歲，希望她能早早坐在那把龍椅上，於是韋后也得意忘形地應和他們，說，對，朕就是要做女皇。從此，女皇的夢想便終日糾纏著韋皇后，不論白天還是夜晚，那登基的五色祥雲始終在她的夢中翻捲著……

韋皇后便是在這五色祥雲絲絲縷縷的纏繞中被一片響聲驚醒的。她並不熟悉那不斷向她逼近的聲響。那已是三更時分。午夜的寂靜被驟然劃破。韋皇后乍醒來，在迷迷糊糊中以爲那鋪天蓋地的響聲是民眾的歡呼。於是她眞的很激動，她甚至激動得流下眼淚。她於是清醒。清醒便是夢醒。夢醒這後她才非常現實地想，她還等什麼？她爲什麼還不儘快登基？她已經等不及了，她太渴望看到城門下萬眾向她歡呼的場面了。韋皇后和衣坐起，睜大眼睛，然而她並沒有看到萬眾，也沒有聽到歡呼。眼前只是一片長長的黑暗。她突然害怕了。她醒過盹來才透過窗櫺看到了遠處有火把在遊動。而且那急如星火的馬蹄聲正逼近她的寢宮，那喊聲也變得越來越清晰，那就是要抓住她這個毒殺先帝謀危社稷的逆賊，要將她千刀萬剮，要將她的頭拿下，以祭奠李顯的在天之靈。

韋皇后終於知道那並不是她的五色祥雲更沒有萬眾的歡呼。她嚇壞了，她立刻就意識到她做不成女皇了，她已經危在旦夕。於是她便慌亂地逃出她的寢宮，那時候她只有一個念頭，就是逃跑。她甚至連鞋子都沒有穿，便飛快地不顧一切地往外跑。她披頭散髮。滿臉的驚恐。她身上的睡袍向後飄著。踉踉蹌蹌的步履。她跑著。向著來兵相反的方向。她只想逃跑。那是她唯一的意識。逃命。被身後的騎兵圍追堵截。她不知該向哪裡逃。她更不知能在哪裡躲藏。她真的被嚇壞了。她只是在身後的一片喊殺聲中拼命地跑呀跑呀。在這萬分危急的時刻，她身邊竟沒有一個人。沒有一個人來幫助她救救她保護她。她的腳被石板路磨破，身體跌跌撞撞，臉上是血是淚。但是她卻依然不顧一切地拼命地跑著。後來，這個被逼得幾近瘋狂幾近絕望的女人終於跑進了一個很空曠的院子。她衝進去。那裡一片寂靜。她不知道那裡是什麼地方。她再也不跑了。她寧可死。韋皇后一屁股坐在那片寂靜的空地上的。但幾乎轉瞬之間，便有幾十匹高頭大馬一擁而上，將韋后團團圍住。那馬的凶猛的鼻息。在韋后的耳邊奮力響著。馬並不知道韋后是什麼東西。它們大概很好奇，於是便逼近她，並抬起馬蹄去蹬踏她。韋后再度想跑。但她左奔右突，卻似乎已經衝不出馬的重圍。她的頭不斷碰到那些長長的馬臉。她害怕極了。她高聲喊叫著，不，這是哪兒？

這裡是飛騎營。你就是那毒殺吾皇的毒婦吧，我們找的就是你。

不，你們要幹什麼？飛騎營有什麼了不起的，飛騎營也是朕的。這裡的什麼都是朕的。朕就要登基了。連天下都是朕的了，你們走開，走開，讓朕……

你這個淫毒的女人竟還在做女皇夢？看刀，讓你的女皇夢見鬼去吧！

韋皇后的首級被斬於飛騎營的馬下，實現了李隆基兵變的第一個目標。隨即飛騎營的將士們便提著這個弒君罪人的首級，向政變領袖李隆基邀功請賞去了。

韋皇后失去頭顱的屍體孤單地躺在飛騎營的空地上，被午夜明媚如流水的月光照著。她脖腔中的血依然泉湧般汩汩地流著。流著罪惡。那是黑血。是偶爾飛來的專門吸食腐屍的禿鷲也不願沾的。它們大概也嫌那是罪大惡極的血肉，難以下嚥。

李隆基此次兵變要誅殺的第二個重目標，就是一心想做皇太女的安樂公主。他的那個美如蛇蠍的只有二十六歲的堂妹。又是一個女人。

其實安樂公主在韋皇后臨制的十幾天中並不高興。因爲在那十幾天中，韋皇后一心想的只是她怎樣儘快登基，她甚至不見安樂公主，視安樂公主爲潛在的對手。她說只有她登基做了女皇，而後才能考慮安樂公主做皇太女的事。所以安樂公主不開心。她不開心便不再理母親。她想幸好還有她的丈夫武延秀終日陪伴她，但自從母親臨制，那個被韋皇后任命爲太常卿的武延秀留在家中的時間也越來越少了。

她爲此而和武延秀爭吵。她問他你怎麼總是半夜才回來？

你難道不知道這是什麼樣的非常時期嗎？朝中的事情這麼多，我又是母后的重臣。

難道朝廷半夜還點燈嗎？我去找過你，政務殿的大門早就關閉了。

我們是在母后的寢宮共商國策。

母后的寢宮？社稷的安危竟要到皇后的寢宮去商討，你們是不是還要升御帳呀？

安樂你不要胡說，那可是你母親，不是武則天。

我母親又怎麼樣？她們都是一樣淫蕩的女人。她是不是已經離不開你這個年輕英俊的駙馬了？她從不會放棄那些漂亮的男人。我太了解她了。你爲何要那麼取悅於她？就像是她的一條狗。

安樂你說話不要那麼難聽。就算是一條狗我也是爲了你。沒有她你能當上皇太女嗎？她那種無知的女人都能當皇帝，我憑什麼當不成皇太女呢？

總之我們的未來全靠她。單靠你我也當不上這個太常卿。

所以你才千方百計巴結她。用什麼？是用你的臉蛋，還是你的身體？你們這些骯髒的東西。天下沒有像韋氏這麼無恥的女人了。她毒殺了我父皇，如今又要搶她的女兒的男人上她的床，而你竟然……

武延秀拂袖而去。他不再理睬安樂公主，因爲他無法說清他和這一對母女究竟是一種什麼樣的關係。作爲男人，愛美人但更愛功名。安樂公主可以給他美，但他愛的功名就不是這個美的女人所能給他的了。武延秀生氣地住到了另一個房間裡。他當然知道無論母親還是女兒都是不好伺候的。所以，他常常是一走了之，把那些憤怒中的女人獨自丟在那裡。

安樂公主在這一番爭吵之後難以入睡。她獨守空床，挨著長夜，於是也就難免想入非非。她輾轉反側地想著武延秀在母親的寢宮中究竟會做什麼。她又想以武延秀的風流倜儻，他怎麼會對母親那種醜陋的女人感興趣？她知道無非是因爲韋皇后的手中有權力，而武延秀恰恰又想要那權力。那麼，韋皇后又憑什麼要把那權力給延秀，而不給別的男人呢？母親寢宮裡的男人難道還少嗎？自從武三思走了之後，便有了國子祭酒葉靜能、常侍高醫馬秦客，以及那個廚子出身的光祿少卿楊均輪流伺候在她的幃幄之中，難道這麼多的男人還不夠，母親還偏偏要她的延秀嗎？而伴隨著武延秀對她一天一天的冷落，安樂公主就堅信了延秀一定是也和那些御醫廚子們一道上了那個權傾天下的女人的床。太無恥了，也太令安樂公主傷痛了，他們怎麼能這樣……安樂公主越想越不能忍受。如果和武延秀上床的不是韋皇后而是另外的一個什麼女人，她肯定星夜就會不顧一切地派人去殺了她。但是要延秀的那個人，又恰恰不是別人而是她的母親，而她的母親又不是一般的母親，而是那個握有天下生殺大權甚至是握著她的性命的皇后。

於是安樂公主只能暫時忍下這口氣。至少是在這個特殊的時期，她還要利用母親衝在前面做那個開路的先鋒，爲她日後的皇太女夢想鋪平道路，替她將李唐宗室的那些絆腳石誅殺殆盡。安樂公主當然知道誰走在最前面誰就將成爲靶子，腹背受敵。而這種衝鋒陷陣的事，安樂當然不想去做。她要漁翁得利，坐享其成。她想，日後早晚有收拾母親的一天，哪怕是那個女人已經坐在了女皇的位子上。她可以匡復李唐的王朝。她有李姓。她還握有母后殺父皇的證據。她發誓要把這個殺夫弑君的罪人釘上歷史的恥辱柱。要她永遠也別再想去搶別人的男人。

所以安樂公主只能是枕戈待旦。她不再憤怒，不再委屈，也不再吵鬧，而是在夏季的午夜中走進了武延秀睡覺的那個房間。她推門而入。見武延秀早已在疲憊中睡熟。於是那個睡著的如浮雕一般美麗的男人自然就動了安樂公主的芳心。於是安樂公主才會在這溫熱的午夜，點起了蠟燭，對著銅鏡爲自己的施朱敷粉，梳妝打扮。她想她要以她的美豔喚回她丈夫的心。安樂公主當然知道自己是這宮城裡最美的女人，美若天仙。她就不信她的美不能幫助她，就不能打動那些男人的心。她就是要比試比試，到底是她的美豔還是母親的權力最終能俘獲那些卑鄙的男人。

也是在三更時分，在安樂公主精心地打扮自己時，她聽到了門外的喧嘩。安樂公主雖然一向遠離政治，但是她的聰明使她立刻就意識到了，有人起兵叛亂！安樂公主沒有做夢，她知道這兵變是遲早的，以母親的爲人和能力，她憑什麼那麼輕易地就能登上王位，她比起安樂公主的那個偉大的祖母武則天，簡直是草芥不如。安樂公主這樣想著甚至還有種幸災樂禍。她想這下好了，用不著她了，叛軍就能代她結果了母親的性命。她不怕有人起義不怕有人奪走了母親的政權。比起這義軍舉旗叛亂，她更怕的還是母親搶走了她的男人。

於是安樂公主面對遠處的劍拔弩張反而很鎮定。她輕輕推醒了武延秀，她想告訴他窗外的事，想說這場兵變也許是不會殃及他們的。然而她被武延秀看著她時的那迷茫的目光驚呆了。夢中方醒的花花公子武延秀並不知安樂公主的用意。他只是覺得此時此刻，這個午夜中燭光下的年輕女人實在是太美了，恍若天仙，他還從來不曾發現安樂公主是如此之美。於是他想他愛這個女人，他不能沒有她。而他和那個醜陋的有著權力的老女人上床，不過是逢場作戲，他怎麼能因此而捨棄了他這個如此讓他心旌搖盪的女人呢？他於是撲向他的女人。他親吻她擁抱她不由分說就脫光了安樂公主的衣裙。他說你眞是太美了。你是我的。我將永遠也不離開你。於是安樂公主便順勢問他，是權力重要還是我重要？當然是你重要。那麼爲了我就可以不要權力了？當然只要你，只要能和你今生今世在一起，我將萬死不辭。

武延秀的海誓山盟使被冷落日久的安樂公主感慨萬端。她於是決定不把那遠遠近近的馬蹄聲告訴武延秀，如果在劫難逃，他們又何不在死期到來之前，無比投入地風流一回呢？

然後安樂公主就順從地躺在了武延秀的身下，任憑著她的這個回心轉意的丈夫擁有她。安樂公主怕武延秀聽到兵變的騷動後會落荒而逃，她便拼命地扭動著，瘋狂地呻吟著，她要用她激情的身體遮掩住那窗外咄咄逼人的一切，在這樣的時刻，她不想讓武延秀聽到叛軍逼近的腳步聲。她大聲喊叫著。在這個生命的最後時刻。她不管叛軍，也不管未來的政權會是誰的。她討厭政治。討厭各派勢力之間的角逐和殺戮。她的敵人將只有一個，那就是她的情敵，就是任何企圖奪走她的男人的女人。無論這個女人是誰，無論她的位置有多高權力有多大，但只要搶走了她的男人，她都將視她爲仇敵，也都將與之不共戴天。

所以，安樂公主不在乎叛軍。她甚至不以叛軍爲敵。此時此刻。在床上。她享受她的男人所帶給她的快樂。她也讓自己屬於他，屬於他們所共同擁有的激情。她低聲呻吟著高聲喊叫著。後來她終於在她自己的聲音中聽到有人在撞擊著他們的大門，並高聲喊著索要他們的頭顱，就在那一刻，她知道他們完了，他們將在劫難逃。但是她不管那些。不管門外的那些叛軍她只要她的男人，只要這一刻。這一刻，這一刻的噴湧。安樂公主耐心的等待著，直到，終於，那衝擊著的一切到來，武延秀把他畢生的激情全都給予了她。

然後，安樂公主才徹底安靜下來。她輕輕搖著那個正昏昏欲睡的武延秀，在他的耳邊輕聲說，聽，有人在拍門。是叛軍。叛軍來了。

什麼叛軍？武延秀立刻清醒，並立刻從他女人的身上跳了下來。

你不用著急。是他們起兵了。我早就聽到了那馬蹄聲。

你早就聽到了爲什麼不告訴我？

我叫醒你了，我……

你叫醒我是爲了要我們在一起。

你不是說過我比權力更重要嗎？

可是我並不是說做愛比活著更重要。

有了這樣的夜晚你難道還在乎死嗎？

等等，你聽，他們衝進來了，快……

李隆基的羽林將士們奪門而入。他們一衝進來就用劍戟逼著幾近赤身裸體的安樂公主和武延秀。是羽林軍的驟然出現使武延秀頓時有了精神。他轉身抽出身邊的長劍便和那些來兵格鬥了起來。他邊殺邊砍邊大聲喊著，安樂，快跑，快從側門出去。而安樂公主卻站在武延秀的身後一動不動。她說，延秀，我等你，我們一塊兒跑。武延秀奮力抵擋著對面砍殺過來的刀劍，保護著他身後的安樂公主。他且戰且退，畢竟勢單力薄，後來他憤怒地吼著，他說聽到了嗎？安樂，快跑，你不要管我。我這就來。跑到肅章門去，在那裡，等我。快點呀。可是延秀、我等你，我……還囉嗦什麼。快跑呀。看我來爲你殺出一條血路。看我怎麼把這些叛軍全殺光。你們過來呀？居然欺侮到大唐公主的家中來了，看劍……

安樂公主在武延秀的催促下，在他爲她殺出的那條血路中，終於穿過了刀光劍影，逃了出去。她一邊哭一邊跑。她牽念著她的丈夫。那是種幾近絕望的牽念。在黑暗的午夜，她什麼也看不見。她只是盲目地向前跑著，向著矗立在夜晚的黑暗中的肅章門樓。安樂公主踉踉蹌蹌。好幾次摔倒又爬起來。又好幾次想跑回去，想既然死，他們又何苦不死在一起呢？她眼前晃動著的，是武延秀赤身裸體孤身一人去拼殺著幾十個全副武裝的羽林兵士。他孤軍奮戰。他當然不是眾多叛軍的對手，但是他始終抵擋著搏擊著，他絕不投降也絕不言敗。慢慢地他的周身布滿了刀痕，鮮血淋淋。最後他終於摔倒在地上。他是戰死的。他死時嘴裡所呼喚的，也是安樂公主的名字，他說，安樂，快跑吧，別等我了，別……

也許，如果安樂公主不那麼信守等待的諾言，趁著黑暗，她是能逃過死亡的劫難的。她既然已經逃出重圍，偌大的皇宮，難道就找不到一個她可藏身的地方嗎？但是，她就是那麼傻傻地站在肅章門前，站在那個月光如水的空地上。她把她自己明明白白地暴露在所有人的視線之中，就彷彿就是個靶子。她在對追兵們說，來呀，我就在這兒，來殺我吧。

那時候安樂公主的心裡只有武延秀。她是那麼牽念他，以至於她都忘了恐懼，忘了該怎保護她自己。武延秀英勇護衛她的那一幕讓她無比感動。而那樣的感動，安樂多少年都沒有過了，因為她每天所看到的，全是人與人之間殘酷的相互擠壓，爾虞我詐，甚至是親人之間的彼此欺騙、傷害乃至於殺戮。而武延秀在這個生存死亡的時刻站出來無私地保護了她。他是那麼英勇無畏，那麼奮不顧身，他寧可捨棄生命，也要救出安樂公主，這種獻身精神，怎麼能讓安樂公主不長歌當哭呢，延秀才是那個眞正的男人，眞正的丈夫，眞正的勇士。安樂將永遠不忘延秀那手拿長劍、一絲不掛、周身是傷是血的勇士的形象。她為她有如此勇敢的丈夫而驕傲。

所以安樂公主站在肅章門下不走。她要在那裡等延秀，等她的浴血勇士。其實安樂又何嘗不知孤軍奮戰的武延秀是敵不過那成百上千的叛軍的。但是她就是要等他。那是她的許諾。她不能把捨身救她的延秀一個人丟下。

然後，那些闖進她家的羽林將士們就開始向肅章門挺進。結束家中的那場力量懸殊的搏鬥，對他們來說當然是舉手之勞。他們也聽到了武延秀要安樂公主在肅章門等他。他們當然就急起直追，因為畢竟逃走的那個女人，才是他們年輕的統帥李隆基眞正的目標。

一個女人。

在這場兵變中為什麼只殺女人呢？

那些女人眞有那麼大的能量，眞能扭轉乾坤嗎？

義軍們遠遠在就在肅章門前的空地上看到了那個女人。如此空曠的長夜。那美麗的公主就站在月光下，身上只披著一件蟬翼般透明的絲裙。她就那麼執著地站在空曠的廣場的中央。她並不躲閃。她當然也看到那些正逼近她把她包圍的那些兵士們。

她不懼怕。

她的目光中只是充滿了焦慮，她等待著那些手持長劍騎在馬上的將士們，等待著他們一點一點地靠近她。

他們終於靠近了她。並且逼迫著她。他們當然知道這個女人的頭顱在這場兵變中究竟值多高的官銜和厚祿，他們也知道無論誰搶了這一功誰就將從此是新王朝中的英雄。因為他們知道李隆基第二想要的，就是這顆美麗的頭。他們是義軍。他們曾在李隆基的麾下盟誓。事關社稷天下，怎麼能在乎這顆女人的頭顱是不是美麗呢？所以他們只能使命在肩地不斷縮小包圍圈，把那個美麗的女人的逼到絕境。然而，當安樂公主的那顆嬌小的頭顱就在他們的刀下，他們不費吹灰之力，便能完成使命，但是很久很久，卻沒有一個人敢舉起他們手中的那把已是鮮血的戰刀。對他們來說，這個午夜裡月光中的女人實在是太美了。美到一種尊嚴，美到一種力量，美，就是一道防線，一種兵器，就足能抵禦那些殺氣騰騰的男人了。沒有人敢對著那美舉起邪惡而醜陋的武器。他們不敢，並且不忍，這就是英雄在美人面前為什麼總是氣短。

安樂公主就這樣在羽林將士們的重重包圍中站著。她不跑也不躲閃。任夜風吹起她薄薄的裙子。任她的裙子飛揚。任她那美麗的身體在裙子的飄揚中裸露在那些剛剛殺過人的將士們面前。那就是她。大唐的公主。那是羽林兵士幾乎從不曾見過的。而她此刻就這樣手無寸鐵且愁腸百結地站在他們中間，令他們憐愛。

安樂公主在夜色中抬起頭環視著那些馬上的勇士們。後來，她終於抓到了一個滿身是血的兵士，問他，延秀呢？你們把他怎樣了？你們殺了他嗎？

那個滿身是血的兵士退著。其他的兵士也退著。包圍圈也不斷擴大著。甚至閃出了一條可讓安樂公主逃跑的路。

但是安樂公主不逃跑。

她只是不停地問著那個兵士，延秀呢？你們殺了他了？他怎麼不來？他要我在這裡等他的呀？他在哪兒呢？告訴我。

騎兵中不知是誰突然義正辭嚴，他說，是的，我們把那個逆臣殺了。我們還要殺你。你身爲大唐公主，竟密謀殺了自己的父親，如此弒君弒父之罪，還罪不當誅嗎？你是李唐王朝的敗類，你的死期已經到了，你還有什麼好說的嗎？

當安樂公主終於得到了武延秀的死訊，她便頓時安靜了下來。兵士中也是鴉雀無聲，就彷彿肅章門前的廣場上，並沒有聚集浩浩蕩蕩的兵馬。

當安樂公主確知武延秀已歿，她眞的就安靜了下來。她仰頭環視著那所有高頭大馬上的勇士，然後平靜地說，王朝的事我不管，我只要得到我丈夫生死的消息。好了，謝謝你，我知道了。然後安樂公主就走到了一個看上去異常勇猛的兵士前。因爲她看見她的戰刀上的血還一滴一滴地流下來。她走過去，用手去撫摸那戰刀上的血，她說，我知道了，這就是他的血。這血還是熱的，是他的。他就這樣用他的血和我在這肅章門下會合了。我終於等到他了。多麼好。從此我們就能安安靜靜地在一起了，遠離朝廷，遠離那冷酷無情的爭鬥。我們本來就不該被捲到這政治的漩渦中。我們如果是平民百姓也就不會受這麼多的苦，也不會這麼年紀輕輕就死於戰亂。現在好了。苦難到頭了。我們就可長相廝守，永不分離了。那麼，來吧，就用這把有他的鮮血的刀，帶我走吧。拿去我的頭吧，我不管你們把它獻給誰，也不要告訴我你們起兵的首領究竟是誰。這些對我已經毫無意義了。只要我能和延秀在一起。來呀，爲何還不動手？拿走吧。那是我的頭。可換取功名利祿，來呀，你們不都是勇士嗎？你們爲什麼還不動手？求你們，讓我走吧？

安樂公主就那樣伸著她的頭，等著那些兵士們來殺她。她想她在這世間確實已沒有什麼可留戀的了，既然是，她最愛的男人已死，她也只求一死了。

安樂公主在死前是幸福的。在生命的最後時刻，她不僅在身體上擁有了她的男人，她還看到了這個男人是怎樣用鮮血和生命保護她。她便雙重地佔有了這個男人。徹頭徹尾地。她擁有了他的全部。那麼接下來，到了此刻，只要再加上她的死，這個他與她的夜晚就是眞正完整而又完美的了。一個死前的完整而完美的夜晚。多麼好。不是誰死前都能擁有這樣的夜晚。那麼就讓她死吧。她已經不在乎她美麗的頭顱會讓哪個兵士拿去邀功請賞了。她只要那把刀。那把曾殺過武延秀的刀。她要和那刀親吻，她要死在那把刀下。來吧。拿去吧，懦夫們。

安樂公主的頭顱自然很快就被獻到義軍首領李隆基的面前。那是安樂公主的堂兄。他僅僅比他這個美麗的堂妹大一歲。不知道他爲什麼一定要殺安樂。更不知道在他和美豔動人的堂妹之間究竟發生過什麼。李隆基調轉頭。他大概也不敢看安樂可能依舊美麗的頭顱。他只是擺擺手，意思是放在那裡吧，他就帶著士兵去殺別的人了。他所要誅殺的第三個目標又是誰呢？難道還是個女人嗎？

安樂公主失去頭顱的身體就橫陳於肅章門前的廣場上。沒有人忍心去看，更沒有人敢去碰，就彷彿是聖物。安樂公主的姿態就是死後也是那麼美，那麼驚心動魄。那沾著斑斑血跡的蟬翼般的絲裙依然在她嫵媚光滑的身體上飄啊飄啊，那依然的美豔絕倫，蓋世無雙。那唯有安樂才有的身體。

那是世間從未曾見過的失去頭顱卻依然完整的美。

那是令見過的人終生不忘的美。

在長安城中崔湜的府邸。

在這個金戈鐵馬、刀光閃閃的夜晚，崔湜徹夜不眠。他的家儘管遠離宮城，他儘管根本就聽不到兵器的聲音也看不到束束火光，但是崔湜躺在床上，他的耳朵裡卻充斥著兵器聲和喊殺聲，他閉上眼睛，眼前還是不斷閃過那陣陣刀光血影。

崔湜知道政變就在今夜。他的兄弟崔澄特意提早通知了他。要他待在家中。還要他做好貶官流配的準備。因爲相王李旦稱帝以後，必得將韋后臨朝時期的重要臣相貶出長安，當然崔湜也在所難免，但臨淄王已向崔澄保證，不久後一定會將崔湜召回長安朝廷，而太平公主也在召回崔湜的問題上，與她的姪子李隆基達成了共識。總之他們都認爲崔湜是個不可多得的人才，他們未來的王朝是需要這個風流才子的。

如此崔湜輾轉反側，憂心忡忡。他並不是因爲自己要被趕出長安而焦慮不安，而是，在這個兵變的夜晚，他不知婉兒在哪兒，更不知她會遭遇怎樣的命運。他也曾幾次託崔澄探詢臨淄王對婉兒的態度。而每每崔澄帶回的信息，都是李隆基對婉兒的深惡痛絕。認爲好好的大唐王朝，就是敗在了那幾個女人的手裡。而幾個女人中最壞的，就是婉兒。因爲唯有婉兒是聰明絕頂的。所以，擒賊就必得先擒王。如此，崔湜又怎麼能去保護婉兒呢？他愛這個女人。但是他也只有聽憑命運對這個女人安排了。

崔湜徹夜想著婉兒。可惜他一個堂堂男子漢，竟想不出任何能救心愛的女人於危難的辦法。崔澄通知他今夜兵變的消息時，李隆基早已潛入了皇家禁苑，並把所有的宮門看守得嚴嚴實實，任何宮城之內的人都插翅難逃。崔湜眼看心愛的人將遭屠戮，卻愛莫能助。那是種怎樣的悲哀。他只能坐以待旦。只能是焦慮不安地任憑起兵的人去殺去砍。他唯有在心裡爲婉兒默默祈禱，希望她最終能逃過這最後的一劫。

崔湜便這樣熬到了天明。

直到天明，沒有一點關於政變成敗和婉兒生死的消息。

他心懷惴惴。有一絲莫名其妙的僥倖。然後他便只能強打精神，和所有朝官一樣，和每天一樣去早朝。

太極殿中似乎沒有任何政變的跡象。大多數不知情者依照相互寒暄，談笑風生，說昨晚的天氣如何如何炎熱，潮濕的空氣中一夜飄忽著一股腥呼呼的味道。彷彿是血腥。崔湜抬起頭在朝臣們中間一掃，他便即刻意識到，政變成功，因爲大殿中已經沒有任何韋姓的朝官，他的心情頓時黯然。

政變成功了，是不是就意味著婉兒也被誅殺了呢？或者婉兒還沒死，她只是被囚禁關押在大獄中，崔湜想只要婉兒活著，他就一定要想方設法地去看她，哪怕去看婉兒的代價是死亡，崔湜也將在所不辭。

果然如崔湜的猜測。當早朝的時辰一到，相王李旦和太平公主就相攜一道走上大殿。他們兄妹的驟然出現使滿朝文武著實地震驚了一回。他們看著滿面春風的這一對兄妹目瞪口呆，但隨之爆發的就是一陣熱烈的歡呼聲。因爲他們終於看到，隨著中宗李顯的謝世而大權旁落的大唐王朝終於又回到了眞正意義上的李家。

太平公主和相王手牽著手向百官宣布，殤帝重茂已讓位於相王李旦。李旦於是在數年之後又莫名其妙地再度被推上王位。甚至連他自己都不知道，清晨一睜開眼睛，他的兒子和妹妹就通知他，從即刻起，你就是天子了，又可以稱「朕」了。他們不管李旦是不是喜歡這個天子的位子。但是李旦必須坐在那把龍椅上，唯有他坐在那裡，才能天下太平。李旦這一次做天子不再有身後的母親了。但是李旦顯然依然是傀儡的皇帝，因爲太平公主參與了這次成功的政變。她和她的兒子們的都是積極的策劃者和起義者，所以必然的，她今後就必然要和她的皇帝哥哥平分天下。

接下來就是向文武百官宣布政變的過程，任免的名單和被誅殺者的名單。在被流貶者的名單中，自然有被貶出長安、充任華州刺吏的崔湜。這是崔湜事前就知道的，所以他沒有像其他被貶黜者那樣如喪考妣，而保持住了安之若素的君子尊嚴。

崔湜是豎著耳朵去聽被誅殺的那些皇室和朝廷要人的名單的。因爲韋氏在兵變前已經大權在握，所以被誅殺者多爲三公六卿，文武政要。在一片唏噓之中，崔湜聽到了韋后，聽到了韋溫，聽到了韋后的子姪們，當然崔湜還聽到了武延秀，聽到了安樂公主，憑著政治的直覺，崔湜覺得臨淄王起事是堅決的徹底的不留後患的斬盡殺絕的。他覺得臨淄王很狠。而且無疑，這個年輕人已經爲他日後的登基鋪平了道路。他已經剿滅所有可能會成爲敵對勢力的黨羽，他事實上已經大權在握，他已經成爲那個未來的天子。

在被誅殺者的名單中，崔湜竟然一直沒聽到上官婉兒的名字。他於是很慶幸，但又有點懷疑。他不知臨淄王是不是突然良心發現，或是太平公主求情，她們之間，畢竟是有著姐妹一般的友情，因而婉兒能倖免於難？被誅殺者的官位越來越低，及至最後小小的兵士……崔湜終於長出了一口氣，他想他要感謝上蒼，讓婉兒終於逃過了這一劫，讓他的心裡從此又有了依託。所有被誅殺的名單宣布完畢。

所在場的人都如釋重負。

而驟然之間，滿身鐵鎧的臨淄王突然出現在太極大殿上。於是，緊接著百官歡呼。這就是英雄。就是力挽狂瀾的救世者。他全副武裝在站在那裡。他是那麼堅毅、果敢、有王者氣象。他是誰？他就是王朝的希望。

他於是壓住了百官的歡呼。一字一字地鏗鏘地向大家宣布，被誅殺者還有上官婉兒。這個卑鄙的女人罪大惡極，她與武三思淫亂，使後宮從此染上了靡亂之風，她鼓勵韋庶人效仿武則天，圖謀我李唐社稷，她還每每唆使安樂公主欺凌太子重俊，致使重俊在起兵失敗後慘死。皇室的所有陰謀都和這個女人有關；我李唐社稷能有十九天落入韋氏手中，也是這個女人慫慂的結果。這個上官昭容雖爲先帝的嬪妃，但是她實在惡貫滿盈，我等不殺她就不足以爲慘遭毒手的中宗報仇雪恨，就無法證明我們此次起兵的成功，望天下和百官能認清這個女人的眞面目。殺一個婉兒不足爲惜，關鍵是……

崔湜的眼睛不停地流下來。

他不停地用手去擦用手去擦，他已經不管是不是有人會看見。他想就是此刻把他拉出太極大殿去斬首，他也不能不爲婉兒哭泣。

其實婉兒最終難逃一死，本來已是意料之中的。但是當確確實實地知道婉兒已經死了，這個世界上永遠沒有她了，崔湜再也見不到她了，崔湜就禁不住熱淚盈眶，滿心絕望和悲傷，畢竟，婉兒是崔湜此生的至愛。

崔湜好不容易挨到了退朝。

他一邊流著眼淚一邊走出太極大殿。

他不管是不是有人看他，是不是有人向新皇帝告發他。他覺得他一向迷戀的太極殿對他來說已經毫無意義，甚至，連他的生命也已經變得毫無意義了。

崔湜無法接受這個嚴酷的事實，婉兒死了，而他卻活了下來。對他來說，這個失去了婉兒的世界還完整嗎？

崔湜回到家中。叫家奴立刻爲他收拾行裝。他決定明早就上路，他已經不願在京城再多待一天了。然後他就把自己鎖在房子裡。他用枕頭蓋住腦袋狠狠地大哭了一場。那是男人的眼淚。也是男人的愛。

直到午夜。

午夜時分，突然有人前來拜見。那是因政變有功而被授予中書舍人的劉幽求。對於劉幽求的突然來訪，崔湜很惶惑。他不知道他的這個朋友這時候來看他，究竟是爲什麼。

劉幽求說他是來送行的。

他還說是臨淄王讓他來的，臨淄王保證不久將會召回崔湜。

崔湜麻木地面對著劉幽求，面對著臨淄王的許諾。他已經不知道他是不是還想回京都來了。這時還有意思嗎？

劉幽求告別。

劉幽求一副欲言又止的樣子。

劉幽求惴惴地。後來他實在彆不住了。就流著眼淚說到了昭容娘娘。

崔湜說，劉大人，不提她了。

劉幽求說，早朝時不單單是崔大人，有一半的朝官在爲婉兒流淚。

崔湜說，婉兒大勢已去，我知道，那是誰也救不了她的。

我只是想告訴崔大人，誅殺昭容娘娘時，微臣在場。娘娘雖攜宮人秉燭相迎，且詔示遺詔，但，臨淄王終是不許……

崔湜打斷了劉幽求。

崔湜說，其實婉兒早就知道她難逃這最後的一劫。她是做好了死的準備。她也曾反覆說起要學太宗的婕妤徐惠，以生命去殉聖上的恩德。只是婉兒不是一般的女人。她的才華和智慧甚至是我們這些男人所不能比的。只是她生不逢時。她太不幸了，從一出生就不幸。就要爲活著而備戰。婉兒不是個卑鄙的女人。很多事她是不得已而爲之。對婉兒來說，她的道德良心就只有一個標準，那就是生存。一切爲了生存。如果她不是一出生就被滿門抄折，趕進掖庭；如果她的臉上不是被刺著羞辱的墨跡，她又何苦要費盡心機地用她的智慧和身體殺出這樣一條生存的血路呢？婉兒是無辜的。也是清醒的。我還從未見到過如她般清醒的女人。想想如果清醒地去做那些違心的事，那會是怎樣的痛苦。然而婉兒卻只能去做。所以婉兒又是可憐的，令人同情的。我了解她。也知道她心裡深深的苦。她活該去死。死也是她的願望。其實也是我的願望。我希望她死。希望她盡早解脫。臨淄王永遠也不會知道她是個多麼好的女人。滿朝文武尊重她。而只有眞正與她親近的人，才會眞正懂得她……

劉幽求再度向崔湜告別。

崔湜突然不讓他走，他痛苦地提出，劉大人，我就要走了。很難說你我今後是否還能見面。你我兄弟一場，崔湜最後只有一個請求，你還是告訴我她死時的情景吧。她鎭定自若，容止端雅……

在殺戮聲中。

婉兒靜靜地坐在她的房間裡聽那殺戮之聲。那一聲一聲絕望的吼叫。那戰刀砍在人身體上的沉悶的響聲。婉兒太熟悉這一切了。這就是宮廷裡的聲音。是那種不斷輪迴的永恆。既然這是宮廷生活中的一種必然一種常態，那麼還有什麼不能接受嗎？婉兒當然知道這最後的一劫是遲早的。所以她對這遲早要到來的劫難異常冷靜。既然是遲早。遲不如早。那甚至已經是婉兒所盼望的了。她彷彿已經看到了那一刻。

即將到來的那一刻如此燦爛。那將是一種燦爛的完結，亦或是燦爛的新生。婉兒想在那一刻將會是她的血流出來了。而她的血流出來又會是什麼樣子呢？於是她想那血。於是一片紅色的迷濛。她已經不記得是在哪裡看到過那一片紅色的迷濛。不知道是在記憶中的哪個角落。那似曾相識的溫暖。那漫天飛舞的鮮紅的血滴。如同紅色的花瓣一般那麼輕輕地緩緩地飄落在她臉上身上。好用手去抓。但是卻抓不到。那血色很快就迷濛她的眼睛。後來又墜落在她柔嫩的嘴唇上。她吸吮著。有點像奶水的滋味。有一點甜。有一點鹹腥，但卻是溫熱的。哺育著她。婉兒便是被這紅色哺育的。然後她長大。婉兒想著。但是她卻眞的記不起究竟是在什麼地方看到過到這鮮紅而斑駁的景象了。迷濛的一片血紅。那便是她的初始。

在殺戮聲中。

婉兒坐在了銅鏡前。在幽暗而溫暖的燭光下。婉兒已經很久沒有這樣坐在鏡前了。不記得有多久了，自從她臉上有了那晦暗的墨跡。她本來是那麼美。被那些英俊的皇子們所愛慕著並且追逐著。初次與李賢的相遇。那是她生命的至愛。那時候婉兒只有十四歲。十四歲的青春和愛情。但是轉瞬之間，那人生最美好的青春和愛情就全被政治毀滅了。她不能夠選擇她的愛情，她甚至不能選擇人生。婉兒坐在鏡前。在鏡前打量著自己。她彷彿是第一次看見臉頰上忤旨的墨跡，她撫摸著那一片早已模糊晦暗，她才知道，墨刑並沒有使她變得很醜陋。鏡中的那個女人還是她。婉兒。只是如今連她的墨跡上都布滿了皺紋。她眞的老了。還有她不知道什麼時候起全都蒼白的頭髮。她何苦還要在這艱辛的人世苦苦地掙扎呢？

在殺戮聲中。

這是最後一次，婉兒爲自己梳頭。她拒絕了那些想要幫助她的宮女，她說這一次，讓我自己來。她要自己爲自己送行。她精心地爲自己梳著頭。她爲自己梳起了一個樸素而典雅的髮髻。她在鏡中知道那髮髻使她看上去是那麼完美。她也不記得她已經有多久沒有如此精心地梳頭了。她對自己從來就不精心。她這樣梳著便想起那曾經爲女皇精心梳頭的許多的清晨和夜晚。她記得女皇被送進棺槨之前的那髮髻就是她爲她梳的。她要她以最美麗的姿態成爲永恆。她想她爲什麼會如此熱愛那個女人？那個女人明明是她的仇人，明明殺了她全家，明明把她和她的母親送進那可怕的掖庭。婉兒想是的，她應該恨她。她必須恨她，她甚至也曾想過要殺了她。但是她竟然一生也沒有這樣做。她自從第一次見到她就被她所迷戀所吸引。她從此臣服於她，並瘋狂地崇拜她。她一生愛她甚於仇恨她。她把她當作了自己的再生父母，她覺得能與女皇在一起是她畢生的幸福。她不能想像沒有了女皇的朝廷和後宮將會是怎樣的枯燥和乏味。她便是在這枯燥和乏味中熬過了最後的五年。五年中，她沒能一天停止過對那個遠去的偉大女人懷念。婉兒想，世間不會再有任何人會如她般對這個偉大的女皇懷有這麼深切的愛同時又懷有那麼深刻的恨。她就是這樣愛著恨著，愛和恨都到了一種極致，這就是她們之間的那種刻骨銘心的關係。

然而現在梳著這滿頭白髮的女人已經是她了，是她自己。婉兒想，她從小面對生存膽戰心驚，然而最終還難逃厄運。她不能壽終正寢，她甚至都不能有正常的死亡，她命該死於非命。她不知道是她的死期到了，還是因爲她多行不義？但是婉兒知道，她已經不是個好女人，她其實已經很壞，在權力的爭鬥中，她的智慧已經變成了陰謀。但是那也是她不能選擇了。她要活著，就必須要取悅於那些當權者，就一定要千萬百計地討他們歡心。而她討他們歡心的方式沒有別的，那就是爲他們出謀劃策，或者是爲他們無償提供險惡的但卻馬到成功的陰謀詭計。當然有時候她也會把她女人的身體加入進去。她甚至一直爲此而很欣慰，她總是想，她幸好還有她的身體可以利用。果然她成功地利用了她的身體。她才得以在永不間斷的急風暴雨中一直苟延殘喘到今天。從章懷太子到中宗李顯。又從武三思到崔湜。她把她的身體給予他們。她從他們那裡獲得利益獲得權力獲得生存的保證；而在他們遭遇危難的時候，她又不惜犧牲自己去救他們。她爲什麼要救他們？僅僅是爲了她的床第之歡嗎？她爲什麼要把武三思送給韋皇后，又把崔湜送到太平公主的床上？她爲什麼要這樣做？是爲了他們，還是爲了她自己？但是她最終還是沒有能救下那些她以身相許的男人們。無論是章懷太子李賢，還是中宗李顯，還是權傾一時的武三思，最終都是死於非命。她不知道她最後所愛的那個男人崔湜是不是能逃過臨淄王政變的這一劫，她不希望她與之有過肌膚之親的男人都死在她的前面。她希望在她死後，這世上還有個愛她的男人能懷念她。

宮廷中已遍佈著馬蹄聲和喊殺聲。到處是腥風血雨，到處是搏擊和掙扎。已經是四面楚歌。婉兒深知她的生命到了此處，便眞正陷入了腹背受敵、孤立無援的境地。那才是眞正的末日的來臨。

銅鏡中的婉兒依然是美好的優雅的。她很欣賞自己的那種鎮定自若的風度和視死如歸的心態。儘管她的頭髮蒼白，臉上有墨跡和皺紋，但是她知道她依然是美麗的。這一點她知道。她需要這美麗。她希望美麗是能和死亡連接在一起的，對死亡來說，美麗無疑很重要。

在殺戮聲中。

婉兒開始更衣。她在選擇衣裙的時候，聽到那遙遠的馬蹄聲正在風馳電掣般向她的房子逼近。他們已經衝進了玄武門，他們正一路殺風地撲向她。這一次他們就不僅僅是要索要她了。他們要抓住她，要將她斬於他們李唐的義旗下，然而，婉兒依然在耐心地選擇她的衣裙。這一次她要精心，她不再像幾十年來那樣的隨隨便便。就如同生是偉大是莊嚴的。死亦是偉大而鄭重的。婉兒在對自己告別的時候，她當然要面對一個無比美麗雍容的她自己。這一次婉兒爲自己選擇的是一身很女性化的典雅的衣裙。那種棕紅的溫暖色調，那寬闊而浩大的裙擺。很美的那一種。在很美的衣裙的環繞下，婉兒上路。她翻掉了銅鏡。她此生不再照人世間的鏡子，然後她問身邊的宮女，她問他們，這樣上路，行嗎？

年輕的宮女們不知道婉兒爲什麼要如此打扮自己。她們說她們還從未看到昭容娘娘這麼漂亮過，眞是恍若聖母。而年老一點更熟悉婉兒的那些宮女則是扭轉頭，暗自垂淚。她們知道婉兒爲什麼這麼做，她們只希望風光了一世的昭容姐姐上路時能走好。

在殺戮聲中。

然後婉兒手執紅燭。

婉兒要求所有宮女們也都每人手執紅燭，跟著她一道走出庭院，列隊去迎接那些正在一步步逼近的滿臉殺氣的政變勇士們。

負責帶兵逐殺婉兒的恰好就是臨淄王的親信、也是崔湜的密友劉幽求。他本來的目的很明確，就是殺死這個禍國殃民的邪惡女人，然後提著她的首級去見臨淄王。婉兒就是臨淄王要殺的那個第三個女人，是臨淄王此次政變的第三個目標，他是絕不會放過這個上官昭容的。

然而劉幽求做夢也想不到在一路腥風血雨之後，竟會有一支排列如此整齊的宮女隊伍在靜靜地秉燭迎接他們。於是他們的人馬在已經殺人不眨眼之後，面對如此的女人們突然停住了腳步，不敢再向前半步。這就是這些手無寸鐵的女人們的力量。她們沉默。那沉默中的威懾。足以讓那些男人望而卻步，放下屠刀了。還有午夜中的那耀眼的燭光。那燭燃燒著。那一行一行流淌下來的燭淚。那是女人的眼淚和光芒，還有女人的溫暖。

劉幽求被震驚了。

他身後的士兵們被震驚了。

就像是一片火海中的一塊寧靜的綠洲。

面對這樣的主動迎接也就是主動出擊，以攻爲守的場面。男人們不得不下馬，不得不收起他們鮮血淋淋的刀劍。

劉幽求站在帶領宮女們秉燭迎接他們的婉兒面前。他看著燭光下的婉兒他覺得這是他此生所見到過的最美的女人。在她那眞誠的目光中彷彿不知道死期已近。她是那麼端莊典雅，雍容華貴，又是那麼平靜自若，臨危不懼。她就站在那裡。那樣氣宇軒昂，儀態萬千地站在那裡。而就是因爲婉兒站在那裡，劉幽求便不得不在這個彷彿依舊權及天下的女人面前跪了下來。

劉幽求跪了下來。他甚至戰戰兢兢地說，昭容娘娘，臣下不得不送娘娘上路了。

於是婉兒走過去扶起了劉幽求。婉兒說，我理解劉大人的苦衷，我不會爲難大人的。即使劉大人不來，婉兒也到了該上路的時辰了。既然聖上已經走了，作爲聖上的嬪妃，婉兒還不該上路嗎？我只是想活著看到臨淄王起兵這一天。只是想看到這大唐的江山又回歸李唐皇室的手中。這便是婉兒在先帝駕崩之時，爲什麼要假托遺詔，堅持要相王參政。我特意拿來了這份假托的遺詔請劉大人過目，並在方便時轉交臨淄王。這一切，太平公主都是知道的。

可是娘娘，臣下軍令在身，不得不……

不，劉大人，你誤會了。我沒有爲我自己開脫的意思，我知道我是難逃此劫的。我人生的是非功過我自己是清楚的。我早就知道我的路已經走到了盡頭。我其實已經全都準備好了，就等著大人來了。那麼，就來吧，婉兒的頭顱就在這裡……

不不，娘娘，如果娘娘果眞是對光復李唐皇室有功，當然不能與韋氏一道處置，只是臣下不能決定。容臣下去請奏臨淄王，行嗎。

那好吧。既然是你想去就去吧。其實我上路時間和任何人都沒關係。不過讓臨淄王知道我做過的這些也好。請劉大人轉達婉兒對臨淄王的敬意。我是在後宮從小看著他長大的。我也是從小就看出了他的帝王氣象。我是那麼愛他。敬慕他。讓你的士兵們留下。我會在這裡等你的。

於是劉幽求疾駛而去。以最快的速趕到了鎭守玄武門的臨淄王李隆基的面前。年輕的李隆基看著高高聳入夜空的玄武門感慨萬端，單單是他們李家爭權奪勢，就有多少親人血灑這玄武門下呀。然後少年壯志的李隆基等待著劉幽求。他已經聽到韋皇后死了，安樂公主和武延秀死了，他以爲劉幽求所給他帶來的，是他必欲置之死地的上官婉兒的首級。他翹首以待。他想不到劉幽求一來就兩手空空地跪在他的面前。他不知所以，便厲聲問著劉幽求，那個女人的首級呢？

劉幽求跪在那裡歷數婉兒對李唐宗室的種種功德。說到動情處他便聲淚俱下。他懇請臨淄王能重新考慮對婉兒的處置，劉幽求希望臨淄王能留下婉兒的命。

大概是劉幽求對婉兒的傾力弘揚，反而激怒了那個壯志凌雲的李隆基。他大罵劉幽求，那個罪惡的女人怎麼將你也俘獲了？她給了你什麼好處，讓你萬死不辭地爲她求情？她是個什麼樣的女人我怎麼會不知道！

臨淄王，確有遺詔在這裡，臣下帶來了。

她爲什麼會假托這樣的遺詔，還不是被重俊造反嚇壞了。可重俊又爲什麼要造反呢？還不是這個女人整天鼓動安樂公主夫婦欺侮重俊。而且是她極力鼓動韋氏效仿武則天登基做女皇。又是她明目張膽地與武三思淫亂，致使後宮從此染上淫亂之風，甚至連先帝也淫浸其中，不問朝政，社稷滑落於外戚手中。如此罪大惡極的女人難道值得你如此同情？她甚至是比韋后更凶惡的東西。

但確是上官昭容堅持要相王參政，這些太平公主也很清楚。

那無非又是她的一條詭計。寫上相王參政又怎樣？不過是虛與委蛇，相王不是宣讀中宗遺詔的當天就被罷去參政之權了嗎？這不過是婉兒的權宜之計。她怎麼會極力鼓動韋后稱制，而最後又不把王朝大權交給她呢？

可是大王，你也曾經說起過，當年五王被則天囚禁於後宮，是昭容娘娘每每去看你們……

劉大人你想做什麼？

幽求以死相諫，昭容娘娘不該被誅殺，她是那麼愛你……

眞的不去殺她？

臣下實在是下不了手，她畢竟是聖上的嬪妃，是女皇最親近的女人，且她的祖父，又是上皇的近臣……

好了你不要再說了。如果你不想讓這個女人的血弄髒了你的手，那就我來。我來親手殺了她。我恨她，我有這個決心和勇氣，留下她將後患無窮。未來的王朝中沒有她的位置。

李隆基的雙腿在他的戰馬上狠狠一夾，便獨自奔向婉兒的官邸。劉幽求緊隨其後。他從未見臨淄王騎過這麼快的馬。

他們飛奔。

在暗夜。

暗夜中終於閃爍出如星光一般明亮的點點燭光。

李隆基拔出了他的長劍。

他知道王朝意味了什麼，而女人意味了什麼。

所以他絕不遲疑。

所以他未來才能成爲大唐王朝的一位偉大的名垂千史的國君。而千古傳唱的。卻是那感天動地的關於愛的關於女人的《長恨歌》。那或許是他起兵清剿誅戮諸韋及上官婉兒時所想不到的。他或許是愛女人的。深愛。他是因愛而恨，而終於在他首次帶兵打仗時，就把殺敵的目標定在女人身上。他認爲世間能夠將王朝搖撼的唯有女人。

他把女人當作了敵人。而敵人中的敵人就是婉兒。他如此快馬揚鞭，劍拔弩張就是爲了去殺婉兒。說是爲了去報那個少年夢想破滅的仇。

他不能想那是怎樣的深仇大恨。不能想他兒時被囚禁在後宮時，是怎樣迷戀這個常常來看望她們的女人。他曾經覺得她是那麼美，那麼優雅，那麼智慧。他喜歡聽她講話。他沒有母親，他幾乎把她當作了自己再生的母親。那是他平生喜歡的第一個女人。她既把她當母親去愛，但那愛中又有著一種他說不清道不明的感覺。那種時常湧動的少年激情。他幾乎每個夜晚都想著她，而每個清晨又都盼望著她能來探望他。後來他對她的感情不再單純，但卻更加深邃。他甚至希望她永遠是他的，是他一個的，他甚至想過如果有一天他眞能擁有王朝，他就要尊這個女人爲皇太后。他想他可能今生今世都不會離開她了，至少他的大腦他的心不能離開她。這是偌大的後宮中獨一無二的女人。那是他從未見到過的高雅志潔、出污泥而不染的女人。他雖然年少，但卻視她爲知己。他想人生就是該有這種對他來說充滿了魅力和誘惑的女人做朋友。而且，她說是那麼關切他愛護他，她從來沒有因爲他小就忽略了他，她也是一直把他當作朋友的。

這是怎樣的一種少年的歡欣和夢想。

隆基便是在這想入非非中一天天長大。

他覺得世界多美好。後宮多美好。被囚禁多美好。他甚至不想再離開後宮。他怕有一天他的祖母女皇放他們出宮，他就很難再見到這個幾乎天天來看望他的女人了。

他愛她，並且，崇拜她。

但是有一天他看到了什麼。

在祖母的後花園裡他看到了什麼。那全是他無意間看到的。他寧可沒看到那一幕。他心中的理想中的夢幻中的女人，竟然被他最不恥的男人擁在懷中。而且那個男人還親吻她在她的身上到處亂摸。她所有純潔的地方。就被那個污濁的男人污染了。她竟然聽之任之。她竟然不掙扎也不反抗。她竟然還呻吟還要求。她竟然是那麼投入那麼熱烈那麼心嚮往之。

對於李隆基來說，那一切又意味了什麼。他第一次看到男女之間的事情，而那個女人是他最最在乎的。是的，對隆基來說，他看到那一切就意味著雙重的破滅。第一重是他從此對感情的聖潔動搖了信念。第二重是，他從此對婉兒的聖潔發生了懷疑。同時少年隆基又飛快地建立起後種信念，那就是婉兒是個壞女人。他當時就恨不能殺了她。後來他終於明白，一個女人和一個什麼樣的男人在一起，就說明了她就是什麼樣的女人。那麼婉兒又還有什麼好留戀的嗎？武三思是凶險的醜陋的卑鄙的無恥的，那麼任憑他摸來摸去的婉兒還能高尚嗎？還值得他去愛，去憐惜，去崇拜嗎？

李隆基確乎是當時就想殺了婉兒。如果他能有劍的話。

後來不久，他很快出宮，滿懷了對那個女人仇恨。那是種怨恨。這怨恨就足以使他在以後的這十幾年間，每一天都夢想著要殺了婉兒了。而一旦他萌生了這個願望，他就沒有一天不是睡在兵劍上。他要尋找一切機會。甚至，他打出匡復李唐的旗號，其實也是爲了要殺婉兒。

李隆基在馬上飛奔。

他沒有想到這一等竟然等了這麼久，等了十幾年。於是他用十幾年的時間爲婉兒編織罪名。他要將婉兒殺得無懈可擊，他要用這個女人的斑斑劣跡，堵住那所有尊重她愛戴她爲她求情的人的嘴。

李隆基在馬上飛奔，他高高地舉起他的劍。

用十幾年等待著一個女人，難道他還不夠堅決嗎？是的他從此再也看不到這個女人身上的優點。他甚至把她種種善意的舉動都當作是惡意。他把她的智慧聰明看作是詭計多端。他把她的高雅明智當作是她的虛僞和狡詐。總之婉兒已十惡不赦。他已經等得太久了。他不能再等了。他一定要親手殺了她。他要親眼看見她的血流出來，親眼看見她死去。

李隆基急匆匆地趕著去殺婉兒。

他不知道是一種什麼樣的感覺，彷彿被什麼人追著，彷彿一旦晚了，他就殺不成那個他仇恨的女人，他就報不了那個少年夢想破滅的仇了。李隆基飛快地向前跑著。直到他終於趕到婉兒的家，終於看到了宮女們手中的那一支支就要燃盡的紅燭。

他終於沒有親自把劍刺進婉兒的身體。但是他卻看到了那個端莊典雅的女人正在緩緩地躺倒在地上，她胸前還依然插著那把刺得很深的劍。那也是李隆基所不曾料到的，他還不曾料到，那個躺倒在地上的女人，今天，此刻，竟是那樣的美。他覺得他已經認識她很多年了，卻從不曾看見她這麼美過。而且是如此美地去赴死。

是誰？他狂吼著。是誰殺了她？

士兵中一片沉默。

你們說呀，究竟是誰？爲什麼？爲什麼？李隆基的怒吼聲撕破長夜。

於是才有個士卒戰戰兢兢站出來，他說是娘娘。是娘娘搶走了奴才的劍。娘娘說，臨淄王來了。不用再等。說著就把劍刺向了自己，我們誰也攔不住。

婉兒的鮮血流出來。紅色的。那紅色的記憶，她終於又回到了搖籃中。她笑著。覺得能回到嬰兒時代，眞好。是她自己把自己送回那遙遠的記憶的。她不想讓她的血染紅了任何人的手。那是她的血。她自己的。那記憶中的。沒有疼痛。疼痛被那夢幻般的紅色的迷濛掩蓋。

當婉兒在暗夜中看到了那個高舉著長劍的李隆基。她很欣慰，她知道那個她從小最愛的孩子來殺她了，她知道了他很堅強也很堅定，她也更堅信了他必定是一代偉大的帝王。

而一代帝王的誕生，也就意味著，她的一切的一切都該結束了。她已經英雄末路。她更是美人遲暮。但是她並不在乎這人世間英雄末路、美人遲暮的悲哀。她早就該退出了。她不想再等待了。她已經看見臨淄王舉著長劍向她奔來，她知道一個帝王的誕生，就意味著一個朝代的開始。而她，已經不屬於這個嶄新的摧枯拉朽的新朝代了。

婉兒彌留著。

當鮮血流淌，當宮女們流淚，當李隆基正跳下馬向她走來，當她已經開始意識朦朧，她知道，她已經走完了她人生的路。然而她堅持著。她努力睜大眼睛，不想這麼匆忙地就離去。她想她依然是清醒的，她也仍然還有智慧。正因爲清醒她才能感覺到她的清醒正在緩緩地棄她而去。她方才知道，原來那清醒與生命是一道的。當生命已經離去，她又怎麼可能再擁有那匡世的清醒和智慧呢？她唯有告別。就告別了這對她來說已經無悔無愧的生命吧。

婉兒是在彌留中看見李隆基一步一步向她走來的。她聽到了他的步履是那麼沉重，她看見他的臉頰上竟掛著淚珠。他手裡一直舉著那把劍。他是走到婉兒身邊才把那劍丟下的。劍撞擊在石板地上發出「噹啷」一聲清脆的響聲。李隆基走近她，便一條腿跪在她的身邊。

他們相對無言。

婉兒想她是那麼愛他欣賞他，把他當作是自己的孩子，當作是人間所賜予她的唯一寶貝……

隆基流下眼淚。他看著奄奄一息而又美麗非凡的那個女人。他想這畢竟是他此生愛過崇拜過的第一個女人。

那就是他的目光。婉兒熟悉的，就像十多年前，他總是那樣看著她……

不，你不要死。我原諒你了。留下來吧。你永遠也不會知道有多少夢是關於你的。

不，不要哭。記得我給你講的故事嗎？已經晚了。可是你不讓我走，那時候你才九歲……

不，等等，別閉上眼睛。別背叛我。你爲什麼總是背叛我？過去是用感情用身體，此刻卻是用生命、用死亡……

他們相對無言。

婉兒抬起手臂。她想用她的手去摸摸臨淄王的臉。就像他小時候那樣。婉兒還想說，讓我走吧。你看。天亮了。那麼美。紅色的……

然而婉兒的手終於沒有能碰到李隆基的臉，沒有能碰到那個三年之後終於登基的偉大唐明皇玄宗的臉。

宮女們手中的紅燭一支一支地熄滅。

然後是一切的寂滅。

婉兒沉入了那永恆的黑暗。

而黑暗中所瀰漫的是一片血紅。

附錄：

西元七一一年七月，婉兒周年祭的時候，太平公主請奏再度繼皇位的睿宗李旦，要求爲婉兒恢復名譽，賜謚「惠文」。那是太平公主念舊，不忘她們姐妹般的手足之情。那時候的崔湜早已從流配之地華州返回朝廷，不久便重投太平公主的府上，成爲太平公主死心塌地的黨羽。並由太平公主向睿宗舉薦，復遷中書門下三品，拜中書令，又成爲朝廷上舉足輕重宰相。想來太平公主提出爲婉兒恢復名譽，其中也有崔湜的一番心意。他們不忍婉兒的靈魂總是在山野間飄蕩。他們要給婉兒一個能夠安置她靈魂的地方。

西元七一二年八月，睿宗李旦再次禪讓。這已經是他在皇位上第二次禪讓了。第一次是給母親武則天；第二次是給兒子唐玄宗。他的母親和兒子都很偉大。他被夾在其間便只能是閒雲野鶴。他總是很清醒也很明智。這一點他倒是和婉兒很像。睿宗禪位後皇太子李隆基宣誓繼位。是爲太極元年。

西元七一三年，唐玄宗李隆基與姑母太平公主爲權力而劍拔弩張。昔日一個戰壕的戰友轉瞬之間成爲了不共戴天的敵人。雙方枕戈待旦，一觸即發。太平公主秘密策劃，安排布置，準備七月四日揭竿而起，一舉奪下李隆基的政權。太平公主敢於如此，自然也是想步母親武則天的後塵，做另一位登上王位的女皇帝。只可惜女皇當年痛下決斷，要將皇位傳於中宗李顯的時候，就已經得出了「大周帝國唯朕一代」的結論。而女皇的這一結論是不可逾越的，太平公主也就命定她做不成女皇了。太平公主兵變的計劃不知怎樣走漏了出去，結果唐玄宗李隆基便先發制人，於七月三日提前剿滅了太平公主及其黨羽。三天後，太平公主於家中賜死。這一次便再沒有女人能救崔湜了。作爲太平逆黨，崔湜被流放嶺南。崔湜本以爲他的兄弟崔澄能救他，但是他剛剛行至荊州，便被敕令追及荊州賜死，徹底結束了他沉沉浮浮的一生。崔湜縊時四十三歲，距上官婉兒歿僅僅三年。

從此唐王朝進入了唐玄宗李隆基的「開元盛世」。開元初年，剛剛繼位的李隆基就特令將婉兒詩文收集成冊，編成文集二十卷，並請張說爲之作序。只是這上官婉兒文集二十卷也不知在哪個朝代亡佚散失了。《全唐詩》中僅留婉兒遺詩三十二首，且多爲應制之詩，不足以證明婉兒的多才多藝，明敏睿智。倒是婉兒用她在宦海中波瀾起伏的一生，證明了歷史對她在政治領域中頗多建樹，大有作爲的評價。無論如何，婉兒是偉大的，是獨一無二的，就像武則天是偉大的是獨一無二的一樣。便這樣，婉兒才能穿越歷史，來到今天，與我們在這裡相遇。

（全文完）

唐宮驕女--太平公主 畢寶魁 著

她是唐高宗與武則天愛情的結晶，也稱鎮國太平公主，在政治上賣官鬻爵，在性愛上追求刺激，將眾男子玩於股掌之上。然而由於權力與欲望過度膨脹陷入了萬劫不復的深淵。

定價$199

遼宮雄后--蕭燕燕 鄭軍·趙強 合著

她是北方草原民族的美女，遼景宗的皇后，她有鐵一般的手腕，對宋作戰。也有火一樣的熱情，深深地眷戀著她的情人韓德讓。

定價$199

秦宮花后--趙姣娥 張雲風 著

她從趙國的妓女成爲呂不韋的愛妾，再到秦太子異人的妃子，直至秦國王后，最後由於性愛的膨脹而走進人生的深淵。

定價$199

國家圖書館出版品預行編目資料

上官婉兒／趙玫 著；　-- 第一版.
--臺北市：大地，2002〔民91〕
面；　公分--　（歷史小說；7）

ISBN 957-8290-62-4（下冊：平裝）

857.7　　91008771

歷史小說 07

上官婉兒（下）

作　　者：趙　玫
創 辦 人：姚宜瑛
發 行 人：吳錫清
主　　編：陳玟玟
美術編輯：黃雲華
出 版 者：大地出版社
社　　址：台北市內湖區內湖路2段103巷104號1樓
劃撥帳號：0019252－9（戶名：大地出版社）
電　　話：(02)2627－7749
傳　　真：(02)2627－0895
E-mail：vastplai@ms45.hinet.net
印 刷 者：久裕印刷股份有限公司
一版一刷：2002年6月
定　　價：250元

Printed in Taiwan

地 大地 大地 大地 大地 大地 大地 大地 大地 大地

大地大地大地大地大地大地大地大地大地大